25 Jahre
Diogenes Taschenbuch

detebe

Das literarische Taschenbuch

Muriel Spark

Memento Mori

Roman

Aus dem Englischen von Peter Naujack

Diogenes

Einmalige Jubiläumsausgabe 1996

Die englische Originalausgabe erschien 1959
unter dem gleichen Titel bei
Macmillan, London,
die deutsche Erstausgabe 1960 im
Diogenes Verlag
Umschlagillustration von
Edward Gorey

Veröffentlicht als Diogenes Taschenbuch, 1972

125/96/43/1
ISBN 3 257 22921 6

Was fang ich an mit diesem Widersinn –
O Herz, gequältes Herz – dem Zerrbild
Abgelebten Lebens, an das ich festgebunden bin
Wie der Schwanz eines Hundes?

W. B. YEATS *(The Tower)*

Oh, welch achtunggebietende und ehrwürdige Geschöpfe schienen die Alten zu sein! Unvergängliche Cherubim!

THOMAS TRAHERNE *(Centuries of Meditation)*

Frage: Welches sind die vier letzten Dinge, an die man sich stets erinnert?
Antwort: Die vier letzten Dinge, an die man sich stets erinnert, sind Tod, Jüngstes Gericht, Himmel und Hölle.

The Penny Catechism

Erstes Kapitel

Lettie Colston, Mitglied des *Order of the British Empire* und damit Trägerin des Titels *Dame*, füllte ihren Federhalter nach und schrieb ihren Brief weiter:

Ich hoffe, daß Du eines Tages genauso brillant über ein glücklicheres Thema schreiben wirst. In diesen Tagen des Kalten Krieges sollten wir uns, meine ich, hoch emporschwingen über die Finsternis und den Nebel und zu kristallener Klarheit streben.

Das Telefon läutete. Sie nahm den Hörer ab. Wie sie befürchtet hatte, begann der Mann zu sprechen, bevor sie ein Wort sagen konnte. Als er den ihr wohlbekannten Satz beendet hatte, fragte sie: »Wer spricht dort, wer bitte?«

Aber der Fremde hatte bereits aufgelegt, wie schon bei acht früheren Anrufen.

Wie man sie gebeten hatte, rief Dame Lettie den Assistenten des Inspektors an. »Es ist wieder geschehen«, sagte sie.

»Ich verstehe. Haben Sie sich die Uhrzeit gemerkt?«

»Gerade vor einem Augenblick.«

»Wieder dasselbe?«

»Ja«, antwortete sie, »dasselbe. Sie haben doch sicher Mittel und Wege, um eine Spur – – –«

»Gewiß, Dame Lettie, wir werden ihn bestimmt fassen.«

Einige Augenblicke später rief Dame Lettie ihren Bruder Godfrey an.

»Godfrey, es ist schon wieder passiert.«

»Ich werde dich holen kommen, Lettie«, sagte er. »Du mußt die Nacht bei uns bleiben.«

»Unsinn. Ich bin nicht in Gefahr. Es handelt sich lediglich um eine Belästigung.«

»Was hat er gesagt?«

»Dasselbe. Und in einer ganz nüchternen, selbstverständlichen Art, nicht etwa drohend. Der Mann ist natürlich verrückt. Ich weiß nicht, wie die Polizei darüber denkt – die müssen schlafen. Seit sechs Wochen geht das nun schon so.«

»Nur diese Worte?«

»Nur immer dieselben Worte: *Denken Sie daran, daß Sie sterben müssen* – nichts weiter.«

»Das muß ein Wahnsinniger sein«, sagte Godfrey.

Godfreys Frau, Charmian, saß mit geschlossenen Augen und versuchte, ihre Gedanken in alphabetische Reihenfolge zu bringen. Godfrey hatte ihr gesagt, daß dies besser sei als gar keine Ordnung, seitdem sie keinen Sinn mehr für Logik und Zeitbestimmung besaß. Neulich hatte sie ein Journalist von einer Wochenzeitung besucht. Godfrey hatte ihr nachher laut den Artikel des jungen Mannes vorgelesen:

> *... neben dem Kaminfeuer saß eine gebrechliche alte Dame, eine Lady, die einstmals die gesamte literarische Welt – wenn nicht sogar die Themse – in Flammen setzte ... Trotz ihres hohen Alters ist diese legendäre Gestalt voll überströmenden Lebens ...*

Charmian fühlte sich schläfrig und sagte daher zu dem Mädchen, das die Magazine auf dem langen Eichentisch am Fenster ordnete: »Taylor, ich werde jetzt fünf Minuten schlafen. Ruf das *San Marco* an und sage, daß ich kommen werde.«

Gerade in diesem Moment trat Godfrey ins Zimmer, im Mantel und den Hut in der Hand. »Was sagst du da?« fragte er.

»Oh, Godfrey, du hast mich erschreckt!«

»*Taylor* ...«, wiederholte er, »*San Marco* ... Merkst du denn nicht, daß gar kein Mädchen im Zimmer ist, und außerdem, daß du nicht in Venedig bist?«

»Komm und wärm dich am Feuer«, sagte sie, »und zieh deinen Mantel aus.« Denn sie dachte, er wäre gerade von der Straße hereingekommen.

»Ich will fortgehen«, sagte er. »Ich werde Lettie abholen, die heute nacht bei uns bleiben wird. Sie ist wieder von einem dieser anonymen Telefonanrufe berunruhigt worden.«

»Das war doch aber ein netter junger Mann, der neulich angerufen hat«, sagte Charmian.

»Welcher junge Mann?«

»Von der Zeitung. Der mich besucht hat und –«

»Das war vor fünf Jahren und zwei Monaten«, entgegnete Godfrey.

Warum kann man nicht freundlich zu ihr sein? fragte er sich, während er zu Lettie hinausfuhr, die in Hampstead ihr Haus hatte. Warum kann man nicht geduldig mit ihr sein? Er war selbst siebenundachtzig und im vollen Besitz aller seiner geistigen Fähigkeiten. Wann immer er sein eigenes Benehmen kritisch betrachtete, bezeichnete er sich in Gedanken niemals mit ›Ich‹, sondern nur mit ›Man‹.

Man hat schon so seine Last mit Charmian, sagte er sich.

»Unsinn«, sagte Lettie. »Ich habe keine Feinde.«

»Denk nach«, drang Godfrey in sie. »Denk nur nach!«

»Rotes Licht«, bemerkte Lettie. »Und sprich nicht mit mir, als hättest du Charmian vor dir.«

»Bitte, Lettie, mir braucht niemand zu sagen, wie ich fahren muß. Ich habe das rote Licht gesehen.« Dabei bremste er hart, und Dame Lettie wurde mit einem Ruck nach vorn geworfen.

Sie seufzte bedeutungsvoll, was ihn nur dazu veranlaßte, nach Aufleuchten des grünen Lichtes noch schneller zu fahren.

»Weißt du, Godfrey«, sagte sie, »für dein Alter bist du großartig in Form.«

»Das sagen sie alle.« Sogleich fuhr er langsamer. Ihr erleichterter Seufzer war unhörbar, und im Geist klopfte sie sich selbst auf die Schulter.

»In deiner Position«, fing er wieder an, »mußt du einfach Feinde haben.«

»Unsinn.«

»Ich sage *ja.*« Er gab Gas.

»Nun, vielleicht hast du recht.« Er fuhr wieder langsamer, aber Dame Lettie wünschte in Gedanken, sie wäre nicht mitgefahren.

Sie fuhren durch Knightsbridge. Es kam jetzt nur darauf an, ihn bei Laune zu halten, bis sie die Kensington Church Street erreichten und in die Vicarage Gardens einbogen, wo Godfrey und Charmian wohnten.

»Ich habe an Eric über sein Buch geschrieben«, sagte sie. »Sicher, er hat etwas von der früheren Brillanz seiner Mutter, aber meiner Meinung nach fehlt dem Hauptthema die Freude und Zuversicht, die in jenen Tagen das Kennzeichen eines guten Romans waren.«

»*Ich* konnte das Buch nicht lesen«, sagte Godfrey. »Ich konnte einfach nicht damit fertigwerden. Ein Autoverkäufer aus Leeds und seine Frau, die mit einem kommunistischen Bibliothekar eine Nacht in einem Hotel verbringt! ... Wohin soll das nur führen?«

Eric war sein Sohn. Eric war sechsundfünfzig und hatte kürzlich seinen zweiten Roman veröffentlicht.

»Er wird nie so etwas schaffen wie Charmian«, sagte Godfrey. »Und wenn er sich noch so oft versucht.«

»Also, darin kann ich dir nicht ganz zustimmen«, antwortete Lettie, da sie merkte, daß sie inzwischen vor dem Haus angelangt waren. »Eric hat einen harten, realistischen Zug, den Charmian nie ...«

Godfrey war ausgestiegen und knallte die Tür zu. Dame Lettie seufzte und folgte ihm ins Haus, im stillen wünschend, daß sie nicht gekommen wäre.

»War es gestern abend nett im Kino, Taylor?« fragte Charmian.

»Ich bin nicht Taylor«, antwortete Dame Lettie, »und außerdem hast du Taylor während ihrer letzten zwanzig Jahre oder so in deinen Diensten stets ›Jean‹ genannt.«

Mrs. Anthony, die tagsüber den Haushalt der Colstons in Ordnung hielt, brachte den Milchkaffee herein und setzte ihn auf den Frühstückstisch.

»War es gestern abend nett im Kino, Taylor?« fragte Charmian Mrs. Anthony.

»Ja, danke, Mrs. Colston«, antwortete die Haushälterin.

»Mrs. Anthony ist nicht Taylor«, sagte Lettie. »Hier gibt es niemand mit Namen Taylor. Und übrigens pflegtest du sie in letzter Zeit Jean zu nennen. Nur als du noch ein Mädchen warst, hast du Taylor Taylor genannt. Auf jeden Fall aber ist Mrs. Anthony nicht Taylor.«

Godfrey kam herein. Er küßte Charmian. »Guten Morgen, Eric«, sagte sie.

»Das ist nicht Eric«, stellte Dame Lettie fest.

Godfrey sah seine Schwester stirnrunzelnd an. Ihre Ähnlichkeit mit ihm irritierte ihn. Er schlug die *Times* auf.

»Stehen heute viele Todesanzeigen darin?« fragte Charmian.

»Oh, sei nicht so grausam«, sagte Lettie.

»Möchtest du, daß ich dir die Todesanzeigen vorlese, meine Liebe?« fragte Godfrey und blätterte in den Seiten, seiner Schwester zum Trotz, um die Anzeigen zu finden.

»Ich würde gern die Kriegsberichte hören«, sagte Charmian.

»Der Krieg ist seit 1945 zu Ende«, sagte Dame Lettie.

»Falls es wirklich der letzte Krieg sein sollte, den du meinst. Vielleicht meinst du ja auch den Ersten Weltkrieg. Den Krimkrieg vielleicht ...?«

»Lettie, bitte«, sagte Godfrey tadelnd. Er stellte fest, daß Letties Hand zitterte, als sie die Tasse hob, und das Zucken in ihrer vollen linken Wange stärker hervortrat. Er dachte, wieviel besser er doch in Form sei als seine Schwester, obwohl sie die jüngere war, erst neunundsiebzig.

Mrs. Anthony blickte durch die Tür. »Da ist jemand für Dame Lettie am Telefon.«

»Oh, wer ist es?«

»Er hat keinen Namen genannt.«

»Fragen Sie bitte, wer es ist.«

»Habe gefragt. Er will keinen Namen – – –«

»Ich werde an den Apparat gehen«, sagte Godfrey.

Dame Lettie folgte ihm zum Telefon und hörte mit, wie die männliche Stimme sprach: »Sagen Sie Dame Lettie, sie möge daran denken, daß sie sterben muß.«

»Wer spricht dort?« fragte Godfrey. Aber der Unbekannte hatte bereits aufgelegt.

»Man muß uns gefolgt sein«, sagte Dame Lettie. »Ich habe keinem erzählt, daß ich heute abend hierherkommen wollte.«

Sie rief den Assistenten des Inspektors an, um ihm das erneute Vorkommnis zu melden.

»Sind Sie sicher«, fragte er, »daß Sie niemandem gegenüber Ihre Absicht erwähnt haben, bei Ihrem Bruder zu übernachten?«

»Natürlich bin ich sicher.«

»Und Ihr Bruder hat die Stimme auch gehört? Hat sie tatsächlich selbst gehört?«

»Ja; ich habe Ihnen doch gesagt, daß er den Anruf entgegengenommen hat.«

Sie erzählte es Godfrey. »Ich bin froh, daß du den Anruf

angenommen hast. Das bestätigt meine Berichte. Ich habe nämlich gerade gemerkt, daß die Polizei daran zweifelt.«

»Deine Angaben bezweifelt?«

»Wahrscheinlich haben sie geglaubt, daß ich es mir eingebildet hätte. Aber jetzt werden sie sich vielleicht mehr Mühe geben.«

Charmian fragte: »Die Polizei ...? Was sagst du da über die Polizei? Hat man uns bestohlen?«

»Man belästigt mich«, antwortete Dame Lettie.

Mrs. Anthony kam herein, um den Tisch abzuräumen.

»Ah, Taylor – wie alt bist du?« fragte Charmian.

»Neunundsechzig, Mrs. Colston«, antwortete Mrs. Anthony.

»Wann wirst du siebzig?«

»Am achtundzwanzigsten November.«

»Das ist fabelhaft, Taylor. Dann wirst du eine von uns sein«, sagte Charmian.

Zweites Kapitel

Das Maud Long Krankenhaus beherbergte in seiner Pflegeabteilung (Frauenstation, Alte Leute) zwölf Patientinnen. Die Stationsschwester nannte sie das Bäckerdutzend, weil sie diese Redensart einmal gehört hatte, ohne zu wissen, daß zu einem Bäckerdutzend dreizehn gehören; und so geschieht es, daß alte Sprichworte ihre ursprüngliche Bedeutung verlieren.

Zuerst war da eine Mrs. Emmeline Roberts, sechsundsiebzig, die einmal als Kassierin im Odeon gearbeitet hatte, als es noch *das* Odeon gewesen war. Als nächste kam Miss oder Mrs. Lydia Reewes-Duncan, achtundsiebzig, deren Vorleben ungewiß war; sie benahm sich sehr herrisch und anmaßend gegenüber den Ärzten und Schwestern, und alle vierzehn Tage wurde sie von einer Nichte in mittleren Jahren besucht. Dann folgte Miss Jean Taylor, zweiundachtzig, die als Zofe bei der berühmten Schriftstellerin Charmian Piper gedient hatte, nachdem diese in die Brauereifamilie Colston eingeheiratet hatte. Ein Bett weiter lag Miss Jessie Barnacle, die keine Geburtsurkunde besaß, aber als einundachtzig geführt wurde; sie hatte achtundvierzig Jahre lang Zeitungen am Holborn Circus verkauft. Außer ihnen gab es hier noch eine Madame Trotsky, eine Mrs. Fanny Green, eine Miss Doreen Valvona und fünf andere im Alter von siebzig bis dreiundneunzig Jahren, deren unterschiedliche Lebensläufe allen bekannt waren. Diese zwölf alten Frauen wurden Oma Roberts, Oma Duncan, Oma Taylor, Oma Barnacle, Oma Trotsky, Oma Green, Oma Valvona und so weiter genannt.

Wenn sie zum ersten Mal hier in ihren Betten lagen, fühlten sich einige Patientinnen zu Anfang durch die Anrede ›Oma‹ verletzt und im Stich gelassen. Miss oder Mrs. Reewes-Duncan drohte eine ganze Woche lang, jeden zu melden, der sie Oma Duncan nannte. Sie drohte ihnen, sie aus ihrem Testament zu streichen und an ihren Abgeordneten im Parlament zu schreiben. Auf ihre dringende Bitte brachten die Schwestern ihr Schreibpapier und einen Bleistift. Als sie ihr jedoch versprachen, sie nicht mehr Oma zu nennen, änderte sie ihren Entschluß, ihren Abgeordneten zu informieren. »Aber«, sagte sie, »ich werde euch nie wieder in mein Testament aufnehmen.«

»Um Gottes willen, das ist wirklich nicht nett von Ihnen«, sagte die Stationsschwester, während sie geschäftig umherlief. »Ich hatte gedacht, daß Sie jeder von uns einen anständigen Batzen hinterlassen würden.«

»Nicht mehr«, antwortete Oma Duncan. »Jetzt nicht mehr, auf keinen Fall. Ich lasse mich nicht von euch zum Narren halten.«

Die zähe Oma Barnacle, die achtundvierzig Jahre lang Abendzeitungen am Holborn Circus verkauft hatte und stets zu sagen pflegte: »Taten sprechen lauter als alle Worte«, ließ sich ungefähr einmal die Woche ein Testamentsformular von Woolworth holen; damit war sie dann zwei oder drei Tage lang beschäftigt. Mitunter fragte sie die Schwestern, wie man Worte wie ›hundert‹ und ›Hermelin‹ schriebe. »Wollen Sie mir hundert Pfund hinterlassen, Oma?« fragten dann die Schwestern. »Wollen Sie mir Ihr Hermelin-Cape vererben?«

Der Arzt sagte gewöhnlich bei seiner Visite: »Na, Oma Barnacle, werden Sie mich auch nicht vergessen?«

»Sie stehen mit tausend drin, Doktor.«

»Tatsächlich, ich muß zu Ihnen halten, Oma. Ich wette, Sie haben einen langen Sparstrumpf.«

Miss Jean Taylor grübelte über ihren Zustand und über das Alter im allgemeinen nach. Warum verlieren einige Leute ihr Gedächtnis, andere ihr Gehör? Warum reden einige von ihrer Jugend, andere von ihrem Testament? Sie dachte an Dame Lettie Colston, die alle ihre Sinne beisammen hatte und dennoch ein regelrechtes Spiel mit ihrem

Testament trieb, indem sie ihre beiden Neffen in Ungewißheit hielt und als Feinde gegeneinander auszuspielen versuchte. Und Charmian ... Arme Charmian, seit ihrem Schlaganfall. Wie verworren sie doch in den meisten Dingen war, wie vernünftig sie aber redete, wenn sie über die Bücher sprach, die sie geschrieben hatte. Völlig klar war sie dann, aber nur in dieser einen Sache, dem Gesprächsstoff über ihre Bücher.

Als Miss Taylor vor einem Jahr in die Altersabteilung eingewiesen wurde, hatte sie sich elend gefühlt, wenn man sie mit ›Oma Taylor‹ anredete, und sie dachte, daß sie lieber in einem Straßengraben sterben wolle, als unter solchen Bedingungen am Leben erhalten zu werden. Aber sie war eine in Zurückhaltung geübte Frau; sie zeigte nie ihre Empfindsamkeit. Die Vertraulichkeit der Schwestern peinigte sie wie ihre Arthritis, und sie ertrug beides, solange sie konnte, ohne zu klagen. Aber in einer langen, qualvollen Nacht, als ihr die Betten im schwachen Licht der Nachtlampe wie weißlich graue Klumpen erschienen, wie grauenvolle Wäschebündel, die gelegentlich schnarchten und murmelten, mußte sie ihren Schmerz laut herausschreien. Eine Schwester kam und gab ihr eine Spritze.

»Gleich wird es Ihnen besser gehen, Oma Taylor.«

»Vielen Dank, Schwester.«

»Seien Sie ein braves Mädchen, Oma, drehen Sie sich auf die andere Seite.«

»Ja, Schwester.«

Die Gelenkschmerzen ließen nach, und zurück blieb ein Gefühl der Verlassenheit und Demütigung, so daß sie wünschte, lieber noch einmal die körperliche Pein ertragen zu müssen.

Als dieses erste Jahr verstrichen war, beschloß sie, sich willig in ihre Leiden zu fügen. Wenn es Gottes Wille ist, dachte sie, soll es auch der meine sein. Aus dieser geistigen Einstellung heraus gewann sie eine entschiedene und sichtbare Würde, wie sie auch gleichzeitig ihren stoischen Widerstand gegen ihre Schmerzen verlor. Sie klagte mehr, rief öfter nach dem Stechbecken und zögerte auch nicht, als die Schwester einmal saumselig war, das Bett zu nässen, wie es die anderen Omas so oft taten.

Miss Taylor verbrachte viel Zeit damit, über ihre Lage nachzudenken. Die Worte: ›Nun, wie geht's unserer Oma Taylor heute morgen? Haben Sie Ihre Verfügungen in Ihrem Testa – – –‹ blieben dem Arzt im Munde stecken, wenn er die Intelligenz in ihren Augen sah. Sie konnte nicht anders, sie haßte diese Visiten und die Schwestern, die ihr beim Haarekämmen weismachen wollten, sie sähe wie sechzehn aus; aber sie verzieh ihnen auch wieder, indem sie den Willen Gottes in ihnen erkannte. Sie überlegte, daß alles noch schlimmer sein könnte, und bedauerte die jüngste Generation, die jetzt in eine Welt hineingeboren wurde, wo sie in ihrem Alter, ob gebildet oder ungebildet, ob aus guter Familie oder nicht, von Gesetz wegen in Altersheime eingewiesen werden würde; sie meinte glauben zu dürfen, daß jeder Bürger des Königreiches das für eine abgemachte Sache hielte; und gewiß würde die Zeit kommen, in der jedermann eine Wohlfahrtsoma oder ein Wohlfahrtsopa sein würde, falls nicht ein gütiges Geschick ihm in der Blüte seines Lebens die ewige Ruhe bescherte.

Miss Doreen Valvona war eine fleißige Leserin; sie hatte die besten Augen in der Altersabteilung. Jeden Morgen um elf Uhr las sie allen laut ihr Horoskop aus der Zeitung vor, die sie dicht vor ihre braune Nase und ihre schwarzen, hinter einer Brille steckenden Augen hielt, welche sie von ihrem Vater, einem Italiener, geerbt hatte. Sie wußte das Sternzeichen einer jeden auswendig.

»Oma Green – Jungfrau«, sagte sie. *»Ein Tag für kühne Unternehmungen. Beteiligungen sind erfolgversprechend. Eine wunderbare Zeit für Vergnügungen.«*

»Lesen Sie es noch einmal vor. Mein Hörgerät war nicht eingestellt.«

»Nein, Sie müssen warten. Oma Duncan ist die nächste. Oma Duncan – Skorpion. *Tun Sie alles, wozu Sie heute Lust haben. Viel Abwechslung und viel Erfreuliches wird Sie in Bewegung halten.*«

Oma Valvona behielt alle Horoskope den ganzen Tag über im Gedächtnis und prüfte, welche Punkte eintrafen; und nachdem an diesem Tage Dame Lettie Colston die alte Familiendienerin Oma Taylor besucht hatte, entrang sich der Kehle von Oma Valvona ein förmlicher Aufschrei: »Was habe ich Ihnen in Ihrem Horoskop gesagt? Hören Sie zu, ich will es Ihnen noch einmal vorlesen: Oma Taylor – Zwillinge. *Sie sind heute großartig in Form. Außerordentlich schöne gesellschaftliche Einflüsse sind wirksam.*«

»Schlimme«, sagte Miss Taylor. »Nicht schöne.«

Oma Valvona sah noch einmal nach. Sie buchstabierte das Wort. »Schöne«, wiederholte sie.

Miss Taylor gab es auf, und sie murmelte: »Ich verstehe.«

»Na?« fragte Oma Valvona. »War das nicht eine bemerkenswert treffende Vorhersage? *Sie sind heute großartig in Form. Außerordentlich schöne gesellschaftliche* ... War das nicht die Ankündigung Ihres Besuches, Oma Taylor?«

»Ja, tatsächlich, Oma Valvona.«

»Eine feine Dame!« sagte die jüngste Schwester, die sich nicht erklären konnte, warum Oma Taylor ihre Besucherin so ernsthaft ›Dame‹ Lettie genannt hatte. Sie kannte diese Bezeichnung nur von Witzen und vom Theater her.

»Warten Sie, Schwester, ich werde Ihnen Ihr Horoskop vorlesen. In welchem Monat sind Sie geboren?«

»Ich muß gehen, Oma Valvoni. Die Oberschwester ist in der Nähe.«

»Nennen Sie mich nicht Valvoni, ich heiße Valvona. Mit einem *ah* am Ende.«

»*Ah*«, sagte die kleine Schwester und entschwand mit einem ausgelassenen Hopser.

»Taylor war heute großartig in Form«, erzählte Dame Lettie ihrem Bruder.

»Du hast Taylor besucht? Das ist wirklich sehr nett von dir«, sagte Godfrey. »Aber du siehst abgespannt aus; ich hoffe, du hast dich nicht zu sehr angestrengt.«

»Wirklich, mir war so zumute, daß ich mit Taylor den Platz hätte tauschen können. Wie gut haben es diese Leute doch heutzutage. Zentralheizung, alles, was sie brauchen, viel Gesellschaft.«

»Liegt sie mit netten Leuten zusammen?«

»Wer – Taylor? Nun ja, sie sehen alle frisch und sauber aus. Taylor sagt stets, daß sie mit allem völlig zufrieden sei. Das kann sie aber auch.«

»Hat sie noch alle ihre Sinne beisammen?« Godfrey war von der Frage nach den geistigen Fähigkeiten alter Leute wie besessen.

»Bestimmt. Sie hat nach dir und nach Charmian gefragt. Bei der Erwähnung von Charmian hat sie selbstverständlich etwas geweint. Aber das ist ganz natürlich, so gern wie sie Charmian hatte.«

Godfrey musterte sie aufmerksam. »Du siehst krank aus, Lettie.«

»Völliger Unsinn. Ich fühle mich heute großartig in Form. In meinem ganzen Leben habe ich mich nie besser gefühlt.«

»Ich glaube, du solltest lieber noch nicht nach Hampstead zurückkehren«, sagte er.

»Nach dem Tee. Ich habe mich darauf eingerichtet, nach dem Tee zu fahren, und nach dem Tee werde ich auch fahren.«

»Ein Anruf ist für dich gekommen«, sagte Godfrey.

»Wer war es?«

»Wieder dieser Kerl.«

»Tatsächlich? Hast du die Kriminalpolizei angerufen?«

»Ja. Sie wollen übrigens heute abend vorbeikommen, um sich mit uns darüber zu unterhalten. Einige Aspekte des Falles sind ihnen ziemlich rätselhaft.«

»Was hat der Mann gesagt? Was hat er gesagt?«

»Reg dich nicht auf, Lettie. Du weißt doch genau, was er gesagt hat.«

»Nach dem Tee fahre ich nach Hampstead zurück«, sagte Lettie.

»Aber die Kriminalpolizei – – –«

»Sag ihnen, ich sei nach Hampstead zurückgekehrt.«

Charmian kam hereingeschwankt. »Ah, Taylor, hat der Spaziergang dir gut getan? Du siehst heute fabelhaft aus.«

»Mrs. Anthony hat sich mit dem Tee verspätet«, sagte Dame Lettie und drehte ihren Stuhl, so daß sie Charmian den Rücken wandte.

»Du darfst in Hampstead nicht allein schlafen«, sagte Godfrey. »Fahr doch bei Lisa Brooke vorbei und bitte sie, ein paar Tage zu dir zu ziehen. Die Polizei wird den Mann bald gefaßt haben.«

»Lisa Brooke sei verdammt!« antwortete Dame Lettie. Falls sie dies ernst gemeint hätte, wäre es eine erschreckende Erklärung gewesen; denn wie Godfrey am nächsten Morgen in den Todesanzeigen der *Times* entdecken sollte, war Lisa Brooke um diese Zeit verstorben.

Drittes Kapitel

Lisa Brooke starb im dreiundsiebzigsten Lebensjahr, nach ihrem zweiten Schlaganfall. Sie hatte neun Monate gebraucht, um zu sterben, und erst ein Jahr vor ihrem Tode, als sie sich wirklich krank fühlte, hatte sie beschlossen, ihren Lebenswandel zu bessern. Sie erinnerte sich daran, wie attraktiv sie immer noch war, und weihte Gott, für den keine Gabe unannehmbar ist, ihren neuen Einfall, hinfort ehelos zu bleiben.

Während Godfrey zu einem Stuhl in der Krematoriumskapelle marschierte, kam es ihm nicht in den Sinn, daß noch jemand von den Anwesenden außer ihm jemals Lisas Liebhaber gewesen sein könnte. Es fiel ihm nicht einmal ein, daß er Lisas Liebhaber gewesen war, denn das hatte sich nicht in England abgespielt, sondern in Spanien und Belgien. Im Augenblick beschäftigte er sich mit statistischen Ermittlungen. Sechzehn Leute waren anwesend. Bei einer ersten Überprüfung stellte er fest, daß fünf davon Verwandte von Lisa waren. Als nächste unter den verbleibenden elf erkannte er Lisas Rechtsanwalt, ihre Haushälterin und ihren Bankier. Lettie war soeben gekommen. Sich selbst zählte er als Nummer zehn. Blieben sechs übrig, von denen er nur einen kannte, die aber wahrscheinlich alle zu Lisas Schmarotzern gehörten; er war froh, daß ihre Bargeldquelle versiegt war. Diese jahrelange freche Räuberei. »Ein sechsjähriges Kind hätte das besser gemacht«, hatte er so manches Mal zu Lisa gesagt, wenn sie ihm eines ihrer Bilder zeigte, Unverschämtheiten, die einer ihrer Lieblinge verbrochen hatte. »Wenn er bis jetzt keine Anerkennung in der Welt gefunden hat«, hatte er wieder und wieder zu ihr über den alten Percy Mannering, den Dichter, gesagt, »wird er es niemals schaffen. Du bist eine Närrin, Lisa, daß du ihn deinen Gin trinken und dir seine Gedichte in die Ohren schreien läßt.«

Percy Mannering, fast achtzig, stand dürr und gebeugt da, während der Sarg den Kreuzgang hinaufgetragen wurde. Godfrey starrte unverwandt in Mannerings rotgeädertes Gesicht mit den scharf hervortretenden Backenknochen und der dünnen Nase. Ich wette, dachte er dabei, daß er den Verlust seines Einkommens bedauert. Alle haben sie die arme Lisa bis zum Weißbluten ausgesaugt ...

Der Dichter befand sich in der Tat in einem Zustand der Erregung. Lisas Tod erfüllte ihn mit ehrfürchtigem Erschauern; denn obwohl er das unumstößliche Gesetz kannte, nach dem der Tod jedermanns Schicksal ist, war es ihm immer wieder unbegreiflich. Jeder neue Todesfall gab ihm etwas Neues zu fühlen. Als der Gottesdienst begann, mußte er daran denken, daß in wenigen Minuten Lisas Sarg in den Ofen hinabgleiten würde; und wie in einer feurigen Vision sah er ihr brandrot gefärbtes Haar, glänzend wie immer, im Wettstreit mit den zornig züngelnden Flammen dort unten strahlen. Er grinste wie ein aufgeblasener Wolf und vergoß Tränen menschlichen Kummers, als wäre er halb Tier und halb Mensch, anstatt halb Dichter und halb Mann. Godfrey beobachtete ihn und dachte: er muß senil sein. Wahrscheinlich hat er seine Sinne nicht mehr beisammen.

Der Sarg begann langsam die geneigte Ebene hinab auf eine Öffnung in der Wand hin zu gleiten, während die Orgel etwas Getragenes und Religiöses spielte. Godfrey, der nicht zu den Gläubigen gehörte, wurde von der Gesamtwirkung zutiefst gerührt und beschloß ein für allemal, sich auch verbrennen zu lassen, wenn seine Zeit käme. Da geht Lisa Brooke, sprach er zu sich in Gedanken, als er das letzte Sichneigen des Sarges sah. Der Bug hebt sich, dachte der Dichter, und das Schiff versinkt, mit dem Kapitän an

Bord ... Nein, das ist zu banal ... Lisa selbst ist das Schiff, das ist eine bessere Vorstellung. Godfrey blickte sich um und dachte: sie hätte es gut noch weitere zehn Jahre machen können, aber was soll man schon erwarten, bei all dieser Trinkerei und all diesen Schmarotzern? So wütend blickte er in die Runde, daß alle erschraken, die ihm in die Augen sahen.

Im Kreuzgang holte die tonnenförmige Dame Lettie ihren Bruder ein, der mit den anderen dem Ausgang zustrebte. »Was ist los mit dir, Godfrey?« schnaufte sie.

An der Tür stand der Kaplan und schüttelte einem jeden kummervoll die Hand. Während Godfrey ihm die Hand gab, sagte er über die Schulter zu Lettie: »Was mit *mir* los ist? Was meinst du damit, was mit mir los sein soll? Was mit *dir* los ist, möchte ich wissen!«

Lettie betupfte ihre Augen und flüsterte: »Sprich nicht so laut. Starre nicht so wild umher. Alle blicken schon auf dich.«

Auf dem Boden der langen Vorhalle lag eine ganze Parade von Blumen, ein Teil zu geschmackvollen Sträußen gebunden; auch ein oder zwei altmodische Kränze waren dabei. Diese Pracht wurde von Lisas Verwandten inspiziert: von ihrem Neffen mittleren Alters und dessen Frau, von Lisas vertrockneter älterer Schwester Janet Sidebottome, die zu einer Zeit als Missionarin in Indien gedient hatte, als es noch *Indien* war, von ihrem Bruder Ronald Sidebottome, der sich schon lange aus dem Geschäftsleben zurückgezogen hatte, und von Ronalds Frau, einer Australierin, die auf den Namen Tempest getauft war. Godfrey erkannte sie nicht sofort alle, denn er sah nur die Reihe ihrer verschiedenen Hinterteile, während sie gebückt standen und die Karten an den verschiedenen Ehrengaben entzifferten.

»Sieh nur, Ronald, ist das nicht süß? Ein kleines Veilchensträußchen – oh, sieh nur, dabei steht: ›Dank sei Dir, geliebte Lisa, für all die wunderbare Zeit – in Liebe, Tony.‹«

»Reichlich komische Worte. Hast du auch richtig – – –«

»Wer ist dieser Tony, möchte ich gern wissen?«

»Sieh nur, Janet, dieser große Kranz aus gelben Rosen ist von Mrs. Pettigrew. Er muß ein Vermögen gekostet haben.«

»Was hast du gesagt?« fragte Janet, die nicht gut hören konnte.

»Ein Kranz von Mrs. Pettigrew. Er muß ein Vermögen gekostet haben.«

»Sch-sch-sch«, machte Janet und sah sich dabei um. Und tatsächlich näherte sich auch gerade Mrs. Pettigrew, Lisas alte Haushälterin, adrett gekleidet und Zuversicht ausstrahlend wie immer. Janet, verkrampft vom Betrachten der Karten, richtete sich schmerzgepeinigt auf und drehte sich um, damit sie Mrs. Pettigrew begrüßen konnte. Sie ließ es zu, daß die Frau ihre Hand ergriff.

»Ich danke Ihnen für alles, was Sie für meine Schwester getan haben«, sagte Janet hart.

»Ich habe es gern getan.« Mrs. Pettigrew sprach mit einer überraschend weichen Stimme. Man merkte allgemein, daß Janet an das Testament dachte. »Ich habe Mrs. Brooke geliebt, die arme Seele.«

Janet neigte wohlwollend den Kopf, zog schroff ihre Hand zurück und kehrte Mrs. Pettigrew brüsk den Rükken zu.

»Dürfen wir die Asche sehen?« fragte Percy Mannering laut, als er aus der Kapelle trat. »Besteht überhaupt Hoffnung, daß wir sie *sehen* können?« Bei seinem Lärmen zuckten Lisas Neffe und seine Frau nervös zusammen und sahen sich um.

»Ich möchte unbedingt die Asche sehen, wenn das möglich ist.« Der Dichter hatte sich vor der Dame Lettie aufgepflanzt, während er seine gierige Forderung eindringlich wiederholte. Lettie empfand, daß der Mann etwas Ungesundes an sich hatte. Sie trat von ihm fort.

»Das ist einer von Lisas Künstlern«, flüsterte sie John Sidebottome zu, ohne ihn jedoch veranlassen zu wollen, ›Oh!‹ zu sagen und seinen Hut in Percys Richtung zu lüften, wie er es tat.

Godfrey machte einen Schritt rückwärts und stand in einem Strauß rosa Nelken. »Oh – Verzeihung«, sagte er zu den Nelken und trat schnell von ihnen herunter, um sich sogleich über seine närrischen Worte zu ärgern; doch er tröstete sich damit, daß ihn wahrscheinlich sowieso niemand dabei beobachtet hatte. Rasch entfernte er sich von den zertretenen Blumen.

»Was will der Kerl mit der Asche?« fragte er Lettie.

»Er möchte sie sehen. Möchte sehen, ob sie grau geworden ist. Ich finde ihn geradezu ekelhaft.«

»Natürlich wird sie grau geworden sein. Der Bursche muß den Verstand verloren haben. Wenn er *überhaupt* jemals welchen besessen hat.«

»Über seinen Verstand kann ich nichts aussagen«, meinte Lettie. »Bestimmt aber besitzt er kein Gefühl.«

Tempest Sidebottome, mit blaugetönten Haaren und in einem steifen Korsett, sagte mit einer Stimme, die bis weit über den Friedhof trug: »Manchen Leuten ist eben nichts heilig.«

»Madame«, entgegnete Percy, indem er seine spärlichen grünen Zähne zu einem Lächeln entblößte, »die Asche von Lisa Brooke wird mir stets heilig sein. Ich sehne mich danach, sie zu sehen, sie zu küssen, wenn sie kalt genug ist. Wo ist dieser Priester geblieben? – Er muß die Asche haben.«

»Siehst du dort drüben – Lisas Haushälterin?« fragte Lettie ihren Bruder Godfrey.

»Ja, ja, ich möchte gern wissen – – –«

»Das möchte *ich* ja gerade wissen«, sagte Lettie, die gern

gewußt hätte, ob Mrs. Pettigrew eine Anstellung suchte, und wenn ja, ob sie damit einverstanden wäre, die persönliche Betreuung von Charmian zu übernehmen.

»Aber ich glaube, wir brauchten eine jüngere Frau«, meinte Godfrey. »Die hier muß schon ziemlich bejahrt sein, wenn ich mich recht erinnere.«

»Mrs. Pettigrew hat eine Gesundheit wie ein Pferd«, erwiderte Dame Lettie, indem sie ihren Blick abschätzend wie ein Pferdehändler auf Mrs. Pettigrews aufrechter Gestalt ruhen ließ. »Außerdem ist es unmöglich, eine jüngere Frau zu bekommen.«

»Hat sie noch alle ihre geistigen Fähigkeiten?«

»Natürlich. Die arme Lisa stand völlig unter ihrem Einfluß.«

»Ich glaube kaum, daß Charmian so etwas – – –«

»Charmian muß hart angefaßt werden. Charmian braucht eine feste Hand. Sie wird einfach jeden Halt verlieren, wenn du nicht strenger mit ihr bist. Charmian braucht eine feste Hand, sage ich dir. Das ist die einzige Möglichkeit.«

»Und was ist mit Mrs. Anthony?« fragte Godfrey. »Vielleicht versteht die Frau sich nicht mit Mrs. Anthony. Es wäre tragisch, wenn wir sie verlören.«

»Wenn du nicht bald jemand findest, der sich um Charmian kümmert, werdet ihr bestimmt Mrs. Anthony verlieren. Charmian ist einfach zuviel für Mrs. Anthony. Ihr werdet Mrs. Anthony verlieren, sage ich dir. Charmian nennt sie immer Taylor. Das muß sie ja einfach verärgern. Wen starrst du da an?«

Godfrey starrte auf einen untersetzten, gebeugten Mann, der mit Hilfe von zwei Stöcken um eine Ecke der Kapelle gehumpelt kam.

»Wer ist dieser Mann?« fragte Godfrey. »Er kommt mir bekannt vor.«

Tempest Sidebottome bemühte sich mit viel Getue um den kleinen Mann, der mit einem frischen Gesicht unter einem breiten schwarzen Hut zu ihr aufstrahlte. Er sprach mit einer schrillen, knabenhaften Stimme: »Tut mir leid, daß ich zu spät komme«, sagte er. »Ist die Feier schon zu Ende? Seid ihr alle Lisas verliebte Gesandten?«

»Das ist Guy Leet«, sagte Godfrey, der ihn jetzt sofort erkannte, denn Guy Leet gefiel sich in Wortspielen dieser Art; diesmal hatte er die geliebten Verwandten aufs Korn genommen. »Dieser alte Sünder«, fuhr Godfrey fort, »er war immer hinter Charmian her. Seit vielleicht dreißig Jahren habe ich ihn nicht mehr gesehen. Er kann noch nicht älter als fünfundsiebzig sein, aber sieh bloß mal, was aus ihm geworden ist.«

In einer Teestube nahe Golders Green hatte man Tische für die Gesellschaft zu Lisas Leichenbegängnis reservieren lassen. Godfrey hatte beabsichtigt, der Gesellschaft fernzubleiben, aber die Ankunft von Guy Leet hatte seinen Sinn geändert. Er war ganz gebannt von dem Anblick des klugen, über seine Stöcke gebeugten kleinen Mannes und konnte seine Augen nicht von Guy losreißen, der sich mit arthritischem Gehumpel zwischen den Blumen hindurchmühte.

»Wir sollten doch lieber zum Tee mitgehen«, sagte er zu Lettie, »meinst du nicht auch?«

»Wozu?« fragte Lettie und ließ ihren Blick über die Anwesenden wandern. »Wir können genausogut zu Hause Tee trinken. Komm, laß uns zurückfahren, wir wollen zu Hause Tee trinken.«

»Ich glaube, wir sollten lieber mitgehen«, wiederholte Godfrey. »Wir könnten mit Mrs. Pettigrew ein Wörtchen reden, ob sie sich Charmians annehmen will.«

Lettie sah, wie Godfreys Blick der verkrümmten Gestalt von Guy Leet folgte, der, auf seine Stöcke gestützt, inzwischen die Tür seines Taxis erreicht hatte. Einige von der Gesellschaft halfen Guy hinein und stiegen dann zu ihm. »Kleiner Giftzwerg. Soll Literaturkritiker gewesen sein. Hat sich allen Schriftstellerinnen gegenüber Frechheiten herausgenommen. Später wurde er Theaterkritiker und stellte den Schauspielerinnen nach. Du wirst dich bestimmt an ihn erinnern, glaube ich.«

»Verschwommen«, erwiderte Lettie. »Bei *mir* hat er nie viel erreicht.«

»*Dir* hat er ja auch nie nachgestellt«, sagte Godfrey.

Als Dame Lettie und Godfrey die Teestube betraten, wies Tempest Sidebottome die Trauernden gerade an ihre Plätze; fünfundsiebzig Jahre war sie alt und stand doch aufrecht und unerschütterlich in ihrem Korsett, ein Bild gesammelter Energie, das Verzweiflung in den Herzen der gehetzten Jugend aufkommen ließ und jetzt sogar Lisas Neffe und dessen Frau ziemlich einschüchterte, die mit ihren gut fünfzig Jahren, im Verhältnis zum Rest der Versammelten, noch zu den jungen Leuten zählten.

»Ronald, setz dich hier hin und rühr dich nicht von der Stelle«, sagte Tempest zu ihrem Mann. Er setzte seine Brille auf und ließ sich auf den ihm angewiesenen Platz fallen.

Godfrey sah sich suchend nach Guy Leet um, doch leider wurde ihm sein Blickfeld von den versilberten Kuchenständern versperrt, die auf den Tischen aufgestellt waren; die untersten Platten waren mit dünnen Butterbroten belegt, die mittleren mit aufgeschnittenem Obstkuchen und die oberen mit in Zellophan gewickelten glasierten Kuchen. Godfrey verspürte langsam ein leidenschaftliches Verlangen nach einer Tasse Tee. Er schob sich daher an Dame Lettie vorbei, so daß er auffällig dicht neben die Organisatorin Tempest kam. Sie bemerkte ihn sofort und wies ihm einen Platz an einem der Tische an. »Lettie«, rief er sogleich, »komm hierher. Wir sitzen hier.«

»Dame Lettie«, sagte Tempest über seinen Kopf hinweg, »Sie müssen zu uns kommen und sich neben uns setzen, meine Liebe. Hier herüber, neben Ronald.«

Verdammter Snob, dachte Godfrey. Sie bildet sich wohl ein, Lettie stelle etwas Besonderes dar.

Jemand beugte sich zu ihm herüber und bot ihm eine Zigarette an, leider eine mit Filter. Er nahm aber trotzdem dankend an und sagte: »Ich werde sie mir bis nach dem Tee aufbewahren.« Als er aufblickte, sah er das wölfische Grinsen in dem Gesicht des Mannes, der ihm mit zitternder Hand das Päckchen hinhielt. Godfrey zupfte eine Zigarette heraus und legte sie neben seinen Teller. Er war ärgerlich, daß man ihn neben Percy Mannering gesetzt hatte – nicht nur, weil Percy einer von Lisas Schmarotzern gewesen war, sondern auch, weil er gewiß senil sein mußte, mit diesem Grinsen und diesen fürchterlichen Zähnen; Godfrey vermutete, daß der Dichter mit diesen zitternden Händen seine Teetasse nicht würde halten können.

Er behielt recht, denn Percy goß einen großen Teil seines Tees über das Tischtuch. Er sollte in einem Heim leben, dachte Godfrey. Tempest blickte ab und zu mit übertriebenem Getue zu seinem Tisch herüber und plapperte dabei, wie sie es auch während der übrigen Zeit tat, als ob es sich um eine Kindergesellschaft handelte. Percy ignorierte die Schmiererei, die er angerichtet hatte, und kümmerte sich auch nicht um die Mißbilligung der anderen. Noch zwei saßen an ihrem Tisch, Janet Sidebottome und Mrs. Pettigrew. Der Dichter hielt es anscheinend für selbstverständlich, daß er der Würdigste und deshalb der Führer der Unterhaltung wäre.

»Einmal habe ich mich mit Lisa in der Wolle gehabt«, röhrte er, »als sie sich für Dylan Thomas zu erwärmen anfing.« Den Vornamen sprach er Dailen aus. »Dylan Thomas«, sagte er, »und Lisa war nett zu ihm! Sie müssen nämlich wissen, wenn ich in den Himmel kommen sollte und Dylan Thomas dort fände, würde ich es vorziehen, zur Hölle zu fahren. Und ich würde *nicht* überrascht sein, wenn Lisa für ihre Hilfe und Unterstützung seiner sogenannten Dichtkunst zur Hölle gefahren ist.«

Janet Sidebottome beugte sich zu Percy hinüber. »Was sagten Sie über die arme Lisa? Ich höre nicht gut.«

»Ich sagte gerade«, antwortete er, »ich bin neugierig, ob Lisa nicht zur Hölle gefahren ist wegen ihrer – – –«

»Aus Achtung vor meiner teuren Schwester«, unterbrach Janet ihn mit einem feindseligen Blick, »halte ich es nicht für angebracht – – –«

»Dai-len Thomas starb im Delirium tremens«, schnitt der alte Dichter ihr das Wort ab und wurde zusehends fröhlicher. »Erkennen Sie den Zusammenhang? – Die Anfangsbuchstaben seines Namens sind D. T., und er starb im D. t. Hah!«

»Aus Achtung vor meiner verstorbenen Schwester – – «

»Dichtkunst!« rief Percy aus. »Dylan Thomas wußte überhaupt nicht, was dieses Wort bedeutet. Was ich damals zu Lisa gesagt habe, also ich sagte: ›Du machst eine komplette Närrin aus dir, wenn du diesen Scharlatan unterstützt. Das ist keine Dichtkunst, er will uns nur an der Nase herumführen.‹ Sie hat es nicht erkannt, niemand hat es erkannt, aber ich sage euch, seine Verse sind nichts als ein Possenspiel.«

Tempest drehte sich auf ihrem Stuhl um. »Sch, Mr. Mannering«, sagte sie und tippte Percy auf die Schulter.

Percy sah sie an und röhrte: »Ha! Wissen Sie, was Sie dem Satan erzählen können, was er mit Dai-len Thomas' Gedichten machen soll?« Er entblößte grinsend seine beiden Fangzähne und setzte sich zurück, um besser die Wirkung dieser Frage beobachten zu können, die er sogleich selbst mit nicht zu druckenden Worten beantwortete, worauf Mrs. Pettigrew »Du meine Güte!« ausrief und sich die Mundwinkel mit ihrem Taschentuch wischte. An den anderen Tischen war man inzwischen unruhig geworden, und die älteste Kellnerin sagte: »Nicht *hier*, Sir!«

Godfreys Abscheu wurde von der Furcht überschattet, daß die Gesellschaft sich jetzt auflösen könnte. Während die Aufmerksamkeit aller noch von Percy in Anspruch genommen war, nahm er hastig ein paar der in Zellophan gewickelten Zuckergußkuchen von der obersten Platte des Kuchenständers und stopfte sie sich in die Taschen. Er blickte sich um und fühlte sich sicher, daß niemand seine Handlung beobachtet hatte.

Janet Sidebottome beugte sich zu Mrs. Pettigrew hinüber. »Was hat er gesagt?« fragte sie.

»Also, soweit *ich* es verstehen konnte, Miss Sidebottome«, antwortete Mrs. Pettigrew, während sie sich dabei von der Seite in einem Wandspiegel musterte, »sprach er in unanständiger Weise über irgendeinen Herrn.«

»Arme Lisa«, sagte Janet. Tränen traten ihr in die Augen. Sie küßte ihre Verwandten und ging. Lisas Neffe und seine Frau wollten sich unauffällig fortstehlen, aber bevor sie den Ausgang erreicht hatten, wurden sie von Tempest zurückbeordert, weil der Neffe seinen Schal vergessen hatte. Schließlich erlaubte sie dem Paar zu gehen. Percy Mannering blieb grinsend auf seinem Stuhl sitzen.

Zu Godfreys großer Erleichterung füllte Mrs. Pettigrew ihm seine Tasse noch einmal nach. Auch sich selbst goß sie wieder ein, aber als Percy ihr mit zitternder Hand seine Tasse hinhielt, ignorierte sie es. »Hah!« sagte Percy, »das war starker Tobak für euch Ladies, was?« Er langte nach der Teekanne. »Ich hoffe nur, daß nicht ich Lisas Schwester zum Weinen gebracht habe«, fügte er dann ernsthaft hinzu. »Es täte mir leid, wenn ich daran schuld wäre.« Die Teekanne war zu schwer für seine bebenden Hände. Sie entglitt ihm und fiel auf die Seite, und ein brauner, mit Teeblättern vermischter See ergoß sich über das Tischtuch und über Godfreys Hose.

Tempest erhob sich und stieß ihren Stuhl zurück, als Zeichen, daß sie es wirklich ernst meinte. Dame Lettie und eine Kellnerin folgten ihr zu dem Unglückstisch. Während Godfrey mit einem Handtuch trockengetupft wurde, faßte

Lettie den Dichter am Arm und sagte: »Bitte gehen Sie!« Tempest, die mit Godfreys Hose beschäftigt war, rief über die Schulter ihrem Manne zu: »Ronald, du bist ein Mann, steh Dame Lettie bei.«

»Was? Wem?« fragte Ronald.

»Wach auf, Ronald. Siehst du denn nicht, was getan werden muß? Hilf Dame Lettie, Mr. Mannering hinauszubringen.«

»Oh«, sagte Ronald, »was sehe ich, jemand hat seinen Tee verschüttet.« Er beäugte das schwimmende Tischtuch.

Percy schüttelte Dame Letties Hand von seinem Arm, knöpfte, nach links und rechts grinsend, seinen dünnen Mantel zu und zog ab.

Für Godfrey und Mrs. Pettigrew wurde am Tisch der Sidebottomes Platz gemacht. »Und jetzt wollen wir uns eine Kanne frischen Tee kommen lassen«, sagte Tempest. Alle seufzten erleichtert auf. Die Kellnerin beseitigte die Teepfütze am Nebentisch. Es war bemerkenswert ruhig im Raum.

Dame Lettie begann Mrs. Pettigrew nach ihren zukünftigen Plänen zu fragen. Godfrey bemühte sich, ihrer Unterhaltung genau zu folgen. Er war nicht sicher, ob er Lisa Brookes Haushälterin für die Pflege von Charmian haben wollte. Sie mochte zu alt oder zu teuer sein. Sie sah ziemlich gerissen aus und mochte kostspielige Einfälle haben. Und außerdem war er sich noch nicht darüber im klaren, ob Charmian nicht vielleicht in ein Heim mußte.

»Selbstverständlich ist damit noch kein definitives Angebot gemeint«, warf er ein.

»Also, wie ich gerade zu Dame Lettie sagte, Mr. Colston«, entgegnete Mrs. Pettigrew, »ich kann keine Pläne machen, bevor die Angelegenheit geregelt ist.«

»Welche Angelegenheit?« fragte Godfrey.

»Godfrey, bitte!« sagte Dame Lettie. »Mrs. Pettigrew und ich unterhalten uns.« Sie wandte sich wieder Mrs. Pettigrew zu und versperrte Godfrey das Blickfeld, indem sie ihren Ellbogen auf den Tisch plumpsen ließ.

»Wie gefiel Ihnen denn die Feier?« fragte Tempest.

Godfrey blickte sich nach den Kellnerinnen um. »Die Bedienung ist sehr zufriedenstellend«, antwortete er. »Diese Ältere da hat es dem Mannering ganz gut gegeben, finde ich.«

Tempest schloß ergeben die Augen. »Ich meine den Gottesdienst für die arme Lisa im Krematorium«, sagte sie.

»Oh«, sagte Godfrey, »Sie hätten Beerdigungsfeierlichkeiten sagen sollen. Als Sie Feier sagten, dachte ich natürlich – – –«

»Wie gefielen Ihnen also die Einäscherungsfeierlichkeiten?«

»Große Klasse«, sagte Godfrey. »Ich habe mich entschlossen, mich ebenfalls verbrennen zu lassen, wenn meine Zeit abgelaufen ist. Sauberste Art. Leichen unter der Erde infizieren nur unsere Trinkwasserversorgung. Sie hätten gleich Einäscherungsfeierlichkeiten sagen sollen.«

»Ich finde, die Ansprache war kalt«, sagte Tempest. »Ich wünschte, der Pfarrer hätte den Nachruf der armen Lisa verlesen. Bei der letzten Verbrennung, der ich beiwohnte – es war Ronalds armer Bruder Henry –, wurde sein Nachruf aus dem *Nottingham Guardian* vorgelesen, alles über seinen Kriegsdienst und seine Arbeit für die SSAFA und die Verkehrssicherheit. Es war so bewegend. Warum konnte nicht auch Lisas Nachruf vorgelesen werden? Was alles in den Zeitungen über ihre guten Werke für die Künste gestanden hat – er hätte es uns vorlesen müssen.«

»Ganz meine Meinung«, sagte Godfrey. »Es ist das mindeste, was er hätte tun können. Hatten Sie besonders darum gebeten?«

»Nein«, seufzte sie. »Ich überließ Ronald die ganzen Anordnungen. Wenn man nicht alles selbst macht ...«

»Wenn es sich um andere Dichter handelt, geraten sie

immer so in Harnisch«, sagte Ronald. »Sie legen eben soviel persönliches Gefühl in das Dichten hinein, verstehen Sie?«

»Wovon um alles in der Welt redet der denn nun wieder?« rief Tempest aus. »Allem Anschein nach spricht er von Mr. Mannering. Wir reden nicht über Mr. Mannering, Ronald. Mr. Mannering ist gegangen, das Thema ist für uns erledigt. Wir sind bereits bei etwas ganz anderem.«

Als sie beim Aufbrechen waren, fühlte Godfrey eine Berührung auf seinem Arm. Er drehte sich um und sah Guy Leet hinter sich, über seine Stöcke gebeugt und mit schief gehaltenem Babygesicht zu ihm aufblickend.

»Na, sind Sie bei dem Leichenschmaus auf Ihre Kosten gekommen?« fragte Guy.

»Bitte?« fragte Godfrey zurück.

Guy deutete mit dem Kopf auf Godfreys Taschen, die von den Kuchen ausgebeult waren. »Nehmen wohl was für Charmian mit nach Hause, wie?«

»Ja«, sagte Godfrey.

»Und wie geht es Charmian?«

Godfrey hatte seine Haltung zum Teil wiedergewonnen. »Sie ist großartig in Form«, antwortete er. »Es tut mir leid«, fügte er hinzu, »wenn ich sehe, wie schlecht es Ihnen geht. Muß ja schrecklich sein, wenn man nicht mehr auf seinen eigenen Gräten laufen kann.«

Guy ließ ein helles Lachen hören. Er kam dicht an Godfrey heran und schnaufte in seine Weste: »Aber ich *bin* wenigstens viel darauf herumgekommen, mein Lieber. *Ich* wenigstens bin es.«

Auf dem Heimweg warf Godfrey die Kuchen aus seinem Wagenfenster. Warum hat man diese verdammten Dinger bloß eingesteckt? dachte er. Man hat das schließlich nicht nötig, man könnte jeden Bäckerladen in London aufkaufen und würde das Geld nicht vermissen. Warum tat man so etwas? Es hatte doch überhaupt keinen Sinn.

»Ich bin bei Lisa Brookes Beerdigung gewesen«, sagte er zu Charmian, als er nach Hause kam, »oder richtiger, bei ihrer Einäscherung.«

Charmian erinnerte sich an Lisa Brooke; sie hatte Grund, sich an sie zu erinnern. »Was mich betrifft, muß ich leider sagen«, meinte sie, »daß Lisa manchmal ein bißchen gehässig zu mir war, aber sie hatte auch ihre guten Seiten. Eine großzügige Natur, wenn sie mit den richtigen Menschen zusammenkam, aber – – –«

»Guy Leet war da«, unterbrach Godfrey sie. »Er ist schon fast erledigt, humpelt an zwei Stöcken.«

»Oh«, meinte Charmian, »was für ein kluger Mann das war!«

»Klug?« fragte Godfrey.

Als Charmian Godfreys Gesichtsausdruck sah, kicherte sie quiekend durch die Nase.

»Ich habe mich fest entschlossen, mich verbrennen zu lassen, wenn meine Zeit abgelaufen ist«, sagte Godfrey. »Es ist die sauberste Art. Die Friedhöfe verunreinigen nur unsere Wasserversorgung. Verbrennung ist das beste.«

»Darin bin ich ganz deiner Meinung«, erwiderte Charmian schläfrig.

»Nein, du bist *nicht* meiner Meinung«, widersprach Godfrey. »Katholiken dürfen sich nicht verbrennen lassen.«

»Ich meine, ich bin überzeugt, daß du recht hast, lieber Eric.«

»Ich bin nicht Eric«, versetzte Godfrey. »Und du bist nicht überzeugt, daß ich recht habe. Frag Mrs. Anthony, sie wird dir sagen, daß die Katholiken gegen die Verbrennung sind.« Er öffnete die Tür und rief laut und gereizt nach Mrs. Anthony. Seufzend kam sie herein.

»Mrs. Anthony, Sie sind doch katholisch, nicht wahr?« fragte Godfrey.

»Ja, das stimmt. Ich habe etwas auf dem Herd.«

»Sind Sie für die Einäscherung nach dem Tode?«

»Wenn Sie mich fragen«, antwortete sie, »mir ist der Gedanke, so rasch abgetan zu werden, nicht gerade angenehm. Nach meinem Gefühl ist das ungefähr so – – –«

»Das ist keine Frage Ihres Gefühls, es handelt sich darum, was Ihre Kirche Ihnen befiehlt. Ihre Kirche sagt, Sie dürfen sich nicht verbrennen lassen, darauf kommt es an.«

»Also, wie ich schon sagte, Mr. Colston, mir ist der Gedanke wirklich nicht angenehm, verb – – –«

»*Der Gedanke nicht angenehm* ... Es kommt gar nicht darauf an, ob es Ihnen angenehm ist oder nicht. Sie haben keine Wahl in dieser Angelegenheit, verstehen Sie?«

»Also, ich sehe mir immer gern eine richtige Beerdigung an, ich mag immer – – –«

»In eurer Kirche ist es eine Frage des Gehorsams, daß ihr euch nicht verbrennen lassen dürft«, ereiferte sich Godfrey. »Ihr Frauen kennt nicht einmal euren eigenen Glauben.«

»Ich verstehe, Mr. Colston. Ich habe etwas auf dem Herd.«

»*Ich* bin für die Einäscherung nach dem Tode, ihr beiden aber nicht – Charmian, du bist gegen die Verbrennung, hast du verstanden!«

»Aber ja, Godfrey.«

»Und Sie ebenfalls, Mrs. Anthony.«

»O. K., Mr. Colston.«

»Aus Prinzip«, sagte Godfrey.

»Schon recht«, versetzte Mrs. Anthony und verschwand. Godfrey mischte sich einen starken Whisky mit Soda. Aus einer Schublade nahm er eine Schachtel Streichhölzer und eine Rasierklinge und machte sich an die Arbeit; sorgfältig spaltete er die dünnen Holzschäfte der Länge nach, so daß er schließlich aus einer Schachtel die doppelte Anzahl Zündhölzer bekam. Und wärend er arbeitete, schlürfte er voller Genugtuung an seinem Getränk.

Viertes Kapitel

Der Grund, warum die Familie die Feier nach Lisa Brookes Verbrennung lieber in einer Gaststätte als in ihrem kleinen Backstein-Atelierhaus begangen hatte, war folgender: Mrs. Pettigrew, die Haushälterin, wohnte noch dort. Die Familie hatte inzwischen herausgefunden, daß Lisa den größten Teil ihres Vermögens dieser Mrs. Pettigrew vermacht hatte. Mrs. Pettigrew aber betrachteten sie schon lange als ein unheilvolles Element in Lisas Leben. Sie hielten an dieser Vorstellung fest, wie es in ähnlicher Weise manche Leute tun, die oftmals auf unerklärliche Art recht behalten, wenn auch der Verdacht, der zu ihrem Schlusse führt, nicht stichhaltig ist. Vor allem fanden sie es verdächtig, daß Mrs. Pettigrews Macht über Lisa offensichtlich sehr stark gewesen war; sie hofften daher, Lisas Testament mit der Begründung anfechten zu können, daß Lisa bei seiner Ausfertigung nicht im vollen Besitz ihrer Geisteskräfte gewesen und wahrscheinlich von Mrs. Pettigrew auf unerlaubte Weise beeinflußt worden wäre.

Schon die ganze Form des Testaments bewiese – so argumentierten sie –, daß Lisa bei seiner Abfassung nicht ganz normal gewesen sein konnte. Das Testament war nämlich nicht von einem Rechtsanwalt ausgefertigt worden. Es war ein einfaches Blatt Schreibpapier, ein Jahr vor Lisas Tod datiert und von ihrer Putzfrau und deren Tochter als Zeugen unterschrieben. Sie vermachte darin ihr gesamtes Vermögen ›meinem Ehemanne, falls er mich überlebt, und danach meiner Haushälterin Mabel Pettigrew‹. Wie ihre Verwandten jedoch zu wissen glaubten, lebte kein Ehemann von Lisa mehr. Der alte Brooke war lange tot, und außerdem hatte er sich während des Ersten Weltkrieges von ihr scheiden lassen. Sie müßte nicht mehr recht bei Verstand gewesen sein, führten sie an, daß sie überhaupt einen Ehemann erwähnte. Sie bestanden darauf, daß dieser Fetzen Papier ungültig sein müßte. Zu ihrer Beunruhigung sahen die Rechtsanwälte aber nichts Ungültiges in seiner äußeren Form; Mrs. Pettigrew schien die einzige Begünstigte zu sein.

Tempest Sidebottome war außer sich. »Ronald und Janet«, sagte sie, »müßten von Rechts wegen erben. Wir werden es anfechten. Lisa hätte nie einen Ehemann erwähnt, wenn sie bei Verstand gewesen wäre. Mrs. Pettigrew muß sie in der Hand gehabt haben.«

»Bei Lisa mußte man immer damit rechnen, daß sie unberechenbare Dinge tat«, bemerkte Ronald Sidebottome.

»Du bist der geborene Obstruktionist!« sagte Tempest.

Aus all diesen Gründen hatte sie es für vorsichtiger gehalten, die Schwelle des Ateliers ›Harmonie‹ vorläufig zu meiden, und für ebenso ratsam, Mrs. Pettigrew zu der Leichenfeier einzuladen.

Dame Lettie erklärte dies gerade Miss Taylor, die während ihrer langen Dienstzeit bei Charmian vieles gesehen hatte. Dame Lettie war, ohne sich dessen bewußt zu werden, in den letzten Monaten in die Gewohnheit verfallen, Miss Taylor ihr Herz auszuschütten. So viele von Letties Zeitgenossinnen, die ihre Welt und ihre Vergangenheit noch kannten, hatten ihr Gedächtnis verloren oder waren gestorben, oder sie lebten in privaten Pflegeheimen auf dem Lande; es war praktisch, Miss Taylor in London erreichbar zu haben, um mit ihr die Dinge durchsprechen zu können.

»Sehen Sie, Taylor«, sagte Dame Lettie, »Sie mochten Mrs. Pettigrew nie. Dabei ist Mrs. Pettigrew doch eine bewundernswerte Frau. Ich hatte gehofft, sie zu der Betreuung von Charmian überreden zu können. Aber natürlich, mit Lisas Geld in Aussicht will sie nicht länger arbeiten. Sie muß über siebzig sein, wenn sie natürlich auch sagt ... Also, Sie verstehen, mit Lisas Geld – – –«

»Sie wäre niemals die Richtige für Charmian«, sagte Miss Taylor.

»Aber ich meine wirklich, Charmian braucht eine feste Hand, wenn wir sie zu Hause behalten wollen. Anderenfalls müßten wir sie in ein Pflegeheim geben. Sie haben keine Ahnung, Taylor, wie gereizt der arme Godfrey wird. Er versucht sein Bestes, aber«, Dame Lettie senkte ihre Stimme, »da ist noch die Toilettenfrage, Taylor. Von Mrs. Anthony kann man nicht erwarten, daß sie das jedesmal übernimmt. Wie die Dinge jetzt liegen, muß Godfrey jeden Morgen das Nachtgeschirr aus dem Schlafzimmer tragen. Er ist das nicht gewöhnt, Taylor, er ist so etwas einfach nicht gewöhnt.«

In Anbetracht des warmen Septembernachmittags hatte man Miss Taylor auf den Balkon der Pflegestation des Maud Long Krankenhauses hinausgebracht; sie saß in ihrem Lehnstuhl und hatte eine Decke um ihre Knie geschlagen.

»Arme Charmian«, sagte sie, »liebe Charmian. Wenn wir älter geworden sind, werden diese Blasen- und Nierengeschichten so wichtig für uns. Ich hoffe, sie hat einen Nachtstuhl an ihrem Bett stehen; Sie wissen ja, wie schwierig es für alte Knochen ist, mit einem Topf umzugehen.«

»Sie hat einen Nachtstuhl«, antwortete Dame Lettie. »Aber damit ist dieses Problem noch nicht für den Tag gelöst. Mrs. Pettigrew wäre dafür einfach ideal gewesen. Denken Sie nur daran, was sie für die arme Lisa nach ihrem ersten Schlaganfall getan hat. Doch Mrs. Pettigrew kommt ja nun nicht mehr in Frage, nach dieser Erbschaft von Lisa. Das war einfach lächerlich von Lisa.«

Miss Taylor blickte bekümmert. »Es wäre tragisch«, sagte sie, »wenn Mrs. Pettigrew zu den Colstons käme. Charmian würde mit dieser Frau äußerst unglücklich sein. Sie dürfen nicht wieder daran denken, Dame Lettie. Sie kennen Mrs. Pettigrew nicht so wie ich.«

Dame Lettie beugte sich dicht zu Miss Taylor, und ihre

gelb-braunen Augen verengten sich, als sähe sie etwas sehr Aufregendes. »Glauben Sie«, fragte sie, »daß irgend etwas Anomales – ich meine, daß irgend etwas nicht richtig zwischen Mrs. Pettigrew und Lisa Brooke gewesen ist?«

Miss Taylor gab nicht vor, nicht zu wissen, was Dame Lettie meinte. »Ich kann nicht sagen«, erwiderte sie, »in was für eine Beziehung sie früher zueinander gestanden haben. Ich weiß lediglich, und das wissen auch Sie, Dame Lettie, daß Mrs. Pettigrew in den letzten acht oder neun Jahren sehr befehlshaberisch gegenüber Mrs. Brooke war. Sie paßt nicht für Charmian.«

»Eben weil sie so herrisch ist«, sagte Dame Lettie, »hätte ich sie gern für Charmian gehabt. Charmian *braucht* jemand, der sie fest anfaßt. Es ist nur zu ihrem Besten. Aber wie dem auch sei, es ist ja sinnlos, darüber noch zu reden. Mrs. Pettigrew hat es nicht nötig, diese Stellung anzunehmen. Wie ich gehört habe, hat Lisa ihr praktisch alles hinterlassen. Und Lisa befand sich in sehr guten Verhältnissen, wie Sie wissen; daher – – –«

»Ich würde nicht so überzeugt sein, daß Mrs. Pettigrew tatsächlich erbt«, beharrte Miss Taylor auf ihrer Ansicht.

»Nein, Taylor«, entgegnete Dame Lettie, »ich fürchte, Lisas Familie hat keine Chancen. Ich bezweifle, daß ihre Anwälte die Sache überhaupt vor Gericht kommen lassen. Es gibt einfach keinen Streitfall. Lisa war bis zu ihrem Todestage geistig völlig gesund. Es ist wahr, daß Mrs. Pettigrew einen unerwünschten Einfluß auf sie ausübte, aber Lisa war bis zu ihrem Ende völlig normal.«

»Ja, das ist wahr; Mrs. Pettigrew hatte sie in der Hand.«

»Ich würde nicht sagen, sie hatte sie in der Hand; ich würde sagen, sie beeinflußte sie.«

»Ganz richtig, Dame Lettie. – War Mr. Leet vielleicht zufällig bei der Beisetzung?«

»O ja, Guy Leet war da. Ich glaube kaum, daß er es noch lange machen wird. Komplizierte rheumatische Arthritis.« Während sie sprach, erinnerte Dame Lettie sich daran, daß rheumatische Arthritis eines von Miss Taylors Leiden war; aber schließlich, so dachte sie, mußte Taylor den Tatsachen ins Gesicht sehen. »Sehr fortgeschrittener Fall«, fügte sie hinzu, »er kommt nur noch sehr mühsam auf zwei Stöcken voran.«

»Es ist wie im Krieg«, bemerkte Miss Taylor.

»Was meinen Sie?«

»Wenn man über siebzig ist, kommt man sich vor wie auf dem Schlachtfeld. Alle unsere Freunde sind fort oder verlassen uns gerade, und wir überleben zwischen den Toten und Sterbenden.«

Sie phantasiert bereits und schwatzt krankhaftes Zeug, dachte Dame Lettie.

»Oder ihre Nerven sind noch vom Krieg angegriffen«, sagte Miss Taylor.

Dame Lettie war ärgerlich, denn sie hatte einen Rat von Miss Taylor haben wollen.

»Kommen Sie, Taylor«, sagte sie, »Sie reden wie Charmian.«

»Ich muß eine Menge von ihrer Art zu reden und zu sprechen angenommen haben«, sagte Miss Taylor.

»Taylor«, redete Dame Lettie sie an, »ich möchte Sie um einen Rat bitten.« Sie musterte die ihr gegenüber sitzende Frau, um zu prüfen, ob sie auch aufmerksam zuhörte. »Vor vier Monaten«, begann sie, »erhielt ich zum ersten Mal einen anonymen Telefonanruf von einem Mann. Seitdem haben diese Anrufe nicht mehr aufgehört. Einmal, als ich bei Godfrey über Nacht blieb, hat der Mann, der meine Fahrt dorthin beobachtet haben muß, seine Botschaft an mich durch Godfrey ausrichten lassen.«

»Was sagt er denn?« fragte Miss Taylor.

Dame Lettie beugte sich zu Miss Taylors Ohr und informierte sie flüsternd.

»Haben Sie es der Polizei gemeldet?«

»Selbstverständlich haben wir es der Polizei berichtet. Aber das ist zwecklos. Godfrey hatte auch eine Unterredung mit ihnen. Zwecklos. Sie meinen anscheinend, wir hätten uns das ausgedacht.«

»Sicher haben Sie auch daran gedacht, Chefinspektor Mortimer um Rat zu fragen? Er verehrt Charmian doch so sehr.«

»Selbstverständlich habe ich Mortimer nicht konsultiert. Mortimer lebt im Ruhestand, er ist beinahe siebzig. Die Zeit vergeht, müssen Sie wissen. Sie leben in der Vergangenheit, Taylor.«

»Ich dachte nur«, sagte Miss Taylor, »daß Inspektor Mortimer vielleicht privat etwas unternehmen könnte. Zumindest könnte er auf irgendeine Weise behilflich sein. Ich hielt ihn immer für einen ungewöhnlich tüchti – – –«

»Mortimer kommt nicht in Frage. Wir brauchen einen jungen, aktiven Kriminalisten für diesen Fall. Ein gefährlicher Wahnsinniger läuft frei herum. Ich weiß nicht, wie viele Leute außer mir sich noch in Gefahr befinden.«

»Wenn ich Sie wäre, würde ich nicht mehr ans Telefon gehen, Dame Lettie.«

»Meine liebe Taylor, man kann doch nicht für dauernd von der Welt abgeschnitten sein. Ich muß mich um meine Heime kümmern. Ich bin noch nicht gänzlich abgeschrieben, Taylor. Man muß Telefon haben. Aber ich muß gestehen, daß ich die Anspannung merke. Stellen Sie sich vor, wie das ist, jedesmal wenn man ans Telefon geht. Man weiß nie, ob man nicht schon wieder diesen quälenden Satz zu hören bekommt. Es ist wirklich quälend.«

»Denken Sie daran, daß Sie sterben müssen«, sagte Miss Taylor.

»Sch«, machte Dame Lettie und blickte vorsichtig über ihre Schulter.

»Können Sie es nicht ignorieren, Dame Lettie?«

»Nein, das kann ich einfach nicht. Ich habe es versucht,

aber es beunruhigt mich zu sehr. Diese Mahnung *ist* ja aber auch beunruhigend.«

»Vielleicht können Sie sich danach richten«, sagte Miss Taylor.

»Was sagen Sie da?«

»Sie könnten vielleicht versuchen, sich daran zu erinnern, daß Sie einmal sterben müssen.«

Sie phantasiert schon wieder, dachte Lettie. »Taylor«, erwiderte sie, »Sie brauchen mir nicht zu raten, was ich denken soll. Ich hatte gehofft, Sie würden mir einen Weg vorschlagen können, wie man den Verbrecher fassen kann; denn ich sehe, daß ich die Sache selbst in die Hände nehmen muß. Verstehen Sie etwas von Fernsprechanlagen? Kann man Telefongespräche von privaten Apparaten feststellen?«

»Für ältere Leute ist es schwierig«, sagte Miss Taylor, »daran zu denken, daß sie sterben müssen. Es ist am besten, sich schon in jungen Jahren daran zu gewöhnen. Ich werde über einen Plan nachdenken, wie man den Mann fassen kann, Dame Lettie. Ich habe einmal etwas über die Funktion des Fernsprechnetzes gewußt; ich will versuchen, es mir ins Gedächtnis zurückzurufen.«

»Ich muß gehen.« Lettie erhob sich und fügte hinzu: »Ich nehme an, es geht Ihnen recht gut?«

»Wir haben eine neue Stationsschwester bekommen«, antwortete Miss Taylor. »Sie ist nicht so nett wie die letzte. Persönlich kann ich nicht klagen, aber einige meiner Gefährtinnen sind empfindlich und neigen dazu, sich Dinge einzubilden.«

Lettie ließ ihre Blicke über die sonnige Veranda des Maud Long Krankenhauses schweifen, auf der eine Reihe alter Frauen in ihren Lehnstühlen saßen.

»Sie sind zu beneiden«, sagte Dame Lettie und stieß einen Seufzer aus.

»Ich weiß«, entgegnete Miss Taylor. »Aber sie sind unzufrieden und fürchten sich.«

»Wovor fürchten sie sich?«

»Vor der Stationsschwester«, sagte Miss Taylor.

»Aber was hat sie ihnen denn getan?«

»Gar nichts«, antwortete Miss Taylor, »ausgenommen, daß sie sich vor diesen alten Leuten fürchtet.«

»*Sie* fürchtet sich? Ich denke, Sie sagten, daß die Patientinnen sich vor *ihr* fürchten?«

»Das kommt auf dasselbe hinaus«, sagte Miss Taylor.

Sie phantasiert, dachte Lettie und sagte: »In den Balkanländern werfen die Bauern ihre alten Leute im Sommer aus dem Hause, damit sie sich ihren Unterhalt für den Winter zusammenbetteln.«

»Tatsächlich?« meinte Miss Taylor. »Das ist ein interessantes System.« Ihre Hand schmerzte in den Gelenken, als Dame Lettie sie ergriff, um ihr auf Wiedersehen zu sagen.

»Ich hoffe«, sagte Miss Taylor, »Sie denken nicht mehr daran, Mrs. Pettigrew einzustellen.«

Sie ist eifersüchtig auf jeden, der mit Charmian zu tun hat, dachte Dame Lettie.

Vielleicht bin ich das, dachte Miss Taylor, die diesen Gedanken in Dame Letties Gesicht lesen konnte.

Nachdem Dame Lettie gegangen war, grübelte sie wie gewöhnlich und verstand mehr und mehr, warum Lettie sie so oft besuchen kam und diese Besuche angenehm zu finden schien, obwohl sie doch selten über etwas Angenehmes mit ihr sprach oder sich besonders freundlich benahm. Der Grund war die alte Feindschaft wegen Miss Taylors Liebesaffäre im Jahre 1907, die Dame Lettie jedoch tatsächlich vergessen hatte – auf gefährliche Weise vergessen hatte, so daß sie jetzt in ihrem Unterbewußtsein eine nur unbestimmte und daher anziehende Feindschaft gegen Jean Taylor empfand, ohne dafür eine plausible Erklärung zu finden. Dagegen hatte Miss Taylor sich noch bis vor kurzem an jede Einzelheit ihrer Liebesgeschichte erinnern können, wie auch an Dame Letties darauffolgende Verlobung mit dem

Manne, den Dame Lettie hatte heiraten wollen; allerdings war auch daraus nichts geworden. Aber in letzter Zeit, dachte Miss Taylor, beginne ich wie sie zu fühlen. Feindschaft ist ansteckend.

Miss Taylor schloß die Augen und legte die Hände entspannt auf die Decke, die über ihren Knien lag. Bald würden die Schwestern kommen, um die Omas zu Bett zu bringen. Unterdessen dachte sie mit schläfrigem Vergnügen: ich genieße Dame Letties Besuche, ich freue mich schon immer im voraus darauf, wenn ich sie auch trotzdem schroff behandle. Vielleicht kommt das daher, daß ich jetzt so wenig zu verlieren habe. Vielleicht auch daher, weil diese Begegnungen immer so anregend wirken. Ich könnte in Gefühllosigkeit versinken, wenn ich nicht die dicke, alte Lettie hätte. Und vielleicht kann ich sie auch noch obendrein in der Angelegenheit der Stationsschwester gut gebrauchen, wenn das auch unwahrscheinlich ist.

»Oma Taylor – Zwillinge: *Festlichkeiten am Abend könnten Ihnen jede Anregung geben, die Sie nur wünschen. Ein lebhafter Tag für geschäftliche Unternehmungen*«, las Oma Valvona schon zum zweiten Mal an diesem Tag vor.

»Was Sie nicht sagen«, bemerkte Miss Taylor.

Die Patientinnen der Altersabteilung des Maud Long Krankenhauses waren zu Bett gebracht worden und warteten nun auf ihr Abendessen.

»Es kommt der Wahrheit ganz nahe«, sagte Miss Valvona. »Sie können immer aus Ihrem Horoskop ersehen, wann Sie Besuch bekommen, Oma Taylor. Entweder Ihre Dame oder dieser Herr, der manchmal kommt; Sie können es immer in den Sternen lesen.«

Oma Trotsky hob ihren weißhaarigen Kopf mit den niedrigen Augenbrauen und der stumpfen Nase und sagte etwas. Ihr Gesundheitszustand hatte sich seit einigen Wochen verschlechtert. Es war nicht mehr möglich, genau zu verstehen, was sie sagte. Miss Taylor erriet am schnellsten, was Oma Trotskys Bemerkungen bedeuten konnten, aber Miss Barnacle war am erfindungsreichsten.

Oma Trotsky wiederholte ihre unverständlichen Worte.

»Es ist gut, Oma«, antwortete Miss Taylor.

»Was hat sie gesagt?« forschte Oma Valvona.

»Ich weiß es nicht so genau«, erwiderte Miss Taylor.

Mrs. Reewes-Duncan, die behauptete, in früheren Tagen in einem Bungalow gelebt zu haben, redete Miss Valvona an: »Sind Sie sich eigentlich bewußt, daß das Horoskop, das Sie gerade vorgelesen haben, von Festlichkeiten am Abend spricht, während Oma Taylors Besucherin heute nachmittag um drei Uhr fünfzehn kam?«

Oma Trotsky hob wieder ihren sonderbar geformten Kopf und sprach, wobei sie ihre Feststellungen durch heftiges Nicken mit diesem so Ehrfurcht gebietenden und wunderbar gestalteten Haupt unterstützte. Worauf Oma Barnacle aufs Geratewohl meinte: »Sie sagt, Festlichkeiten können ihr den Buckel runterrutschen. Was haben die Vorhersagungen der Sterne für einen Sinn, wenn diese mordlustige Schlange von einer Stationsschwester draußen herumschleicht, sagt sie, und nur darauf wartet, daß der Winter die ganze Station fertigmacht, wenn wir alle Lungenentzündung bekommen. Ihr werdet euch eure Sterne aus nächster Nähe besehen können, sagt sie, wenn sie die Betten bereits für die nächste Sendung herrichten. Das hat sie gesagt – nicht wahr, Oma Trotsky.«

Oma Trotsky hob den Kopf und machte eine neue, sehr zungenfertige Anstrengung, wonach sie erschöpft auf ihr Kissen zurücksank und die Augen schloß.

»Genau das hat sie gesagt«, bekräftigte Oma Barnacle. »Und wie recht sie hat. Wenn der Winter kommt, werden diejenigen, die sich nicht mehr selbst helfen können, es nicht mehr lange machen.«

Ein plätscherndes Gemurmel lief die Reihe der Betten

entlang. Es erstarb, als eine Schwester durch den Saal ging, und begann von neuem, nachdem sie verschwunden war.

Miss Valvonas starke Augen blickten durch ihre Brille zurück in die Vergangenheit, wie sie es stets im Herbst taten. Sie sah, wie sich die Lokaltür an einem Sonntagnachmittag öffnete, sah das hervorragende Eis, das ihr Vater herstellte, und hörte den wunderschönen Klang seines Akkordeons, nachdem sich der Abend gesenkt hatte, fort und fort bis zur Polizeistunde. »Unser schönes Gastzimmer und das Eis mit Früchten, und die ›White Ladies‹, eine Spezialität, die Vater herstellte«, sagte sie. »Die ›White Ladies‹ lagen steif und hartgefroren auf den Tellern und waren aus Zutaten erster Qualität gemacht. Und die jungen Burschen sagten: ›Wie geht's dir, Doreen?‹, auch wenn sie gerade mit einem anderen Mädel aus dem Kino kamen. Und mein Vater holte die Ziehharmonika vom Schrank und spielte wie ein richtiger Künstler. Er hat fünfzig Pfund dafür bezahlt, stellen Sie sich vor, das war damals eine Menge Geld.«

Oma Duncan redete Miss Taylor an: »Haben Sie diese Dame eigentlich gebeten, etwas für uns zu tun?«

»Nicht ausdrücklich«, sagte Miss Taylor, »aber ich habe erwähnt, daß wir es nicht mehr so angenehm haben wie zuvor.«

»Wird sie etwas für uns *tun*?« forschte Oma Barnacle.

»Sie ist nicht selbst im Verwaltungsausschuß«, erklärte Miss Taylor. »Sie hat nur eine Freundin, die im Ausschuß sitzt. Es wird sicher seine Zeit brauchen. Ich kann sie nicht drängen, wissen Sie – sie ist sehr empfindlich. In der Zwischenzeit müssen wir eben versuchen, das Beste aus unserer Lage herauszuholen.« Die Schwester kam zurück und ging zwischen den Omas durch, die alle schweigend und verdrossen dalagen, bis auf Oma Trotsky, die geräuschvoll mit offenem Munde atmend eingeschlafen war.

Es entspricht der Wahrheit, dachte Miss Taylor, daß die

jungen Schwestern nicht mehr so fröhlich sind, seit Schwester Burstead die Station übernommen hat. Natürlich hatte es nicht länger als zwei Sekunden gedauert, bis Oma Barnacle eine ›Schwester Bastard‹ aus ihr gemacht hatte. Diese Gedankenverbindung zu ihrem Namen, dazu vielleicht auch noch ihr Alter – Schwester Burstead war gut über fünfzig –, hatten in Oma Barnacle sofort feindselige Gefühle hervorgerufen. »Wenn sie über fünfzig sind, bekommen sie ein Gemüt wie Aufseherinnen im Arbeitshaus. Einer Stationsschwester über fünfzig kann man nie trauen. Sie haben noch nicht mitbekommen, daß das Gesetz seit dem Krieg andere Umgangsformen vorschreibt.« Diese Voreingenommenheit hatte nun wieder die anderen Insassen der Station angesteckt. Aber der Boden dafür war schon vor einer Woche vorbereitet worden, als sie von dem bevorstehenden Weggang der jüngeren Schwester erfuhren: »Ein Wechsel, haben Sie das gehört? – Es soll ein Wechsel stattfinden. Was sagen die Sterne dazu, Oma Valvona?« Und dann, an dem Morgen, als Schwester Burstead die Station übernahm, drahtig, bebrillt und mittleren Alters, mit einem übellaunigen Zucken der einen Gesichtshälfte zwischen Oberlippe und Backenknochen, erklärte Oma Barnacle, daß sie sie fest eingestuft hätte: »Gemüt wie eine Aufseherin im Arbeitshaus. Ihr werdet sehen, was jetzt passieren wird. Alle, die sich nicht mehr selbst helfen können wie ich, werden es in dieser Station nicht mehr lange machen. Im Winter bekommt ihr dann Lungenentzündung, dagegen könnt ihr auch nichts machen, und das ist die Chance für die Stationsschwester.«

»Was meinen Sie denn, was sie tun wird, Oma Barnacle?«

»Tun? Nichts wird sie tun, das ist es ja gerade. Wartet nur den Winter ab, wenn ihr daliegt und nichts für euch getan wird. Besonders, wenn ihr keine Verwandten oder Bekannten habt, die sich für euch beschweren können.«

»Aber die anderen Schwestern sind doch in Ordnung, Oma?«

»Ihr werdet auch bei *ihnen* den Unterschied merken.«

Ein Unterschied war allerdings bemerkbar geworden. Die Schwestern hatten Angst vor ihrer neuen Vorgesetzten, das war alles. Aber im gleichen Maße, wie sie flinker und arbeitsamer wurden, brachte die Mehrzahl der Omas ihnen feindselige Gefühle und tödlichen Verdacht entgegen. Wenn die Nachtschwestern ihren Dienst antraten, atmeten alle im Saale auf, und diese Entspannung äußerte sich in einem fortgesetzten Sprechen und Rufen die ganze Nacht hindurch. Die Omas schrien im Schlaf und in einem Zustand halbwacher Ruhelosigkeit. Voller Furcht nahmen sie ihre Beruhigungstabletten ein, die man ihnen verabreichte, und am Morgen fragten sie einander: »War auch heute nacht alles mit mir in Ordnung?«, weil sie sich nicht genau erinnern konnten, ob sie oder jemand anders den Lärm gemacht hatten.

»Es wird alles ins Buch eingetragen«, sagte Oma Barnacle. »Nichts während der Nacht geschieht, was nicht in das Buch eingetragen wird. Und Schwester Bastard liest es am Morgen. Ihr wißt, was das zu bedeuten hat, wenn der Winter kommt, nicht wahr?«

Zuerst hatte Miss Taylor diese Redensarten nicht ernst genommen. Es stimmte schon, daß die neue Stationsschwester nervös und streng war, über fünfzig Jahre und in einem gewissen Sinne ängstlich. Alles wird sich wieder einrenken, dachte Miss Taylor, wenn beide Seiten sich erst an den Wechsel gewöhnt haben. Schwester Burstead mit ihren fünfzig und ein paar Jahren tat ihr leid. Vor dreißig Jahren, dachte Miss Taylor, war ich in den Fünfzigern und fing an, alt zu werden. Wie das an den Nerven zehrt, alt zu werden! Wieviel besser es doch ist, alt zu sein! Damals hatte es an einem Haar gehangen, ob sie die Colstons verlassen und zu ihrem Bruder in Coventry ziehen sollte, solange sich noch die Gelegenheit dazu bot. Die Versuchung, die Colstons zu verlassen, war sehr groß gewesen; denn in den fünfundzwanzig Jahren des Zusammenlebens mit Charmian hatte sie ihre Bildung vervollkommnen können. Als sie fünfzig geworden war, war es ihr tatsächlich absurd erschienen, noch länger bei Charmian im Dienst zu bleiben: durch ihre ganze bisherige Lebensweise war sie den Zofen, die sie auf ihren Reisen mit Charmian traf, weit an Geschmack und Intelligenz überlegen.

Die ersten beiden Jahre nach ihrem fünfzigsten Geburtstag war sie ruhelos und unentschlossen gewesen; ob sie ihrem verwitweten Bruder in Coventry den Haushalt führen und dadurch zu einem gewissen Ansehen kommen, oder ob sie weiterhin jeden Morgen Charmian wecken und Godfreys Seitensprünge schweigend beobachten sollte. Zwei Jahre lang, während sie sich zu einem Entschluß durchrang, hatte sie Charmian die Hölle bereitet: jeden Monat zu gehen gedroht, Charmians Kleider in die Koffer hineingequetscht, so daß sie beim Herausnehmen völlig zerknittert waren, und Gemäldegalerien besucht, während Charmian vergeblich nach ihr läutete.

»Mit dir steht es jetzt viel schlimmer als während deiner Wechseljahre«, hatte Charmian damals oft zu ihr gesagt.

Charmian überhäufte sie mit Flaschen voll Stärkungsmitteln, die sie dann mit unheimlicher Schadenfreude in die Toilette goß. Letzten Endes aber, nachdem sie einen Monat lang ihren Urlaub bei ihrem Bruder in Coventry verbracht hatte, kam sie zu der Erkenntnis, daß sie das Leben mit ihm und seinen Angewohnheiten nicht würde ertragen können. Ihn jeden Morgen auf den Weg ins Büro zu bringen, ihn ständig mit reinen Oberhemden zu versorgen ... und dann diese gierigen Spielabende mit seinen Whistbrüdern! Bei den Colstons trafen sich immer interessante Leute, und Charmians Wohnzimmer war ganz in Schwarz und Orange gehalten. Während der ganzen Zeit in Coventry hatte Miss Taylor die aufregenden Gesprächsfetzen vermißt, die sie gewöhnlich an den Nachmittagen bei Charmian hörte: »Charmian, Liebste, was meinen Sie, aber ehrlich, hätte ich diesen Boris nicht umlegen sollen?«

»Nein, ich mag Boris ganz gern.«

Und diese Telefonanrufe bis tief in die Nacht hinein:

»Sind Sie es, liebste Taylor? Holen Sie bitte Charmian an den Apparat, ja? Sagen Sie ihr, ich befände mich in einem wahren Schaffensrausch. Sagen Sie ihr, ich müßte ihr unbedingt mein neues Gedicht vorlesen.« Das war jetzt dreißig Jahre her.

Zehn Jahre davor hatten die Telefonanrufe wieder anders geklungen: »Taylor, sagen Sie Mrs. Colston, ich sei in London. Guy Leet. Aber kein Wort davon zu Mr. Colston, Taylor.« Das waren Botschaften, die Miss Taylor manchmal nicht ausrichtete. Charmian machte damals selbst gerade ihre Wechseljahre durch und war fähig, wie eine Katze auf den ersten besten Mann zu fliegen, der einen Annäherungsversuch machte – selbst auf Guy Leet, der früher ihr Liebhaber gewesen war.

Mit dreiundfünfzig Jahren war Miss Taylor endgültig zur Ruhe gekommen. Sie konnte sogar Alec Warner gegenübertreten, ohne dabei von den alten Gefühlen überwältigt zu werden. Sie begleitete Charmian überallhin, saß stundenlang bei ihr, hörte zu, wenn sie ihr die Manuskripte zu ihren Büchern vorlas und gab ihr Urteil darüber ab. Als nach und nach die anderen Bediensteten schwierig wurden und gingen, übernahm Jean Taylor die gesamte Haushaltsführung. Als Charmian sich einen Bubikopf schneiden ließ, folgte Miss Taylor ihrem Beispiel. Als Charmian zum katholischen Glauben übertrat, ließ auch Miss Taylor sich umtaufen, in Wirklichkeit nur, um Charmian damit eine Freude zu bereiten.

Ihren Bruder aus Coventry sah sie selten, und wenn es einmal geschah, pries sie sich glücklich, daß sie nicht bei ihm geblieben war. Godfrey Colston hatte sie bei einem seiner Seitensprünge gehörig ihre Meinung gesagt. Das nervöse, aus Enttäuschung geborene Zucken ihrer Mundwinkel, das sich in ihrem vierten Lebensjahrzehnt eingestellt hatte, verschwand langsam wieder.

Bei Schwester Burstead, hatte Miss Taylor gemeint, würde es genauso werden, wenn sie sich erst einmal mit der Umstellung abgefunden hatte.

In letzter Zeit jedoch begann Miss Taylor zu glauben, daß wenig Hoffnung mehr auf ein Verschwinden des nervösen Zuckens bei der neuen Stationsschwester bestünde. Die Omas waren so aufgebracht über sie, daß es keine Überraschung sein würde, wenn Schwester Burstead sie tatsächlich an Lungenentzündung sterben ließe, sollte sich ihr die Chance dazu bieten.

»Sie müssen mit dem Arzt reden, Oma Barnacle, wenn Sie tatsächlich das Gefühl haben, nicht richtig behandelt zu werden«, sagte Miss Taylor.

»Der Doktor kann mir mal. Die sind doch ein Herz und eine Seele. Was bedeutet denen schon eine alte Frau, frage ich Sie?«

Das einzig Gute, das man nach der Ankunft der neuen Stationsschwester wahrnehmen konnte, war die Tatsache, daß die ganze Abteilung regelrecht aufgelebt war. Die geistige Regsamkeit der Alten hatte sich gebessert, als wäre die Stationsschwester so eine Art Schockbehandlung. Die Omas hatten ihre Testamentsänderungen vergessen und drohten nicht mehr damit, sich gegenseitig oder die Schwestern zu enterben.

Mrs. Reewes-Duncan jedoch machte den großen Fehler, der Stationsschwester mit ihrem Rechtsanwalt zu drohen, als eines Mittags das Fleisch zu zäh oder nicht ganz durchgebraten war – Miss Taylor konnte sich nicht erinnern, welches von beiden der Fall gewesen war. »Holen Sie die Stationsschwester her zu mir«, verlangte Mrs. Reewes-Duncan. »Holen Sie sie her!«

Die auf solche Weise herbeizitierte Stationsschwester marschierte sichtlich geladen herein.

»Also, Oma Duncan, was ist los? Beeilen Sie sich, ich habe zu tun. Was ist los?«

»Dieses Fleisch, meine gute Frau ...« Alle im Saal fühlten sofort, daß Oma Duncan einen großen Fehler beging. »Ich werde es meiner Nichte sagen ... Mein Rechtsanwalt ...«

Aus irgendeinem Grunde wirkte das Wort ›Rechtsanwalt‹ wie Feuer auf Schwester Burstead. Dieses eine Wort brachte sie hoch. Mit dem Arzt, der Oberin oder mit seinen Verwandten konnte man offensichtlich drohen, ohne daß es sie aus der Ruhe brachte; sie stand dann lediglich da, starrte einen ärgerlich und mit zuckender Wange an und sagte nicht viel mehr als: »Leute wie Sie wissen ja nicht einmal, wozu sie noch auf der Welt sind«, und »Tun Sie es nur, erzählen Sie's Ihrer Nichte, *meine Liebe.*« Aber das Wort ›Rechtsanwalt‹ drehte, wie Oma Barnacle am nächsten Morgen getreulich wiedererzählte, ihre Kehrseite förmlich zuoberst. Sie packte das Bettgestell und schrie eine ganze Zeitlang auf Oma Duncan ein, vielleicht zehn Minuten. Einzelne und zu Sätzen geordnete Worte stoben wie Funken in einem wütenden Strom aus Schwester Bursteads Mund: »Altes Biest ... schmutziges altes Biest ... Essen ... meckern und nörgeln ... seit acht Uhr heute morgen bin ich auf den Beinen ... immer und immer muß ich laufen ... Arbeit, Arbeit, Arbeit, Tag für Tag, für einen Haufen von nutzlosen Alten, filzigen alten ...«

Schwester Burstead unterbrach sofort ihren Dienst und verschwand, gestützt auf eine andere Schwester, von der Bildfläche. Wenn wir doch nur versuchen würden, dachte Miss Taylor, uns wie liebe alte Damen zu benehmen; sie wäre bestimmt ganz in Ordnung. Es liegt nur daran, daß wir keine lieben alten Geschöpfe sind ...

»Skorpion«, hatte Oma Valvona vier Stunden später verkündet, obwohl sie wie alle anderen in der Station erschüttert war. »Oma Duncan – Skorpion: *Sie können voll Vertrauen in die Zukunft schauen. Der Erfolg einer anderen Person könnte auch der Ihre sein.*« Oma Valvona legte die Zeitung hin. »Verstehen Sie, was ich meine?« fragte sie. »Die Sterne lassen einen nie im Stich. *Der Erfolg einer anderen Person* ... Eine bemerkenswerte Vorhersage.«

Der Zwischenfall wurde der Oberin und dem Arzt gemeldet. Die Oberin erkundigte sich am nächsten Morgen auf eine Art, die deutlich erkennen ließ, daß sie verzweifelt auf eine Ehrenrettung für Schwester Burstead hoffte, da sie schwer zu ersetzen sein würde.

Die Oberin beugte sich über Miss Taylor und sprach ruhig und allein zu ihr: »Schwester Burstead ruht sich ein paar Tage aus. Sie war überarbeitet.«

»Augenscheinlich«, sagte Miss Taylor, deren Kopf fürchterlich schmerzte.

»Erzählen Sie mir, was Sie über die Angelegenheit wissen. Schwester Burstead wurde provoziert, nehme ich an?«

»Augenscheinlich«, sagte Miss Taylor, während sie in das sanfte Gesicht über sich blickte und wünschte, es möge verschwinden.

»Schwester Burstead war böse mit Oma Duncan?« fragte die Oberin.

»Sie war sogar sehr böse«, erwiderte Miss Taylor. »Ich schlage vor, die Stationsschwester in eine andere Abteilung zu versetzen, wo jüngere Leute liegen und die Arbeit nicht so schwer ist.«

»Alle Arbeit in diesem Krankenhaus ist schwer«, sagte die Oberin.

Die meisten Omas waren zu sehr aus der Fassung gebracht, um die wenigen Tage zu genießen, die Schwester Burstead keinen Dienst machte; denn wann immer die allgemeine Hysterie nachzulassen schien, schürte Oma Barnacle sie von neuem: »Wartet nur bis zum Winter. Wenn ihr Lungenentzündung bekommt ...«

Während dieser Tage geschah es, daß Oma Trotsky ihren zweiten Schlaganfall bekam. Man stellte einen Wandschirm um ihr Bett und rief einen ältlichen Vetter zu ihr. Nach einer Stunde kam er hinter dem Schirm hervor, immer noch den grünlich schimmernden schwarzen Hut auf, den er bei seiner Ankunft getragen hatte. Er schüttelte den Kopf, und Tränen liefen über sein fleckiges, fremdländisch aussehendes Gesicht.

Oma Barnacle, die an diesem Tage aufgestanden war und in ihrem Lehnstuhl saß, machte »Pst!« zu ihm hinüber. Gehorsam kam der Mann zu ihr.

»Ist sie von uns gegangen?«

»Nein. Sie atmet noch, spricht aber nicht mehr.«

»Wissen Sie, wer daran schuld ist?« fragte Oma Barnacle. »Die Schwester hat sie auf dem Gewissen.«

»Sie hat keine Schwester. Ich bin ihr nächster Verwandter.«

Eine jüngere Schwester kam herein und scheuchte ihn fort. Oma Barnacle erklärte noch einmal, an alle im Krankensaal gewandt: »Schwester Bastard hat Oma Trotsky auf dem Gewissen.«

»Aber Oma, es war ihr zweiter Schlaganfall. Auf den ersten folgt immer der zweite, das wissen Sie doch.«

»Die Stationsschwester mit ihrem ungezügelten Temperament ist daran schuld.«

Als sie hörte, daß Schwester Burstead weder entlassen noch in eine andere Abteilung versetzt worden war, sondern am nächsten Tage wiederkommen würde, ließ Oma Barnacle dem Arzt sagen, daß sie jede weitere Behandlung ablehne und am folgenden Tag das Krankenhaus für immer verlassen und der ganzen Welt den Grund mitteilen würde.

»Ich kenne verdammt gut meine Rechte als Patientin«, erklärte sie. »Denken Sie nicht, daß ich das Gesetz nicht kenne. Und *außerdem* kann ich mir leicht die Telefonnummer der Zeitung besorgen. Ich brauche nur anzurufen, und sie kommen her und werden sich genau nach allem erkundigen.«

»Nehmen Sie's nicht so tragisch, Oma«, versetzte der Arzt.

»Wenn Stationsschwester Bastard zurückkommt, gehe ich«, beharrte Oma Barnacle.

»Wohin?« fragte die den Arzt begleitende Schwester.

Oma Barnacle durchbohrte sie mit ihren Blicken. Sie hatte den sarkastischen Tonfall der Schwester bemerkt und vermutete, daß sie Kenntnis von ihren drei Monaten im Gefängnis von Holloway vor sechsunddreißig Jahren haben mußte, von den sechs Monaten vor zweiundzwanzig Jahren und auch von den verschiedenen Monaten in den Jahren danach. Oma Barnacle nahm an, daß die Schwester auf ihre Strafen anspielte, als sie in diesem Ton ›Wohin?‹ fragte.

Der Arzt sah die Schwester mit gerunzelter Stirn an und sagte zu Oma Barnacle: »Nehmen Sie's nicht tragisch, Oma. Ihr Blutdruck ist heute morgen gar nicht gut. Wie war die Nacht? Sehr unruhig?«

Diese Worte raubten Oma Barnacle, die in der Tat eine schlimme Nacht hinter sich hatte, allen Mut.

Oma Trotsky, der es inzwischen soweit besser ging, daß man den Wandschirm entfernt hatte, begann zu sabbern und zu murmeln. Allein der Anblick von Oma Trotsky, allein das Geräusch ihrer Sprechversuche entmutigten Oma Barnacle vollends.

Sie blickte dem Arzt ins Gesicht und versuchte, darin zu lesen. »Ach, Doktor, ich fühle mich verdammt nicht besonders«, sagte sie. »Und ich komme einfach nicht zur Ruhe, solange diese Schlange hier die Aufsicht hat. Mir ist so, als könnte jeden Augenblick alles mögliche passieren.«

»Aber, aber, die arme Frau ist nur überarbeitet«, erwiderte er. »Wir alle helfen gern und in jeder Weise, wenn wir dazu in der Lage sind. Wir versuchen auch Ihnen zu helfen, Oma Barnacle.«

Als er gegangen war, flüsterte Oma Barnacle zu Miss Taylor hinüber: »Sehe ich schlecht aus, Liebste?«

»Nein, Oma, Sie sehen blendend aus.« In Wirklichkeit war Oma Barnacles Gesicht jedoch mit dunkelroten Flecken überzogen.

»Haben Sie gehört, was der Doktor über meinen Blutdruck gesagt hat? Glauben Sie, daß er gelogen hat, nur damit ich keinen Lärm machen soll?«

»Vielleicht nicht.«

»Ich könnte ohne weiteres durch diese Tür und diese Treppen hinunterlaufen, Oma Taylor, und wenn es das letzte wäre, was ich täte, und – – –«

»Das würde ich lieber nicht versuchen.«

»Könnte man mich vielleicht für geisteskrank erklären lassen, Liebste?«

»Ich weiß nicht«, meinte Miss Taylor.

»Ich werde es dem Pfarrer erzählen.«

»Sie wissen doch, was er Ihnen darauf antworten wird«, sagte Miss Taylor.

»Daß ich dieses Kreuz auf mich nehmen müßte, verdammt noch mal.«

»Das möchte ich annehmen.«

»Es ist doch eine harte Religion, Oma Taylor. Wenn meine Mutter nicht katholisch gewesen wäre, hätte ich niemals – – –«

»Ich kenne eine Dame«, hatte Miss Taylor daraufhin etwas unüberlegt gesagt, »ich kenne eine Dame, die wieder eine andere Dame kennt, die im Verwaltungsausschuß dieses Krankenhauses sitzt. Es mag einige Zeit dauern, aber ich will sehen, was ich dazu tun kann, daß man Schwester Burstead versetzt.«

»Gott segne Sie, Oma Taylor.«

»Ich kann nichts versprechen, aber ich will es versuchen. Ich muß sehr taktvoll dabei vorgehen.«

»Habt ihr das gehört?« wandte Oma Barnacle sich an

die anderen im Krankensaal. »Habt ihr gehört, was Oma Taylor für uns tun will?«

Miss Taylor war über ihren ersten, erfolglosen Vorstoß bei Dame Lettie nicht sehr enttäuscht. Es war ein Anfang. Sie würde Dame Lettie weiter bearbeiten. Möglicherweise kam auch Alec Warner dafür in Frage. Man könnte ihn vielleicht dazu bringen, mit Tempest Sidebottome zu reden, die im Verwaltungsausschuß des Krankenhauses war. Vielleicht ließ es sich sogar so arrangieren, daß die arme Schwester Burstead kein Vorwurf traf.

»Hat Ihre Dame denn nichts Endgültiges versprochen?« fragte Oma Barnacle.

»Nein, es wird seine Zeit brauchen.«

»Wird es sich noch vor dem Winter machen lassen?«

»Ich hoffe es.«

»Haben Sie ihr erzählt, was sie mit Oma Duncan angestellt hat?«

»Nicht genau.«

»Das hätten Sie aber tun müssen. Es kommt mir so vor, als wären Sie nicht gänzlich auf unserer Seite, Oma Taylor. Das Gesicht kommt mir irgendwie bekannt vor.«

»Wessen Gesicht?«

»Das Gesicht dieser Dame.«

Das Schwierige an der ganzen Sache war nur, überlegte Miss Taylor, daß sie die Angelegenheit nicht sehr wichtig finden konnte. Es gab Augenblicke, in denen sie den Omas am liebsten ins Gesicht gesagt hätte: »Und wenn eure Befürchtungen nun einträfen? Wenn wir nun alle im nächsten Winter stürben?« Manchmal sagte sie sogar wirklich zu ihnen: »Einige von uns werden sicher im nächsten Winter sterben. Das ist sehr wahrscheinlich.« Oma Valvona pflegte dann zu antworten: »Ich bin gerüstet, meinem Gott entgegenzutreten.« Und Oma Barnacle fügte jedesmal standhaft hinzu: »Aber nicht vor der Zeit.«

»Sie müssen Ihre Freundin immer wieder daran erinnern, Oma Taylor«, sagte Oma Duncan, die von all den Omas der Stationsschwester am meisten auf die Nerven fiel. Oma Duncan hatte Krebs. Miss Taylor fragte sich oft, ob die Stationsschwester sich wohl vor Krebs fürchtete.

»Mir kommt das Gesicht dieser Dame irgendwie bekannt vor«, beharrte Oma Barnacle auf ihrer Feststellung. »War sie vielleicht häufig abends in der Nähe von Holborn?«

»Ich glaube kaum«, antwortete Miss Taylor.

»Sie könnte vielleicht eine alte Kundin von mir sein«, sagte Oma Barnacle.

»Soviel ich weiß, ließ sie sich ihre Zeitungen bringen.«

»Ging diese Dame denn zur Arbeit aus dem Haus?«

»Sie hatte keine feste Anstellung. Aber sie arbeitete in verschiedenen Komitees mit. Sie wissen schon, was ich meine.«

Oma Barnacle betrachtete im Geist das Gesicht von Dame Lettie von allen Seiten. »Meinen Sie vielleicht damit, daß sie in Wohltätigkeitsvereinen mitmachte?«

»So etwas war es wohl«, antwortete Miss Taylor. »Etwas Genaues weiß ich nicht.«

Oma Barnacle blickte sie mißtrauisch an, aber Miss Taylor ließ sich nicht dazu hinreißen, ihr zu verraten, daß Dame Lettie seit ihrem dreißigsten Lebensjahr regelmäßig das Holloway-Gefängnis besucht hatte, bis zu hohes Gewicht und Atembeschwerden ihr das Treppensteigen zu sehr erschwerten.

»Ich werde Dame Lettie weiter bearbeiten«, versprach sie.

Die Stationsschwester hatte gerade ihren freien Tag, und die Schwester, die das erste Essentablett hereinbrachte, pfiff vor sich hin.

Oma Barnacle gab mit herzhafter Stimme ihren Kommentar dazu:

»Ein pfeifend Weib, ein krähend Huhn, nichts Nützliches auf Erden tun.«

Die Schwester hörte zu pfeifen auf, sandte Oma Barnacle

einen strengen Blick, setzte das Tablett ab und ging hinaus, um das nächste zu holen.

Oma Trotsky versuchte, ihren Kopf zu heben und etwas zu sagen.

»Oma Trotsky möchte irgend etwas«, sagte Oma Duncan. »Was möchten Sie, Oma?«

»Sie sagt«, meinte Miss Taylor, »daß wir nicht unfreundlich zu den Schwestern sein sollen, denn – – –«

»Unfreundlich zu den Schwestern! Warten Sie nur ab, was sie mit uns anstellen werden, wenn der Winter erst – – –«

Miss Taylor betete verzweifelt um Einsicht für die anderen. Gibt es denn nichts, dachte sie, was sie den Winter vergessen machen kann? Können sie nicht wieder anfangen, jede Woche ihre Testamente zu ändern?

In der folgenden Nacht starb Oma Trotsky, weil ein kleines Blutgefäß in ihrem Gehirn geplatzt war. Ihre Seele kehrte zu Gott zurück, der sie ihr gegeben hatte.

Fünftes Kapitel

Mrs. Anthony erkannte instinktiv, daß Mrs. Pettigrew eine freundliche Frau war. Später merkte sie, daß ihr Instinkt getrogen hatte. Doch während der ersten Wochen, nachdem Mrs. Pettigrew zu den Colstons gekommen war, um Charmian zu betreuen, saß sie meist in der Küche und erzählte Mrs. Anthony von ihren Sorgen.

»Nehmen Sie 'n Glimmstengel«, sagte Mrs. Anthony, mit ihrem Ellbogen nach der Schachtel auf dem Tisch zeigend, während sie starken Tee einschenkte. »Es könnte alles noch schlimmer sein.«

»Schlimmer kann es gar nicht kommen«, antwortete Mrs. Pettigrew. »Dreißig Jahre meines Lebens habe ich Lisa Brooke geopfert. Alle wußten, daß ich ihr Geld haben sollte. Und nun taucht dieser Guy Leet mit seiner Forderung auf. Dabei war es überhaupt keine Ehe. Jedenfalls keine richtige Ehe.« Sie zog ihre Teetasse heran, beugte ihren Kopf ganz nahe zu Mrs. Anthony und erzählte ihr, aus welch abscheulichem und weit zurückliegendem Grunde Guy Leet nicht fähig gewesen war, seine Ehe mit Lisa Brooke zu vollziehen.

Mrs. Anthony nahm einen großen Schluck aus ihrer Teetasse, die sie in beiden Händen hielt, und blies ihren Atem in die Tasse, so daß der heiße, duftende Dampf sich ihr wohltuend über Gesicht und Nase breitete. »Aber trotzdem«, wandte sie ein, »ein Ehemann ist ein Ehemann. So sagt es das Gesetz.«

»Lisa hat ihn nie öffentlich als ihren Gatten anerkannt«, sagte Mrs. Pettigrew. »Niemand wußte von ihrer Ehe mit Guy Leet, bis sie starb, das kleine Schwein.«

»Ich meine, Sie hätten gesagt, Mrs. Brooke wäre in Ordnung gewesen«, sagte Mrs. Anthony.

»Guy Leet«, erwiderte Mrs. Pettigrew. »Er ist das kleine Schwein.«

»Oh, ich verstehe. Nun, das Gericht wird dazu etwas zu sagen haben, wenn es zur Verhandlung kommt, meine Liebe. Nehmen Sie 'n Glimmstengel.«

»Sie werden noch eine Raucherin aus mir machen, Mrs. Anthony. Trotzdem, vielen Dank. Aber Sie sollten wirklich versuchen, mit weniger auszukommen; es ist gar nicht gut für Sie.«

»Zwanzig pro Tag seit ich fünfundvierzig geworden bin, und siebzig gestern«, sagte Mrs. Anthony.

»Siebzig! Du meine Güte, Sie werden – – –«

»Siebzig Jahre alt bin ich gestern geworden, meine ich.«

»Oh, siebzig Jahre. Wäre es da nicht an der Zeit, daß Sie sich etwas mehr Ruhe gönnten? Ich beneide Sie nicht um diese Gesellschaft.« Mrs. Pettigrew deutete mit dem Kopf nach der Küchentür, womit sie die Colstons meinte, deren Wohnung dahinter lag.

»Halb so schlimm«, entgegnete Mrs. Anthony. »*Er* ist ja etwas knauserig, aber *sie* ist nett. Ich mag *sie* sehr gern.«

»Er ist geizig, meinen Sie?«

»Sehr!« versicherte Mrs. Anthony und blickte dabei ihrer Gesprächspartnerin fest in die Augen, wie um diese Bemerkung noch zu unterstreichen.

Mrs. Pettigrew strich mit der Hand über ihr dichtes, schwarz gefärbtes und gut geschnittenes Haar, das sie trug, wie Lisa Brooke es sie gelehrt hatte. »Wie alt«, fragte sie, »würden Sie mich schätzen, Mrs. Anthony?«

Mrs. Anthony schob sich im Sitzen mitsamt ihrem Stuhl zurück, um Mrs. Pettigrew besser mustern zu können. Sie blickte auf die Füße in den schwarzen Wildlederschuhen, die festen, schlanken Beine – keine Krampfadern –, die von einem Korsett umschlossenen Hüften und auf den gut geformten Busen. Dann lehnte Mrs. Anthony ihren Kopf etwas beiseite, um Mrs. Pettigrews Gesicht aus einem Blickwinkel von fünfzehn Grad zu betrachten. Ein paar leichte Falten liefen von der Nase zum Mund; einem schmalen, kirschrot gemalten Mund. Ein beginnendes Doppelkinn machte sich gerade bemerkbar. Zwei schwache Falten liefen über die Stirn. Die Augen waren dunkel und klar, die Nase fest und breit. »Ich würde sagen«, meinte Mrs. Anthony schließlich, »daß Sie ungefähr vierundsechzig sind.«

Der sanfte Klang von Mrs. Pettigrews Stimme war so unerwartet, weil er einen Gegensatz zu ihrer markanten Erscheinung bildete. Als sie jetzt zu Mrs. Anthony sagte: »Zählen Sie fünf Jahre dazu«, klang ihre Stimme noch sanfter.

»Neunundsechzig. Danach sehen Sie nicht aus«, sagte Mrs. Anthony. »Aber Sie haben ja auch die Zeit und das Geld gehabt, sich zu pflegen und Ihr Gesicht zu pudern. Wenn Sie so gearbeitet hätten wie ich ...«

In Wirklichkeit war Mrs. Pettigrew dreiundsiebzig, aber bei ihrem Make-up sah man ihr dieses Alter überhaupt nicht an.

Dennoch strich sie sich mit der Hand über die Stirn und schüttelte langsam den Kopf. Sie machte sich Sorgen um das Geld und um den Gerichtsprozeß, der sich wahrscheinlich endlos hinziehen würde. Auch Lisas Familie hatte ihre Rechte angemeldet.

Mrs. Anthony hatte begonnen abzuwaschen.

»Ist der alte Warner eigentlich noch bei ihr drin?« fragte sie.

»Ja«, antwortete Mrs. Pettigrew. »Er ist es.«

»Dann habe ich eine Weile Ruhe vor ihr«, sagte Mrs. Anthony.

»Als ich noch bei Lisa Brooke war«, bemerkte Mrs. Pettigrew, »pflegte man mich hineinzubitten, die Besucher zu begrüßen. Ich verkehrte mit jedermann.«

Mrs. Anthony begann Kartoffeln zu schälen und zu singen.

»Ich gehe hinein«, erklärte Mrs. Pettigrew, indem sie aufstand und ihr gutes Kleid glattstrich. »Ob es ihr recht ist oder nicht, ich will sie lieber für alle Fälle ein wenig im Auge behalten, dazu bin ich ja schließlich hier.«

Als Mrs. Pettigrew den Salon betrat, sagte sie: »Oh, Mrs. Colston, ich mache mir schon Sorgen, daß Sie vielleicht müde sind.«

»Sie können das Teegeschirr abräumen«, sagte Charmian.

Statt dessen läutete Mrs. Pettigrew nach Mrs. Anthony. Während sie das Geschirr für die Haushälterin zum Hinaustragen auf ein Tablett stellte, wußte sie, daß Charmians Gast sie beobachtete.

»Danke schön, Taylor«, sagte Charmian zu Mrs. Anthony.

Mrs. Pettigrew war Alec Warner manchmal bei Lisa Brooke begegnet. Er lächelte sie an und nickte ihr zu. Sie setzte sich hin und nahm eine Zigarette aus ihrer schwarzen Wildlederhandtasche. Alec Warner gab ihr Feuer. Das Klappern von Mrs. Anthonys Tablett wurde leiser und hörte schließlich auf, als sie die Küche erreicht hatte.

»Du erzähltest mir gerade . . .?« redete Charmian ihren Gast an.

»Ach ja.« Er drehte seinen weißhaarigen Kopf mit dem grauen Gesicht Mrs. Pettigrew zu. »Ich erklärte gerade die Entstehung der Demokratie auf den Britischen Inseln. Fehlt Ihnen Mrs. Brooke sehr?«

»Sehr«, antwortete Mrs. Pettigrew und blies eine lange Rauchwolke aus. Sie gab sich betont gesellig. »Erzählen Sie weiter über Demokratie«, sagte sie.

»Als ich nach Rußland reiste«, begann Charmian, »schickte die Zarin eine Eskorte, um – – –«

»Ach, bitte, Mrs. Colston, warten Sie noch einen Augenblick. Mr. Alec Warner wollte uns etwas über Demokratie erzählen.«

Charmian blickte sie einen Moment lang sonderbar an und sagte dann: »Ja, erzähl weiter über Demokratie, Eric.«

»Nicht Eric – Alec«, berichtigte Mrs. Pettigrew.

Alec Warner beruhigte die Atmosphäre mit einer Bewegung seiner alten, ruhigen Hand.

»Ihren wirklichen Ursprung hatte die Demokratie auf den Britischen Inseln in Schottland, und daran war die Blase von Königin Victoria schuld«, begann er. »Wie man weiß, hatte damals zwar bereits eine gewisse Vorstellung von der Demokratie bestanden, aber verwirklicht wurde sie erst infolge dieser kleinen Schwäche von Queen Victoria.«

Mabel Pettigrew warf lachend den Kopf zurück. Charmian blickte vage. Alec Warner fuhr langsam fort, wie jemand, der mit seinen Worten die Zeit auszufüllen trachtet. Seine Augen blickten wachsam.

»Wie ich sagte, hatte Queen Victoria also Kummer mit ihrer Blase. Als sie in ihren späten Lebensjahren ihren Wohnsitz auf Schloß Balmoral nahm, ließ man an die Rückseiten der kleinen Bauernhäuser in dieser Gegend, wo es bisher so etwas nicht gegeben hatte, Toiletten bauen. Der Königin sollte es dadurch ermöglicht werden, ihre morgendliche Spazierfahrt durch die Umgebung in aller Annehmlichkeit zu machen; von Zeit zu Zeit stieg sie dann aus dem Wagen, scheinbar, um die einfachen Häusler in ihren Wohnungen zu besuchen. Schließlich verbreitete sich das Gerücht, daß Queen Victoria überaus demokratisch wäre. Natürlich war sie das nur infolge ihrer kleinen Schwäche. Aber jedermann kopierte die Königin, und die Idee breitete sich aus – und wie ihr seht, haben wir jetzt eine große Demokratie.«

Mrs. Pettigrew lachte eine ganze Weile. Alec Warner starrte wie ein Vogelbeobachter auf Charmian, die an der Decke um ihre Knie zupfte und es kaum erwarten konnte, ihre eigene Geschichte zu erzählen.

»Als ich nach Rußland reiste«, begann Charmian zu erzählen und blickte dabei wie ein Kind zu ihm auf, »schickte die Zarin eine Eskorte, um mich von der Grenze abzuholen;

aber sie gab mir keine Eskorte, um mich zurückzubegleiten. Das ist typisch russisch, sie fassen einen Entschluß und werden dessen dann überdrüssig. Die Bauern liegen den ganzen Winter lang auf dem Ofen. Auf der ganzen Reise nach Rußland öffneten meine Reisegefährten immer wieder ihre Koffer und kontrollierten ihre Habseligkeiten. Es war Frühling, und ...«

Mrs. Pettigrew blinzelte Alec Warner zu. Charmian unterbrach sich und lächelte ihn an. »Hast du Jean Taylor in letzter Zeit gesehen?« fragte sie.

»Vor ein oder zwei Wochen. Ich bin wegen meiner Forschungsarbeiten in Folkestone gewesen. Nächste Woche werde ich sie wieder besuchen.«

»Lettie geht regelmäßig. Sie sagt, Jean sei sehr glücklich und zufrieden.«

»Lettie ist ---« Er hatte sagen wollen, daß sie ein selbstsüchtiges, dummes Geschöpf sei, erinnerte sich aber rechtzeitig an Mrs. Pettigrews Gegenwart. »Du weißt ja, was ich von Letties Ansichten halte«, sagte er und tat das Thema mit einer Handbewegung ab.

Charmian starrte auf ihren Schoß, als wäre das Thema dort gelandet, und fuhr fort: »Wenn du nur ein wenig früher Letties Charakter erkannt hättest. Wenn du nur ...«

Er stand auf, um zu gehen, denn er wußte, wie Charmians Erinnerungsvermögen dazu neigte, ganz willkürlich in irgendeinem Jahr der Vergangenheit aufzuwachen. Möglicherweise würde sie an jenen Ereignissen des Jahres 1907 haftenbleiben und diese ganz nahe heranbringen, wie jemand etwa ein Buch ergreift und es aufschlägt. Die Zeit seiner Liebesaffäre mit Jean Taylor, als sie vor Charmians Heirat noch Hausmädchen bei den Pipers war, würde für Charmian wie die vergangene Woche sein. Jedoch die Schriftstellerin in ihr gab diesen unzusammenhängenden Ereignissen aus purer Gewohnheit eine Form, die er nicht annehmen konnte; sie sah sie auf eine Art, die er als unehrlich betrachtete. Er hatte Jean Taylor geliebt, hatte sich aber schließlich entschlossen, den Rat der anderen anzunehmen. Deshalb hatte er sich mit Lettie verlobt. Die Verlobung hatte er aufgelöst, nachdem er Lettie besser kennengelernt hatte. Das waren die Tatsachen von 1907. Bis zum Jahre 1912 hatte er die Fähigkeit gewonnen, sie leidenschaftslos zu betrachten. Aber die gute Charmian schlachtete diese Geschichte weidlich aus. Sie sah die Tatsachen wie eine dramatische Folge, die weit bis in sein ganzes Lebenswerk ausstrahlte. Soweit dies Charmians Persönlichkeit reflektierte, interessierte es ihn; jedoch nicht im geringsten, soweit es ihn selbst berührte. Trotzdem wäre er gern an diesem Nachmittag seines neunundsiebzigsten Lebensjahres in seinem Sessel sitzengeblieben und hätte Charmian zugehört, wie sie ihre gemeinsame Jugendzeit wieder heraufbeschwor. Aber die Gegenwart von Mrs. Pettigrew machte ihn verlegen. Ihr Sicheindrängen hatte ihn irritiert, und er konnte nicht wie Charmian weitersprechen, als sei Mrs. Pettigrew nicht zugegen.

Als sie ihm in der Diele in den Mantel half, sah er Mrs. Pettigrew an und dachte: eine irritierende Frau. Und gleich darauf: eine gutaussehende Frau. Dieser letzte Gedankengang erinnerte ihn an ihre Laufbahn bei Lisa Brooke, die er seit sechsundzwanzig Jahren in Abständen hatte verfolgen können. Während seines ganzes Heimwegs durch zwei Parks dachte er an Mabel Pettigrew, obgleich er auf diesem Spaziergang über Charmian hatte nachdenken wollen. Und erstaunt ertappte er sich dabei, daß er auch über sich selbst nachdachte, da er doch fast achtzig Jahre alt war, und Mrs. Pettigrew, wie er annahm, erst um die fünfundsechzig. »Oh, diese erotischen Anwandlungen«, sprach er zu sich, »sie kommen wie Diebe in der Nacht, um mir meinen Frieden mit der Hochkirche zu stehlen!« Er gehörte allerdings nicht der Hochkirche an – es war nicht mehr als eine bloße Redensart.

Er kehrte zu seiner schönen Wohnung in einer Nebenstraße der St. James Street zurück. Da sie offiziell als ›vornehmes Junggesellen-Appartement‹ bezeichnet wurde, behauptete er stets von ihr, daß sie keine gewöhnliche Etagenwohnung sei. Er hängte seinen Mantel auf, legte Hut und Handschuhe weg und stellte sich dann an das große Bogenfenster, aus dem er wie auf eine überwältigende Aussicht blickte, obwohl sein Fenster in Wirklichkeit nur das Fenster eines Klubs zum Gegenüber hatte. Er konnte von hier aus das Kommen und Gehen des Klubportiers beobachten. Jetzt kam gerade der Portier seines Appartementhauses die enge Straße herauf, wobei er ganz vertieft die letzte Seite einer Abendzeitung las. Gleichzeitig betrachtete Dr. Warner, der alte Soziologe, mit seinem inneren Auge den Alterungsprozeß, der seit seinem siebzigsten Lebensjahr das Objekt aller seiner Studien darstellte. Das Ergebnis von fast zehn Jahren unermüdlicher Forscherarbeit war in die Karteikästen und Aktenordner in den beiden Eichenschränken links und rechts des Fensters gewandert. Seine Methode, dies Thema zu bearbeiten, war einzigartig; wenige Gerontologen besaßen soviel Einfallsreichtum oder hatten die Freiheit, ihre Nachforschungen auf einer so breiten Basis anzustellen wie er. Er kam weit herum; er beschäftigte Agenten; seine Arbeit war, so hoffte er, wertvoll – oder würde es eines Tages sein.

Die Platte seines großen Schreibtisches war leer, aber aus einer Schublade nahm er ein dickes, gebundenes Notizbuch und setzte sich, um zu schreiben.

Nach kurzer Zeit stand er auf, um die zwei Karteikästchen zu holen, die er ständig benutzte, wenn er an seinem Schreibtisch arbeitete. Der eine der beiden enthielt die Namen derjenigen seiner Freunde und Bekannten, die über siebzig waren, Einzelheiten seiner Beziehungen zu ihnen, und, für den Fall unvorhergesehener Begegnungen, die näheren Umstände ihres Zusammentreffens. Eine besondere Abteilung war Saint Aubrey gewidmet, dem Heim für Geistesgestörte in Folkestone, wo er seit zehn Jahren gewisse ältere Patienten besuchte, um dabei inoffiziell seiner Forschungsarbeit nachzugehen.

Viele der Aufzeichnungen in diesem ersten Satz Karteikarten dienten lediglich als Gedächtnisstütze; denn wenn auch sein Gedächtnis noch recht gut war, wollte er rechtzeitig gegen dessen möglichen Verlust vorsorgen: er hatte sich den Tag vorgestellt, an dem er vielleicht eine Karte herausnehmen, den Namen lesen und überlegen würde, wer zum Beispiel Charmian Colston sein könnte. ›Colston – Charmian? Charmian Colston ... Der Name ist mir irgendwie bekannt, aber ich kann mich im Augenblick beim besten Willen nicht erinnern, wer ...‹ Um dieser Möglichkeit vorzubeugen, stand da: ›Geb. Piper. Kennengelernt 1907. Vide Ww, Seite ...‹ ›Ww‹ stand für *Who's Who*. Die Seitenzahl war mit Bleistift eingetragen, um alle vier Jahre geändert werden zu können, wenn er sich einen neuen *Who's Who* anschaffte. Die meisten Karteikarten dieser Kategorie waren auf beiden Seiten mit kleiner Schrift bedeckt. Er hatte Anweisung gegeben, sie sofort nach seinem Tode zu vernichten. In der linken oberen Ecke jeder Karte standen als Hinweis ein Buchstabe und eine Zahl in roter Tinte. Diese verwiesen auf den zweiten Satz Karteikarten, in welchem Dr. Warner für jede Person einen von ihm selbst erfundenen Decknamen eingesetzt hatte. (Charmian zum Beispiel war hier ›Gladys‹.) Die Karteikarten in diesem zweiten Kasten waren seine eigentlichen Arbeitskarten, denn sie trugen die Hinweise auf die Fallgeschichten. Auf einer jeden befand sich ein Netzwerk von Schlüsselworten und Zahlen, die sich auf verschiedene Absätze in den Büchern über Gerontologie und den Alterungsprozeß an den Wänden ringsherum bezogen und auf die gesammelten Niederschriften von zehn Jahren in seinen dicken Notizbüchern.

Alec Warner griff zum Haustelefon und bestellte gegrillten Steinbutt. Er setzte sich wieder an seinen Schreibtisch, öffnete eine Schublade und entnahm ihr ein weiteres Notizbuch; es war sein laufend geführtes Tagebuch, das ebenfalls nach seinem Tode vernichtet werden würde. In dieses Buch trug er seine Beobachtungen des vergangenen Nachmittags über Charmian, Mrs. Pettigrew und sich selbst ein. ›Ihr Geist‹, schrieb er von Charmian, ›hat keineswegs aufgehört zu funktionieren, wie es ihr Mann annimmt. Ihr Geist arbeitet assoziativ. Zunächst verfiel sie in einen Wachtraum, wobei sie an der Decke um ihre Knie zupfte. Sie schien ungeduldig zu sein. Sie folgte meiner Erzählung überhaupt nicht, aber die Worte Queen Victoria hatten anscheinend in ihr die Erinnerung an eine andere königliche Person geweckt. Sobald ich geendet hatte, begann sie von ihrem Besuch in Sankt Petersburg zu erzählen (was wahrscheinlich bis in alle Einzelheiten genau stimmt), als sie dort im Jahre 1908 ihren Vater besuchte. (Während sie sprach, erinnerte ich mich selbst zum ersten Mal seit 1908 an Charmians Vorbereitungen zu dieser Reise; seit damals hat diese Erinnerung in meinem Unterbewußtsein geschlafen.) Ich beobachtete, daß Charmian jedoch weder das Zusammentreffen mit ihrem Vater noch mit jenem anderen Diplomaten erwähnte, dessen Namen ich vergessen habe, und der später ihretwegen Selbstmord begangen hat. Sie erwähnte auch nicht, daß sie von Jean Taylor begleitet wurde. Ich habe keinen Grund, die Genauigkeit ihrer Erinnerung an die Gepflogenheiten russischer Reisender zu bezweifeln. Soweit ich es im Gedächtnis behalten habe, lauteten ihre Worte . . .‹

Er schrieb, bis ihm sein Steinbutt gebracht wurde.

Meine Tante Marcia, dachte er beim Essen, wurde zweiundneunzig Jahre alt – also sieben Jahre älter, als Charmian jetzt ist – und spielte doch bis zu ihrem Tode ausgezeichnet Schach. Mrs. Flaxman, die Frau des früheren Pfarrherrn von Pineville, war dreiundsiebzig, als sie ihr Gedächtnis vollkommen verlor – zwölf Jahre jünger als

Charmian. Charmians Gedächtnis ist nicht völlig verlorengegangen, ihre Erinnerung arbeitet nur sprunghaft.

Er stand von seinem Essen auf und ging zum Schreibtisch hinüber, um den heutigen Bericht über Charmian in seinem Tagebuch mit der Randbemerkung zu versehen: ›Vide Mrs. Flaxman.‹

Er kehrte zu seinem Steinbutt zurück. Ninon de Lenclos aus dem siebzehnten Jahrhundert starb mit neunundneunzig Jahren, bei vollem Verstande und berühmt für ihre geistvolle Art, überlegte er.

Er ließ sein Weinglas einen Augenblick an seinen Lippen ruhen. Goethe, sann er, war älter als ich, als er Liebesgedichte an junge Mädchen schrieb. Renoir mit sechsundachtzig ... Tizian, Voltaire. Verdi komponierte seinen *Falstaff* im Alter von achtzig Jahren. Aber Künstler bildeten vielleicht eine Ausnahme.

Er dachte an das Maud Long Krankenhaus, wo Jean Taylor lag, und überlegte, was wohl Cicero aus diesem Fall gemacht hätte. Er ließ den Blick über seine Bücherregale schweifen. Da waren die großen Deutschen, die sich mit diesem Thema befaßt hatten: zum größten Teil entweder Phantasten oder Pathologen. Um in dieses Gebiet Einblick zu gewinnen, mußte man sich mit den Leuten anfreunden, mußte man Spione einsetzen und Verbündete gewinnen.

Er verzehrte die Hälfte seines Mahles. Dazu trank er nicht ganz eine halbe Flasche Wein. Er las noch einmal durch, was er geschrieben hatte: den Bericht über den Nachmittag, vom Zeitpunkt seiner Ankunft bei den Colstons bis zu seinem Spaziergang zurück durch den Park, wo ihn seine Gedanken über Mrs. Pettigrew überrascht hatten, deren aufdringliche Gegenwart – wie er es in seinem Tagebuch formuliert hatte – ihn gleichzeitig mit moralischer Gereiztheit und erotischen Gefühlen erfüllt hatte. Das Tagebuch würde ins Feuer wandern, aber sein Inhalt diente ihm jeden Morgen als Arbeitsunterlage, um daraus für seine Fallgeschichten die Daten zu analysieren und zu abstrahieren, die er in seine verschiedenen methodischen Merkbücher übertrug. Charmian wurde dort zu einer unpersönlichen, fast heimatlosen ›Gladys‹, Mabel Pettigrew zu ›Joan‹ und er selbst zu ›George‹.

Bis dahin stellte er seine Karteikästen und sein Journal wieder an ihren Platz und las eine Stunde lang in einem der dicken Bände von Newmans *Life and Letters*. Bevor er ihn niederlegte, strich er mit Bleistift einen Absatz an:

Ich möchte gern wissen, woran die Leute im Altertum gestorben sind. Wir lesen: ›Und danach wurde Joseph erzählt, daß sein Vater krank sei.‹ ›Und die Zeit für David rückte näher, daß er sterben sollte.‹ Welches waren ihre Krankheiten, woran starben sie? Ähnlich wird von den großen Kirchenvätern berichtet. Sankt Athanasius starb nach seinem siebzigsten Lebensjahr – vielleicht an einem Schlaganfall? Wir können es den großen Märtyrern nicht in ihrem Tode gleichtun; aber manchmal glaube ich, es wäre ein Trost, wenn wir uns durch die Kenntnis ihrer Krankheiten und ihres körperlichen Verfalls mit den großen heiligen Glaubenszeugen verbunden fühlen könnten: Papst Gregor hatte die Gicht, Sankt Basilius hatte ein Leberleiden – aber Sankt Gregor von Nazianz? Sankt Ambrosius? – Sankt Augustinus und Sankt Martinus starben im Fieber, wie es in hohem Alter ganz natürlich ist ...

Um halb zehn nahm er ein Päckchen mit zehn Zigaretten aus einer Schublade und ging aus dem Haus. Er bog in die Pall Mall, wo die Straße etwas anstieg und ein Nachtwächter Dienst tat, den er seit einer Woche jede Nacht besuchte. Alec Warner hoffte, genug zusammenhängende Antworten zu bekommen, um eine Fallgeschichte darauf aufbauen zu können. »Wie alt sind Sie? Wo wohnen Sie? Was essen Sie? Glauben Sie an Gott? Welche Religion? Haben Sie jemals Sport getrieben? Wie vertragen Sie sich mit Ihrer Frau? Wie alt ist sie? Wer? Was? Warum? Wie steht es mit Ihrer Gesundheit?«

»Abend«, grüßte der Mann, als Alec zu ihm trat. »Danke«, sagte er, als er die Zigaretten nahm. Er rutschte auf der Planke hinter dem Kokskorb etwas beiseite, um Alec neben sich Platz zu machen.

Alec wärmte sich die Hände.

»Wie geht es Ihnen heute abend?« fragte er.

»Gar nicht so übel! Und Ihnen, Chef?«

»Ach, gar nicht so übel. Wie alt, sagten Sie ...?«

»Fünfundsiebzig. Neunundsechzig für die Stadtverwaltung.«

»Ich verstehe«, meinte Alec.

»Führt zu nichts, wenn man denen zuviel erzählt.«

»Ich bin neunundsiebzig«, sagte Alec.

»Sehen keinen Tag älter als fünfundsechzig aus.«

Alec lächelte in die Glut hinein; er wußte wohl, daß diese Bemerkung gelogen war, aber im Gegensatz zu den meisten anderen Leuten machte er sich nichts daraus, wie alt er aussah. »Wo sind Sie geboren?« fragte er.

Ein Polizist ging vorbei und ließ seinen Blick über die beiden alten Männer wandern, ohne den Rhythmus seiner Schritte zu unterbrechen. Er war nicht überrascht, den bessergestellt aussehenden Gefährten des Nachtwächters zu sehen. Ihm waren schon viele sonderbare alte Käuze begegnet.

»Dieser junge Polizist fragt sich bestimmt«, sagte Alec, »was wir hier aushecken.«

Der Nachtwächter langte nach seiner Teeflasche und entkorkte sie.

»Ha'm Sie noch 'n paar Tips für morgen?«

»*Gunmetal* im zweiten Rennen. Und *Out of Reach* im vierten, sagt man. Erzählen Sie mir – – –«

»*Gunmetal* bringt immer sein Geld«, sagte der Nachtwächter. »Da brauchen Sie sich keine Sorgen zu machen.«

»Wie lange schlafen Sie am Tage?« fragte Alec Warner.

Charmian war zu Bett gebracht worden. Derbe Behandlung wirkte in mancher Beziehung geistig anregend auf sie, in anderer Beziehung dagegen trübte es ihren Geist noch mehr. Sie wußte in diesem Augenblick sehr gut, daß Mrs. Anthony nicht Taylor war und Mrs. Pettigrew Lisa Brookes frühere Haushälterin, die sie nicht mochte.

Sie lag und grollte und entschied sich gegen Mrs. Pettigrew. Die Frau hatte drei Wochen Probezeit hinter sich und hatte sich nicht als zufriedenstellend erwiesen.

Und während Charmian im Bett lag, bildete sie sich auch ein, daß Mrs. Pettigrew ihr vor langer, langer Zeit übel mitgespielt hätte. Das war jedoch nicht der Fall. In Wirklichkeit war es Lisa Brooke gewesen, die Charmian erpreßt hatte, so daß sie zahlen und zahlen mußte, obwohl Lisa das Geld nicht brauchte. Viele Nächte hatte sie stundenlang wachgelegen, und am Ende mußte sie doch ihren Liebhaber Guy Leet aufgeben. Guy hatte dann heimlich Lisa geheiratet, um sie zufriedenzustellen und um Charmians willen zum Schweigen zu bringen. Für all dies machte Charmian Mrs. Pettigrew verantwortlich; sie vergaß einfach für den Augenblick, daß ihre ehemalige Peinigerin Lisa gewesen war – so bitter war die aufsteigende Erinnerung, und so bösartig war ihre neue Peinigerin. Mrs. Pettigrew hatte Charmian den Arm umgedreht, als sie ihr das Kleid auszog, hatte ihr wahrscheinlich mit ihrem harten, ungeduldigen Griff den Arm blau gequetscht. »Was Sie brauchen«, hatte Mrs. Pettigrew gesagt, »ist ein Kindermädchen. Ich bin aber kein Kindermädchen.«

Charmian war empört über den Vorschlag, daß sie ein Kindermädchen benötigen sollte.

Sie beschloß, Mrs. Pettigrew morgen früh ein Monatsgehalt zu geben und sie zu entlassen. Als Mrs. Pettigrew das Licht ausmachen wollte, hatte Charmian in scharfem Ton gesagt: »Ich glaube, Mrs. Pettigrew – – –«

»Ach, seien Sie doch freundlich und nennen Sie mich Mabel.«

»Ich glaube, Mrs. Pettigrew, es ist nicht nötig, daß sie in den Salon kommen, wenn ich Besuch habe, es sei denn ich läute.«

»Gute *Nacht*«, sagte Mrs. Pettigrew und drehte das Licht aus.

Mrs. Pettigrew ging hinunter in ihr Wohnzimmer und schaltete das Fernsehgerät ein, das auf ihr Verlangen hin für sie angeschafft worden war. Mrs. Anthony war bereits nach Hause gegangen. Sie setzte sich, nahm ihr Strickzeug und begann zu arbeiten, während sie auf den Bildschirm blickte. Sie hätte gern ihr Korsett gelockert, war aber nicht sicher, ob Godfrey nicht noch einmal hereinkommen würde, um sie zu sehen. Während der drei Wochen seit ihrem Einzug bei den Colstons war er an fünf Abenden gekommen. Er war nicht nachts gekommen. Vielleicht würde er heute abend kommen, und sie wollte sich nicht überraschen lassen, wenn sie unordentlich aussah. Tatsächlich klopfte es auch bald an die Tür, und sie bat ihn herein.

Beim ersten Mal hatte es sich als notwendig erwiesen, daß er ihr sein Verlangen erklärte. Jetzt aber verstand sie vollkommen. Godfrey, dessen hageres Gesicht im schwachen Lampenlicht noch kantiger erschien und dessen Augen erregt glänzten, legte eine Pfundnote auf den niedrigen Couchtisch. Mit herabhängenden Armen und gespreizten Beinen, wie ein Bauer auf der Bühne, stand er dann und beobachtete sie. Ohne ihre Haltung zu verändern, hob sie den Rock an einer Seite so weit an, bis der Saum ihres Strumpfes und das Ende des Strumpfhalters zu sehen waren. Dann fuhr sie fort zu stricken und betrachtete weiter den Bildschirm. Godfrey starrte zwei Minuten lang schweigend auf den Strumpfsaum und auf den glitzernden Stahl des Strumpfhalters. Dann schob er die Schultern zurück, als wolle er damit sein Schicksalsgefühl zurückrufen, und ging hinaus, ohne ein Wort gesprochen zu haben.

Nach dem ersten Mal hatte Mrs. Pettigrew sich fast mit Entsetzen vorgestellt, daß sein Verlangen nur das Vorspiel zu noch kühneren Erkundungen darstellte; aber inzwischen hatte sie mit der Erleichterung einer alten Frau erkannt, daß dies alles war, was er jemals verlangen würde: den Saum ihres Strumpfes und das Ende ihres Strumpfhalters zu sehen.

Sie nahm die Pfundnote vom Tisch, steckte sie in ihre schwarze Wildlederhandtasche und lockerte ihr Korsett. Für die Zukunft hatte sie bereits ihre Pläne. Inzwischen aber war ein Pfund ein Pfund.

Sechstes Kapitel

Miss Jean Taylor saß im Lehnstuhl neben ihrem Bett. Wenn sie in diesem Lehnstuhl saß, wußte sie nie, ob es nicht das letzte Mal war, daß sie außerhalb ihres Bettes sitzen konnte. Ihre Arthritis fraß sich langsam immer weiter und tiefer in ihren Körper. Den Kopf konnte sie noch langsam drehen; es fiel ihr schwer, aber sie tat es. Alec Warner rückte seinen Stuhl ein wenig herum, damit sie ihm ins Gesicht sehen konnte.

»Bist du derjenige, der Dame Lettie peinigt?« fragte sie.

Zwischen anderen Überlegungen schoß ihm der Gedanke durch den Kopf, daß Jean an beginnender Gehirnerweichung leiden könnte. Er studierte sorgfältig ihre Augen und sah den grauen Ring um den Rand der Kornea, den *arcus senilis*. Jedoch er erkannte, daß immer noch die alte Intelligenz aus diesen Augen sprach, wenn auch der Körper eine Ruine geworden war.

Miss Taylor bemerkte seinen forschenden Blick und dachte: es ist wahr, daß er ernsthafte Studien betreibt, aber in vielen Dingen gleicht er doch haargenau den anderen. Wie wir uns doch alle gegenseitig auf Zeichen des Versagens beobachten! »Komm, Alec!« forderte sie ihn auf, »sag es mir.«

»Ich soll Lettie peinigen?« fragte er.

Sie erzählte ihm von den anonymen Telefonanrufen und sagte dann: »Hör auf, mich so zu studieren, Alec. Ich bin noch ganz richtig im Kopf.«

»Lettie aber wahrscheinlich nicht.«

»Ja, Alec, eben doch.«

»Und angenommen«, sagte er, »sie hat tatsächlich diese Telefonanrufe bekommen – warum nimmst du dann an, daß ich der Schuldige sein soll? Ich frage lediglich aus sachlichem Interesse.«

»Ich halte es für wahrscheinlich, Alec. Ich mag mich irren, aber das würde doch etwa dem entsprechen, was du zu Studienzwecken tun könntest, nicht wahr? Ein Experiment – – –«

»Das stimmt schon«, antwortete er, »aber in diesem Fall zweifle ich daran, daß ich der Schuldige bin.«

»Du *zweifelst*?«

»Selbstverständlich, ich zweifle. Vor Gericht, meine Liebe, würde ich in ehrlicher Überzeugung die Anklage abstreiten. Aber du weißt, daß ich nichts bestätigen oder abstreiten kann, was im Bereich des Möglichen liegt.«

»Alec, bist du dieser Mann oder nicht?«

»Ich weiß es nicht«, erwiderte er. »Wenn es so ist, bin ich mir dessen nicht bewußt. Aber ich könnte vielleicht ein Jekyll und Hyde sein, meinst du nicht? Kürzlich war da ein Fall – – –«

»Nämlich«, unterbrach sie ihn, »wenn du der Schuldige bist, wird die Polizei dich bald fassen.«

»Sie würden mir die Tat nachweisen müssen. Und wenn sie es zu meiner Zufriedenheit beweisen könnten, würde ich mich nicht länger im Zweifel befinden.«

»Alec«, forschte sie weiter, »bist du der Mann, der hinter diesen Anrufen steckt?«

»Nicht daß ich wüßte«, antwortete er.

»Dann bist du nicht der Mann«, stellte sie fest. »Ist es jemand, den du dazu angestellt hast?«

Er schien die Frage nicht zu hören, sondern beobachtete Oma Barnacle wie ein Naturforscher in Ferien. Oma Barnacle akzeptierte seine Aufmerksamkeit mit höflicher Ergebenheit, wie sie es tat, wenn der Arzt die Medizinstudenten um ihr Bett versammelte, oder wenn der Pfarrer die Heilige Kommunion brachte.

»Wenn du sie schon so anstarren mußt«, sagte Miss Taylor, »frage sie wenigstens, wie es ihr geht.«

»Wie geht es Ihnen?« fragte Alec.

»Nicht so besonders«, antwortete Oma Barnacle. Sie warf den Kopf herum und deutete damit auf die Tür, die zum Apothekenzimmer der Abteilung führte. »Höchste Zeit, daß ein Wechsel in der Leitung eintritt«, sagte sie.

»Ja, in der Tat«, sagte Alec Warner, und nach einem zustimmenden und abschließenden Kopfnicken, womit das ganze Maud Long Krankenhaus gemeint war, wandte er seine Aufmerksamkeit wieder Jean Taylor zu.

»Ist es jemand«, fragte sie, »den du angestellt hast?«

»Ich bezweifle es.«

»In diesem Fall«, stellte sie fest, »bist weder du dieser Mann, noch ist es dein Beauftragter.«

Als sie ihn vor fast fünfzig Jahren kennengelernt hatte, war sie bestürzt gewesen, als er diese sonderbaren ›Zweifel‹ geäußert hatte. Sie hatte ihn für vielleicht nicht ganz normal gehalten. Erst viele Jahre später war es ihr klargeworden, daß diese Haltung eine Art des Selbstschutzes darstellte, die er nur anwendete, wenn er mit Frauen sprach, die er gern mochte. Mit Männern sprach er nie so. Sie hatte nach diesen vielen Jahren erkannt, daß sein ganzer Zugang zum Wesen des Weiblichen, seine einzige Möglichkeit, damit fertigzuwerden, darin bestand, sich scheinbar darüber zu amüsieren. Als Miss Taylor diese Entdeckung gemacht hatte, war sie froh, daß sie sich nicht geheiratet hatten. Er verschanzte sich zu sehr hinter dieser Maske einer spöttischen, väterlichen Haltung – die ihm inzwischen zur Gewohnheit geworden war –, als es für ein vernünftiges Zusammenleben mit einer selbständig denkenden Frau gut gewesen wäre.

Sie erinnerte sich an einen Nachmittag vor Jahren – 1928, lange nach der Liebesaffäre –, als sie Charmian übers Wochenende zu einer Gesellschaft auf dem Lande begleitet hatte. Alec Warner war einer der Gäste gewesen. An jenem Nachmittag hatte er Jean Taylor auf einen Spaziergang mitgenommen, ›um sie verschiedenes zu fragen, denn Jean ist in ihren Aussagen so verläßlich‹ – Charmian hatte sich köstlich darüber amüsiert. Den größten Teil ihrer Unterhaltung hatte sie vergessen, doch sie erinnerte sich noch an seine erste Frage:

»Glaubst du, Jean, daß andere Leute existieren?«

Sie hatte nicht sogleich den Sinn seiner Frage verstanden. Einen Augenblick lang hatte sie verwundert überlegt, ob seine Worte sich vielleicht auf ihre Liebesaffäre vor über zwanzig Jahren bezögen, und seine weiteren Worte: »Ich meine, Jean, hältst du die Leute – die Leute um uns herum – für wirklich oder für Trugbilder?« hatten möglicherweise irgendeine persönliche Bedeutung. Aber das stimmte nicht mit ihrer Kenntnis dieses Mannes überein. Selbst zur Zeit ihrer Liebesbeziehung war er nicht der Typ gewesen, der voller Überheblichkeit verkündet hätte: es gibt niemand auf der Welt außer uns beiden; wir allein existieren. Außerdem war sie, die sie jetzt neben diesem Manne mittleren Alters spazierenging, eine Frau Anfang fünfzig.

»Was meinst du damit?« fragte sie.

»Nur, was ich sage.«

Sie waren zu einem Buchenwald gekommen, der noch von dem Gewitter der letzten Nacht Feuchtigkeit ausströmte. Dann und wann prasselte eine kleine Kavalkade von Regentropfen, die von den Blättern herabrannen, auf seinen oder ihren Hut. Er nahm ihren Arm und führte sie vom Hauptweg fort, so daß ihr, trotz ihres nüchternen Verstandes, der Gedanke durch den Sinn schoß, er könnte ein Mörder sein, ein Verrückter. Aber im nächsten Augenblick hatte sie sich an ihre mehr als fünfzig Jahre erinnert. Waren es nicht gewöhnlich junge Frauen, die von geistesgestörten Sexualverbrechern im Walde erwürgt wurden? Nein, dachte sie dann wieder, manchmal waren es auch Frauen über fünfzig. Die Blätter unter ihren Füßen machten saugende Geräusche. Durch ihr Gehirn sausten in rasendem Tempo einander widersprechende Gedanken: aber ich kenne ihn gut, er ist Alec Warner. Kenne ich ihn denn überhaupt? Er ist so sonderbar. Sogar als Liebhaber war er sonderbar gewesen. Aber man kennt ihn überall, sein Ruf ... Selbst einige berühmte Männer haben abscheuliche geheime Laster; ihre Berühmtheit ist eben ihr Schutz.

»Sicher«, sagte er, während er sie weiter in die tiefen, tropfenden Schatten zog, »sicher siehst du ein, daß hier eine beachtliche Frage liegt. Angenommen, du glaubst an deine eigene Existenz als selbstverständlich – glaubst du dann auch an die anderer? Sage mir, Jean, glaubst du, daß ich, zum Beispiel, in diesem Augenblick existiere?« Er blickte forschend auf ihr Gesicht unter der Krempe ihres braunen Filzhutes herab.

»Wohin führst du mich?« fragte sie, stehenbleibend.

»Hinaus aus diesem nassen Gehölz«, erwiderte er, »auf einer Abkürzung. Antworte mir nun bitte – sicher verstehst du, was ich meine? – es ist eine ganz klare Frage ...«

Sie blickte zwischen den Bäumen hindurch und sah, daß der Pfad tatsächlich in einer Abkürzung aufs freie Feld hinausführte. Sie erkannte jetzt, daß seine Frage rein akademisch war und daß er keineswegs ein Sittlichkeitsverbrechen mit anschließendem Mord plante. Und was für einen Grund hatte sie schließlich auch, so etwas zu vermuten? Was für absonderliche Dinge doch einer Frau so durch den Kopf gehen, dachte sie. Er war ein ungewöhnlicher Mann.

»Ich stimme zu«, sagte sie dann, »daß deine Frage gestellt werden kann. Man fragt sich selbst manchmal erstaunt, vielleicht nur mit halbem Bewußtsein, ob es die anderen Leute wirklich gibt.«

»Bitte«, sagte er, »staune mit etwas mehr als nur halbem Bewußtsein über diese Frage. Denke mit all deinem verfügbaren Bewußtsein darüber nach und sage mir deine Antwort.«

»Oh«, erwiderte sie, »in diesem Fall denke ich, daß die

anderen Leute tatsächlich existieren. Das ist meine Antwort. Sie entspricht nur dem gesunden Menschenverstand.«

»Du hast dich zu schnell entschieden«, sagte er. »Nimm dir Zeit und denke darüber nach.«

Sie hatten den Wald hinter sich gelassen und schlugen einen Pfad am Rande eines gepflügten Feldes ein, der zum Dorfe führte. Dort stand eine Kirche mit einem steil abfallenden Friedhof am oberen Ende der Straße. Miss Taylor sah im Vorbeigehen über die Friedhofsmauer. Sie war jetzt nicht mehr ganz sicher, ob seine Worte frivol oder ernsthaft oder beides gleichzeitig waren; denn schon in ihren jüngeren Jahren – besonders während jener Zeit im Juli 1907 auf dem Bauernhof – hatte sie niemals genau gewußt, wie sie Alec deuten sollte, und manchmal hatte sie sich gefürchtet.

Sie blickte auf den Friedhof, und er blickte sie an. Leidenschaftslos stellte er fest, daß ihr Gesicht unter dem Hutschatten eckiger geworden war als früher. Als junge Frau hatte sie ein weiches, rundes Gesicht gehabt; ihre Stimme war außerordentlich ruhig und leise gewesen, wie die Stimme einer Kranken. Als sie ins mittlere Alter kam, war ihr Körper eckiger geworden, ihre Stimme tiefer und das Profil ihres Gesichtes beinahe männlich. Er interessierte sich für diese Faktoren; er glaubte sie sogar zu mögen; er hatte Jean gern. Sie blieb stehen, beugte sich über die niedrige Mauer und blickte auf die Grabsteine.

»Dieser Friedhof ist eine Art Beweis«, sagte sie, »daß andere Leute existieren.«

»Wie meinst du das?« fragte er.

Sie wußte es nicht genau. Nachdem sie es gesagt hatte, wußte sie nicht, warum. Je mehr sie darüber nachdachte, was sie gemeint hatte, um so weniger wußte sie es.

Er versuchte über die Mauer zu klettern und brachte es nicht fertig. Es war eine niedrige Mauer, aber schließlich war er so etwas nicht gewohnt. »Ich gehe auf die Fünfzig«, sagte er zu ihr ohne jede Verlegenheit, nicht einmal mit einem entschuldigenden Lächeln, und sie erinnerte sich an eine kleine Begebenheit im Jahre 1907 auf jenem Bauernhof: wie er damals gelegentlich bemerkt hatte, daß sie beide ihre besten Jahre hinter sich hätten – schließlich sei er doch bereits achtundzwanzig und sie einunddreißig. Sie hatte sich verletzt und verlegen gefühlt, bis sie erkannte, daß er damit nicht hatte verletzen, sondern nur eine Tatsache feststellen wollen. Und bevor der Monat zu Ende ging, war auch sie so weit, daß sie in seiner Art und in seinem Tonfall ganz einfach feststellen konnte: »Wir sind gesellschaftlich nicht gleichgestellt.«

Er klopfte den Staub der Friedhofsmauer von seiner Hose. »Ich gehe auf die Fünfzig. Aber ich würde mir doch gern die Grabsteine ansehen. Laß uns durch die Pforte hineingehen.«

Und so waren sie zwischen den Gräbern einhergegangen und hatten sich gebückt, um die Namen auf den Grabsteinen zu lesen.

»Natürlich«, sagte sie, »die Grabsteine könnten ja Halluzinationen sein. Doch das glaube ich nicht.«

»Auch das muß in Erwägung gezogen werden«, erwiderte er so höflich, daß sie ärgerlich wurde.

»Zum mindesten aber sind die Gräber eine Bestätigung«, konterte sie, »denn warum sollte man sich plagen, andere Leute zu beerdigen, wenn sie nicht existieren.«

»O ja, das ist richtig«, sagte er.

Sie schlenderten die kurze Auffahrt zum Haus hinauf. Lettie, die schreibend am Bibliotheksfenster saß, blickte zu ihnen herüber und rasch wieder fort. Als sie eintraten, kam Lisa Brooke mit ihrem flammend roten Bubikopf heraus. »Hallo, ihr beiden«, sagte sie und sah Miss Taylor süßlich lächelnd an. Alec ging gleich in sein Zimmer, während Jean Taylor sich auf die Suche nach Charmian machte. Auf dem Wege begegneten ihr verschiedene Leute und grüßten sie. Diese Gesellschaft setzte sich aus lauter Fortschrittlichen zusammen; sie dachten sich nichts bei ihrem Spaziergang mit Alec in jenem Sommer 1928, wenngleich einige sich an die Affäre auf dem Bauernhof im Jahre 1907 erinnerten, die damals einigen Staub aufgewirbelt hatte. Nur ein Brigadier, der gar nicht in diese Gesellschaft paßte und von dem Gastgeber eingeladen war, weil er dessen Rat für sein Milchvieh brauchte, und der dem Paar auf seinem Spaziergang begegnet war, fragte später Lettie, so daß Miss Taylor es hören konnte: »Wer war die Dame, die ich mit Alec gesehen habe? Ist sie gerade erst angekommen?« Und Lettie, die Jean zwar haßte, aber weitherzig erscheinen wollte, erwiderte: »Oh, sie ist Charmians Zofe.«

»Sie mögen darüber denken, wie Sie wollen, aber die anderen Dienstboten werden das nicht gern sehen«, bemerkte der Brigadier, womit er allerdings recht hatte.

Und doch, überlegte Jean Taylor rückblickend, während sie mit Alec im Maud Long Krankenhaus saß, vielleicht war es nicht nur Spott. Vielleicht hatte er die Frage damals halbwegs ehrlich gestellt.

»Sei doch einmal ernsthaft«, sagte sie, indem sie auf ihre verkrümmten, arthritischen Hände blickte.

Alec Warner sah auf seine Uhr.

»Mußt du schon gehen?« fragte sie.

»Zehn Minuten habe ich noch Zeit«, antwortete er. »Aber ich werde drei Viertelstunden durch die Parkanlagen brauchen. Ich muß mich ziemlich genau an meine Zeiteinteilung halten. Wie du weißt, gehe ich auf die Achtzig.«

»Ich bin erleichtert, daß du es nicht bist, Alec – die Telefonanrufe ...«

»Das entspringt gewiß nur Letties Einbildung, meine Liebe, das ist doch offensichtlich.«

»Aber nein. Der Mann hat zweimal seine Botschaft für sie an Godfrey gerichtet: ›Sagen Sie Dame Lettie‹, hat er gesagt, ›sie möge daran denken, daß sie sterben muß.‹«

»Godfrey hat es also auch gehört?« fragte er. »Nun, in

diesem Fall möchte ich meinen, daß es ein Verrückter ist. Wie hat Godfrey es aufgenommen? Hat er einen Schreck bekommen?«

»Darüber hat Dame Lettie nichts gesagt.«

»Ach bitte, versuche doch herauszubekommen, wie die beiden darauf reagiert haben. Ich hoffe, die Polizei wird den Burschen nicht zu bald fassen. Man könnte ein paar interessante Reaktionen sammeln.« Er stand auf, um zu gehen.

»Oh, Alec – bevor du gehst –, da war noch etwas anderes, was ich dich fragen wollte.«

Er setzte sich wieder und legte seinen Hut auf ihren Nachttisch zurück.

»Kennst du Mrs. Sidebottome?«

»Tempest? Ronalds Frau. Schwägerin von Lisa Brooke. Steht jetzt in ihrem einundsiebzigsten Lebensjahr. Ich bin ihr zum ersten Mal im Jahre 1930 auf einem Passagierdampfer begegnet, als wir in den Golf von Biscaya einliefen. Sie war – – –«

»Die meine ich. Sie ist im Verwaltungsausschuß dieses Krankenhauses. Die Stationsschwester dieser Abteilung paßt nicht hierher. Wir alle wünschen, daß sie in eine andere Abteilung versetzt wird. Soll ich dir die Gründe im einzelnen anführen?«

»Nein«, erwiderte er. »Du möchtest, daß ich mit Tempest spreche.«

»Ja. Mache ihr klar, daß die fragliche Schwester einfach überfordert ist. Vor einiger Zeit haben wir ihretwegen einen Krach gehabt, aber nichts hat sich geändert.«

»Gerade jetzt kann ich allerdings nicht mit Tempest sprechen. Sie ist letzte Woche in eine Privatklinik gegangen, um sich operieren zu lassen.«

»Doch nichts Schlimmes?«

»Ein Geschwulst an der Gebärmutter. Aber in ihrem Alter ist so etwas an sich weniger gefährlich als bei einer jüngeren Frau.«

»Nun ja, dann kannst du also zur Zeit auch nichts für uns tun.«

»Ich will nachdenken, ob ich jemand anders kenne«, sagte er. »Hast du dich in dieser Sache an Dame Lettie gewandt?«

»O ja.«

Er lächelte und sagte: »Sprich sie nicht wieder darauf an. Es ist reine Zeitvergeudung. Du mußt ernstlich daran denken, Jean, in das Altersheim in Surrey zu gehen. Die Kosten sind nicht hoch. Godfrey und ich können sie aufbringen. Ich glaube, Charmian würde dir dort bald Gesellschaft leisten. Jean, du müßtest ein Zimmer für dich allein haben.«

»Jetzt nicht mehr«, erwiderte Miss Taylor. »Ich werde nicht von hier fortgehen. Ich habe hier Freundinnen gefunden, es ist mein Zuhause geworden.«

»Also bis zum nächsten Mittwoch, meine Liebe«, sagte er, nahm seinen Hut und blickte in die Runde, wobei er jede der Omas in der Station scharf musterte.

»Alle wohl und munter«, sagte sie.

Vor zwei Jahren, als sie hierherkam, hatte sie sich nach dem privaten Altersheim in Surrey gesehnt; es war aber schon zuviel darüber geredet worden. Godfrey hatte viel Aufhebens wegen der Kosten gemacht, sich in ihrer Gegenwart darüber ausgelassen und eine Anzahl seiner Freunde von der fortschrittlichen Sorte zitiert – was sie zu dem Thema der neuerdings kostenfreien Krankenhäuser sagten, wieviel besser sie doch seien als die privaten Heime. Alec Warner hatte darauf hingewiesen, daß dies wohl nur in der Übergangszeit so sei, und daß eine Person von Jean Taylors Intelligenz und Gewohnheiten sich vielleicht unter all den Alten in einem öffentlichen Krankenhaus nicht wohl fühlen würde.

»Schon deshalb«, sagte er, »weil sie zum Teil das ist,

was wir aus ihr gemacht haben, sollten wir uns um sie kümmern.«

Er hatte angeboten, die Hälfte der Kosten für Jean Taylor in Surrey zu tragen. Doch Dame Lettie hatte schließlich allen Argumenten ein Ende bereitet, indem sie Jean mit einer Herausforderung kam: »Aber meine Liebe, würden Sie es nicht wirklich *vorziehen*, von niemandem abhängig zu sein? Schließlich sind Sie ja die Öffentlichkeit. Die Krankenhäuser gehören *Ihnen*. Sie haben das Recht ...« Miss Taylor hatte geantwortet: »Gewiß, ich ziehe es vor, in ein öffentliches Krankenhaus zu gehen.« Sie hatte ihre persönlichen Vorbereitungen getroffen und die Colstons verlassen, während der tägliche Streit um ihre Zukunft noch im Gange war.

Alec Warner sah sie nicht gern in diesem Heim. Die erste Woche lang hatte er sie zum Umzug bewegen wollen. Vor lauter Elend war sie unentschlossen gewesen. Ihre Schmerzen waren im Zunehmen begriffen, und sie hatte sich noch nicht darein ergeben. Weitere Beratungen und noch mehr Gerede über die Angelegenheit waren gefolgt. Sollte man sie nach Surrey bringen? Würde nicht Charmian ihr eines Tages dorthin folgen?

Jetzt nicht mehr, dachte sie, nachdem Alec Warner gegangen war. Oma Valvona hatte sich ihre Brille aufgesetzt und suchte nach den Horoskopen. Nicht mehr, dachte Miss Taylor. Jetzt nicht mehr, nachdem das Schlimmste vorüber ist.

Im Licht des neuen Morgens verzieh Charmian als erstes Mrs. Pettigrew. Sie konnte langsam und ohne fremde Hilfe die Treppe hinuntergehen. Andere Bewegungen waren schwierig, und Mrs. Pettigrew hatte ihr recht sanft beim Anziehen geholfen.

»Sie sollten sich daran gewöhnen«, sagte Mrs. Pettigrew, »das Frühstück im Bett zu nehmen.«

»Nein«, erwiderte Charmian fröhlich, während sie um

den Tisch trippelte und sich von Stuhllehne zu Stuhllehne zu ihrem Platz weitertastete. »Das wäre eine schlechte Gewohnheit. Eine Tasse Tee morgens im Bett ist alles, was ich brauche. Guten Morgen, Godfrey.«

»Lydia May«, las Godfrey aus der Zeitung vor, »starb gestern in ihrem Heim in Knightsbridge, sechs Tage vor ihrem zweiundneunzigsten Geburtstag.«

»Eine Tänzerin und Sängerin aus dem *Gaiety*«, sagte Charmian. »Ich erinnere mich recht gut an sie.«

»Sie sind gut in Form heute morgen«, bemerkte Mrs. Pettigrew. »Vergessen Sie nicht, Ihre Pillen einzunehmen.« Sie hatte die Flasche neben Charmians Teller gestellt. Jetzt schraubte sie die Kappe ab und nahm zwei Pillen heraus, die sie vor Charmian hinlegte.

»Ich habe meine Pillen schon geschluckt«, sagte Charmian. »Ich habe sie mit meinem Morgentee eingenommen, erinnern Sie sich nicht?«

»Nein«, erwiderte Mrs. Pettigrew. »Sie irren sich, meine Liebe. Nehmen Sie Ihre Pillen.«

»Sie hat ein Vermögen gemacht«, bemerkte Godfrey. »Hat sich 1893 zur Ruhe gesetzt und zweimal Geld geheiratet. Was sie wohl hinterlassen hat?«

»Bestimmt war sie *vor* meiner Zeit bekannt«, sagte Mabel Pettigrew.

»Unsinn«, meinte Godfrey.

»Verzeihen Sie bitte, Mr. Colston, sie war vor meiner Zeit. Wenn sie sich 1893 zur Ruhe gesetzt hat, so war ich damals noch ein Kind.«

»*Ich* erinnere mich an sie«, sagte Charmian. »Sie sang sehr ausdrucksvoll – wie es damals so üblich war, ihr wißt schon.«

»Im *Gaiety*?« fragte Mrs. Pettigrew. »Gewiß – – –«

»Nein, ich habe sie auf einer privaten Gesellschaft gehört.«

»Ah, dann sind Sie damals schon ein ganz erwachsenes

Mädchen gewesen. Nehmen Sie Ihre Pillen, Liebste.« Sie schob die beiden weißen Tabletten näher zu Charmian heran.

Charmian schob sie zurück und sagte: »Ich habe meine Pillen bereits heute früh eingenommen. Ich erinnere mich sehr deutlich. Ich schlucke sie immer mit meinem Morgentee.«

»Nicht immer«, erwiderte Mrs. Pettigrew. »Manchmal vergessen Sie es und lassen die Pillen auf dem Tablett liegen, wie Sie es auch heute morgen getan haben.«

»Sie war das jüngste von vierzehn Kindern aus einer strengen Baptistenfamilie«, las Godfrey aus der Zeitung vor. »Erst nach dem Tode ihres Vaters, im Alter von achtzehn Jahren, gab sie ihr Debüt in einer kleinen Rolle im *Lyceum*. Sie war von Ellen Terry und Sir Henry Irving ausgebildet worden, verließ die beiden jedoch und wurde Solotänzerin im *Gaiety*. Der damalige Prince of Wales – – –«

»Sie wurde uns in Cannes vorgestellt«, warf Charmian ein, die Vertrauen zu ihrem guten Gedächtnis an diesem Morgen gefaßt hatte, »nicht wahr?«

»Das stimmt«, sagte Godfrey. »Es muß etwa um 1910 gewesen sein.«

»Und sie sprang auf einen Stuhl und blickte in die Runde und rief: ›Herrjeh, stinkt das hier nach königlichem Geblüt!‹ Weißt du noch, wie schrecklich verlegen wir wurden, und – – –«

»Nein, Charmian, nein. Da bist du auf der falschen Fährte. Es war eine der Lilley Sisters, die auf den Stuhl sprang. Und das war viel später. So etwas kam bei Lydia May überhaupt nicht in Frage, sie war eine ganz andere Klasse von Mädchen.«

Mrs. Pettigrew schob die beiden Pillen wieder etwas näher zu Charmian, sagte aber nichts mehr dazu. Charmian erklärte: »Ich darf meine Dosis nicht überschreiten«, und tat sie mit unsicherer Hand wieder in die Flasche zurück.

»Charmian, nimm deine Pillen, meine Liebe«, sagte Godfrey und nahm geräuschvoll einen Schluck von seinem Kaffee.

»Ich habe bereits zwei Pillen genommen. Ich erinnere mich ganz deutlich, daß ich das getan habe. Vier könnten gefährlich sein.«

Mrs. Pettigrew blickte zur Decke hinauf und seufzte.

»Was hat es für einen Zweck«, sagte Godfrey, »daß ich dicke Arztrechnungen bezahle, wenn du das Zeug doch nicht einnehmen willst?«

»Godfrey, ich möchte nicht durch eine Überdosis vergiftet werden. Außerdem ist es mein eigenes Geld, mit dem die Arztrechnungen bezahlt werden.«

»Vergiftet!« rief Mrs. Pettigrew aus und legte ihre Serviette hin wie jemand, dessen Geduld über das Maß hinaus geprüft worden ist. »Ich bitte Sie!«

»Oder auch nur geschädigt«, versetzte Charmian. »Ich wünsche die Pillen nicht zu nehmen, Godfrey.«

»Na gut«, sagte er, »wenn du so weitermachen willst, muß ich dir schon sagen, daß du uns allen das Leben verdammt schwermachst. Wir können einfach nicht die Verantwortung dafür übernehmen, wenn du einen Anfall bekommst, weil du die Vorschriften des Arztes mißachtest.«

Charmian begann zu weinen. »Ich weiß ja, daß du mich nur in ein Altersheim stecken willst.«

Mrs. Anthony war hereingekommen, um den Tisch abzuräumen.

»Also so etwas«, sagte sie. »Wer will Sie in ein Altersheim stecken?«

»Wir haben uns nur ein wenig über ein paar Kleinigkeiten aufgeregt«, warf Mrs. Pettigrew ein.

Charmian hörte auf zu weinen. Sie fragte Mrs. Anthony: »Taylor, hast du heute früh mein Teetablett gesehen, als es herunterkam?«

Mrs. Anthony schien nicht gleich zu begreifen, denn obwohl sie die Frage gehört hatte, kam sie ihr aus irgendeinem Grunde komplizierter vor, als sie in Wirklichkeit war.

Charmian wiederholte: »Hast du heute früh – – –«

»Bitte, Charmian«, sagte Godfrey, der einen möglichen Widerspruch zwischen Mrs. Anthonys Antwort und Mrs. Pettigrews vorheriger Versicherung befürchtete. Er war dringend daran interessiert, einen Konflikt zwischen den beiden Frauen zu verhüten. Seine Bequemlichkeit, der ganze, gewohnte Ablauf seines täglichen Lebens hing davon ab, Mrs. Anthony zu halten. Anderenfalls müßte er womöglich sein Zuhause aufgeben und in irgendein Hotel ziehen. Und auch Mrs. Pettigrew, die man eben erst gewonnen hatte, mußte gehalten werden; anderenfalls müßte Charmian in ein Altersheim gehen. »Bitte, Charmian, wir wollen uns nicht weiter wegen deiner Pillen streiten«, sagte er.

»Was wollten Sie über das Teetablett wissen, Mrs. Colston?«

»Lag irgend etwas darauf, als es aus meinem Zimmer herunterkam?«

Mrs. Pettigrew schaltete sich ein: »Natürlich hat nichts auf dem Tablett gelegen. Ich habe die Pillen, die Sie liegengelassen haben, wieder in die Flasche getan.«

»Eine Tasse und eine Untertasse waren auf dem Tablett. Mrs. Pettigrew brachte es herunter«, sagte Mrs. Anthony, bemüht, so genau sie konnte auf eine Frage zu antworten, die sie immer noch verwirrte.

Mrs. Pettigrew begann geräuschvoll Geschirr auf Mrs. Anthonys Tablett zu laden. »Kommen Sie, meine Liebe«, sagte sie zu ihr, »wir haben zu arbeiten.«

Mrs. Anthony fühlte, daß sie Charmian irgendwie im Stich gelassen hatte, und als sie Mrs. Pettigrew aus dem Zimmer folgte, schnitt sie ihr daher eine erbitterte Grimasse.

Als sie gegangen waren, sagte Godfrey: »Da siehst du, was du angerichtet hast. Mrs. Pettigrew war völlig außer sich. Wenn wir sie verlieren – – –«

»Ach«, sagte Charmian, »du willst dich nur rächen, Eric.«

»Ich bin nicht Eric«, erwiderte er.

»Aber du willst dich rächen.«

Vor fünfzehn Jahren, als ihr Gedächtnis sie in ihrem einundsiebzigsten Lebensjahr langsam im Stich zu lassen begann, hatte sie erkannt, daß Godfrey sich gegen sie wandte wie jemand, der auf seine Rache gewartet hatte. Sie glaubte nicht, daß er selbst sich dessen bewußt war. Es war eine instinktive Reaktion auf die Jahre, in denen er der Mann einer talentierten, gefeierten Frau gewesen war, wohl wissend, daß er ständig in ihr eine Ernte zum Reifen brachte, die er nicht gesät hatte.

In ihren Siebzigern hatte Charmian ihn nie wegen seiner tyrannischen Art getadelt. Sie hatte seine neue Herrschaft ohne Kommentar hingenommen, bis ihre Schwäche sich so bemerkbar machte, daß sie mehr und mehr körperlich von ihm abhängig wurde. Damals, zu Beginn ihrer Achtzigerjahre, hatte sie angefangen ständig zu sagen, was sie in der Vergangenheit als unklug erachtet haben würde: »Du willst dich nur rächen.«

Und auch diesmal, wie immer, erwiderte er: »Rächen? *Wofür* sollte ich mich rächen wollen?« Er wußte es wirklich nicht. Er stellte nur fest, daß sie sich überall verfolgt zu sehen begann: Gift, Rache – was würde noch kommen? »Du steigerst dich da in einen Zustand hinein, in dem du dir einbildest, daß alle um dich herum sich gegen dich verschworen haben«, sagte er.

»Und wessen Schuld ist es, wenn ich in einen solchen Zustand gerate?« fragte sie mit einer unerwarteten Schärfe.

Diese Frage erbitterte ihn aufs höchste, zum Teil, weil er in ihr eine tiefere Vernunft spürte als in all ihren anderen Anklagen, und zum Teil, weil er sie nicht beantworten konnte. Er kam sich wie ein schwer geschlagener Mann vor.

Als der Arzt etwas später am Morgen seinen Besuch machte, hielt Godfrey ihn in der Diele an.

»Sie ist heute verdammt schwierig, Doktor.«

»Nun«, sagte der Arzt, »das ist wenigstens ein Lebenszeichen.«

»Muß mich um ein Pflegeheim kümmern, wenn sie so weitermacht.«

»Das wäre eine gute Idee, wenn man sie nur dazu bringen könnte, Gefallen daran zu finden«, sagte der Arzt. »Die Möglichkeiten für eine regelmäßige Betreuung sind in einem Pflegeheim so viel besser; ich kenne weitaus fortgeschrittenere Fälle als den Ihrer Gattin, die sich ganz enorm gebessert haben, seit man sie in ein wirklich bequemes Heim gebracht hat. Und wie geht es Ihnen selbst?«

»Mir? Nun, was kann man schon erwarten, mit all dem häuslichen Ärger auf meinen Schultern«, antwortete Godfrey. Er deutete auf die Tür zum Wintergarten, wo Charmian wartete. »Sie sollten besser zu ihr gehen«, fügte er hinzu, enttäuscht über das Ausbleiben von Mitgefühl und Unterstützung, auf die er gehofft hatte, und irgendwie verstimmt über die Ansicht des Arztes, daß Charmians Gesundheit sich womöglich bessern könnte, wenn man sie in ein Heim brächte.

Die Hand des Arztes lag auf dem Türknopf. »An Ihrer Stelle würde ich mir nicht soviel Sorgen um die häuslichen Angelegenheiten machen«, sagte er. »Gehen Sie soviel wie möglich an die frische Luft. Und wie ich schon sagte, Ihre Gattin könnte sich ganz enorm erholen, wenn wir sie aus dem Haus bringen würden. Das wirkt manchmal stimulierend. Allerdings, bei ihrem Alter ... ihr Widerstand ... aber es besteht durchaus die Chance, daß sie sich wieder gänzlich aufrappelt. In der Hauptsache leidet sie an Neurasthenie. Sie besitzt eine so außerordentliche Lebenskraft, fast als würde sie diese aus einer geheimen Quelle schöpfen ...« Das ist ja heiter, dachte Godfrey; Charmian besitzt eine geheime Quelle, und ich bezahle die Rechnungen! Heftig sagte er: »Also manchmal meine ich, sie verdient es, daß man sie fortschickt. Heute morgen zum Beispiel – – –«

»*Verdient*«, entgegnete der Arzt, »aber Mr. Colston! Wir empfehlen die Pflegeheime doch nicht als eine Bestrafung.«

»Verdammter Kerl«, sagte Godfrey, so daß es der Arzt noch hören konnte, bevor er ganz in das Zimmer getreten war, wo Charmian auf ihn wartete.

Im gleichen Augenblick, in dem der Arzt durch die Tür von der Wohnung her eingetreten war, kam Mrs. Pettigrew durch die Glastür vom Garten her. »Schön für die Jahreszeit«, sagte sie.

»Ja«, sagte der Arzt. »Guten Morgen, Mrs. Colston. Wie fühlen Sie sich heute?«

»Wir wollten heute früh leider unsere Pillen nicht nehmen, Herr Doktor«, sagte Mrs. Pettigrew.

»Oh, das macht nichts«, meinte er.

»Ich habe sie genommen«, sagte Charmian. »Ich nehme sie stets mit meinem Morgentee, und sie wollten mich zwingen, zum Frühstück noch welche zu nehmen. Ich weiß aber, daß ich sie mit meinem Morgentee genommen habe. Stellen Sie sich nur vor, wenn ich eine zweite Dosis genommen hätte – – –«

»Das wäre wirklich nicht schlimm gewesen«, sagte er.

»Ist es nicht gefährlich«, meinte Mrs. Pettigrew, »eine vorgeschriebene Dosis zu überschreiten?«

»Versuchen Sie bitte, in Zukunft eine sorgfältige Kontrolle einzuhalten – eine regelmäßige Zeit für die Einnahme der Medizin«, sagte er zu Mrs. Pettigrew. »Dann wird sich niemand von Ihnen beiden irren können.«

»Ich habe mich auf keinen Fall geirrt«, widersprach Mrs. Pettigrew. »Mein Gedächtnis hat schließlich noch nicht gelitten.«

»In diesem Fall«, sagte Charmian, »müssen wir Ihre *Absichten* bei dem Versuch, mir eine zweite Dosis zu geben, in Frage stellen. Taylor weiß, daß ich meine Pillen genommen habe wie immer. Ich habe sie nicht auf dem Tablett liegenlassen.«

Der Arzt fühlte ihren Puls und sagte: »Mrs. Pettigrew, wenn Sie uns jetzt bitte einen Augenblick entschuldigen wollen . . .«

Mit einem tiefen, lauten und kummervollen Seufzer ging sie hinaus, stellte sich in der Küche hin und zankte Mrs. Anthony aus, weil sie heute morgen ›die Partei dieser Verrückten‹ ergriffen hatte.

»Sie ist keine Verrückte«, widersprach Mrs. Anthony. »Sie ist immer anständig zu mir gewesen.«

»Nein, verrückt ist sie nicht«, bestätigte Mrs. Pettigrew, »da haben Sie recht. Sie ist schlau und verschlagen. Sie ist gar nicht so schwach, wie sie immer tut, das lassen Sie sich von mir gesagt sein. Ich habe sie beobachtet, wenn sie nicht wußte, daß ich das tat. Wenn sie es will, kann sie sich ganz leicht umherbewegen.«

»Nicht wenn sie es will«, entgegnete Mrs. Anthony, »sondern wenn sie sich danach fühlt. Schließlich bin ich neun Jahre lang hier gewesen, oder etwa nicht? Mrs. Colston ist eine Frau, die viel Verständnis braucht, sie hat ihre guten und ihre schlechten Tage. Niemand versteht sie so wie ich.«

»Es ist einfach ungeheuerlich«, rief Mrs. Pettigrew aus, »eine Frau meines Standes zu beschuldigen, jemanden vergiften zu wollen! Ha, wenn ich das beabsichtigte, würde ich es auf eine ganz andere Art anfangen, kann ich Ihnen versichern, und ihr nicht vor aller Augen Überdosen zu geben versuchen.«

»Ich wette, daß Sie das fertigbrächten«, erwiderte Mrs. Anthony. »Gehen Sie mir aus dem Weg«, fügte sie hinzu, denn sie kehrte unnötigerweise den Fußboden.

»Werden Sie nicht unverschämt, Mrs. Anthony!«

»Hören Sie«, sagte Mrs. Anthony, »seit mein Mann den ganzen Tag zu Hause ist, läßt er mir keine Ruhe mehr wegen meiner Stellung hier; er mag es nicht, wenn ich nicht bei ihm bin. Ich tuc es nur wegen des bißchens Unabhängigkeit, wie ich es schon während meiner ganzen Ehe getan habe. Aber wir können jetzt auch mit unserer Pension auskommen, wo ich siebzig bin und mein Alter achtundsechzig, und wenn Sie mir Ärger machen wollen, gehe ich, sage ich Ihnen. *Ich* habe sie neun Jahre lang betreut, und wir sind gut miteinander ausgekommen, bis daß Sie daherkommen und zu stänkern anfangen.«

»Ich werde mit Mr. Colston sprechen«, sagte Mrs. Pettigrew, »und ihm erzählen, was Sie gesagt haben.«

»Dem«, versetzte Mrs. Anthony. »Gehen Sie doch hin zu ihm und sagen Sie es ihm. Er interessiert mich nicht. Sie ist diejenige, um die ich mich kümmere, und nicht *er.*« Der letzten Feststellung ließ Mrs. Anthony einen unverschämten Blick folgen.

»Was meinen Sie damit?« forderte Mrs. Pettigrew. »Was wollen Sie damit sagen?«

»Das können Sie sich selbst ausmalen«, antwortete Mrs. Anthony. »Ich habe mit dem Mittagessen zu tun.«

Mrs. Pettigrew machte sich nach Godfrey auf die Suche, der jedoch nicht zu Hause war. Sie ging durch die Vordertür hinaus, um das Haus herum und durch die Glastür zum Garten wieder hinein. Sie sah, daß der Arzt gegangen war und Charmian in einem Buche las. Wütender Neid fraß in ihr bei dem Gedanken, daß zu ihr gewiß kein teurer Arzt kommen und begütigend auf sie einreden und ihr eine Spritze geben würde, wenn sie einmal einen hysterischen Anfall bekäme, so daß sie ruhig sitzen und ein Buch lesen könnte, nachdem sie den ganzen Haushalt auf den Kopf gestellt hatte.

Mrs. Pettigrew stieg die Treppen hinauf, ging durch die Schlafzimmer und sah nach, ob sie aufgeräumt und in Ordnung wären. In Wahrheit aber tat sie es, um wieder ruhiger zu werden und gleichzeitig etwas herumzuschnüffeln. Sie ärgerte sich über sich selbst, daß sie sich gegenüber Mrs. Anthony so hatte gehenlassen. Sie hätte sich aus allem heraushalten sollen. Aber es war immer das gleiche – selbst als sie noch bei Lisa Brooke war –, wenn sie mit niederen Hausangestellten zu tun hatte, wurde sie zu sehr eine von ihnen; aus Herzensgüte zwar, aber es war Schwachheit. Sie überlegte, daß sie sich von Anfang an verkehrt gegenüber Mrs. Anthony verhalten hatte; sie hätte gleich Abstand wahren müssen und es nicht zu Vertraulichkeiten kommen lassen dürfen. Und jetzt hatte sie sich sogar zu einem Streit mit Mrs. Anthony erniedrigt. Und weil sie damit gegen ihre eigenen Interessen verstoßen hatte, wurde Mrs. Pettigrew von einem Gefühl überwältigt, das einige Leute für Schuldgefühl halten. In dieser Gemütsverfassung bereute sie ihr Verhalten und beschloß, als sie vor Charmians ordentlich gemachtem Bett stand, ihre Position in diesem Haushalt gründlicher zu festigen und von jetzt an Mrs. Anthony mit Zurückhaltung zu behandeln.

Ein Geruch nach verbranntem Essen stieg durch das Treppenhaus und drang in Charmians Schlafzimmer. Mrs. Pettigrew lehnte sich über das Gländer und schnupperte. Dann lauschte sie. Kein Laut kam aus der Küche, kein Geräusch eilends von den Gasflammen gezogener Töpfe. Mrs. Pettigrew stieg die Treppe zur Hälfte hinunter und lauschte wieder. Aus dem kleinen Wintergarten, in dem Charmian saß, drangen Stimmen. Mrs. Anthony war bei ihr und zählte die ihr zugefügten Kränkungen auf, während das Essen im Backofen verschmorte, die Kartoffeln auf dem Herd verbrannten und der Wasserkessel auf der Flamme ausglühte. Mrs. Pettigrew stieg wieder hinauf und noch eine Treppe weiter bis zu ihrem eigenen Zimmer. Dort nahm sie aus einer Schublade ein Kästchen mit Schlüsseln. Vier davon wählte sie aus und tat sie in ihre schwarze Wildlederhandtasche, die sie, vielleicht zum Zeichen ihrer Würde, stets im Hause mit sich herumtrug; dann stieg sie wieder hinab zu

Charmians Schlafzimmer. Hier versuchte sie die Schlüssel, einen nach dem anderen, an dem Schloß des Deckels von Charmians Schreibpult. Der dritte paßte. Sie sah nicht hinein, sondern verschloß den Deckel wieder. Mit demselben Schlüssel versuchte sie die Schubladenschlösser zu öffnen. Er paßte nicht. Sie steckte den Schlüssel sorgfältig in ein besonderes Fach ihrer Handtasche und probierte es mit den anderen Schlüsseln. Keiner paßte.

Sie trat wieder auf den Treppenabsatz hinaus, wo der brenzlige Geruch beängstigend geworden war, und lauschte. Mrs. Anthony hatte Charmian noch nicht verlassen, und Mrs. Pettigrew war überzeugt, daß sie danach genug zu tun vorfinden würde, um sie noch weitere zehn Minuten beschäftigt zu halten. Aus ihrer Handtasche nahm sie ein Päckchen Kaugummi und wickelte es aus. Fünf Streifen Kaugummi waren darin. Zwei davon steckte sie in den Mund, die übrigen drei legte sie mitsamt dem Papier wieder in die Handtasche zurück. Sie setzte sich auf einen Stuhl in der Nähe der offenen Tür und kaute einige Sekunden. Dann befeuchtete sie ihre Fingerspitzen mit der Zunge, nahm das weiche Gummi aus dem Mund und drückte es flach. Danach machte sie die Oberfläche des Gummis mit der Zunge naß und preßte es gegen das Schlüsseloch einer Schublade. Rasch zog sie es zurück und legte es auf Charmians Nachttisch zum Festwerden. Sie nahm noch zwei Stück Kaugummi, und nachdem sie den Klumpen wie zuvor gekaut und befeuchtet hatte, preßte sie ihn gegen das Schlüsselloch einer anderen Schublade. Dann streifte sie die Tasche wieder über ihr Handgelenk, und in jeder Hand ein Stück Kaugummi mit einem deutlichen Abdruck des Schlüsselloches zwischen Daumen und Zeigefinger haltend, stieg sie die Treppe zu ihrem Schlafzimmer hinauf. Das hartgewordene Gummi legte sie vorsichtig in eine Schublade, verschloß diese und machte sich wieder auf den Weg nach unten, durch das Haus voller Rauch und Gestank.

Mrs. Anthony kam gerade aus dem Wintergarten gestürzt, als Mrs. Pettigrew auf dem ersten Treppenabsatz erschien.

»Ist hier etwas verbrannt?« fragte sie.

Als sie den Fuß der Treppe erreicht hatte, war Mrs. Anthony bereits in der Küche und hielt den rauchenden, prasselnden Kochtopf unter den Wasserhahn. Blauer Qualm drang ununterbrochen aus den Ritzen der Backofentür. Mrs. Pettigrew öffnete die Ofentür und wurde von einer Rauchwolke zurückgeworfen. Mrs. Anthony ließ ihren Kartoffeltopf fallen und rannte zum Herd.

»Drehen Sie das Gas ab«, rief sie Mrs. Pettigrew zu. »Oh, die Pastete!«

Unverständlich vor sich hin murmelnd, trat Mrs. Pettigrew wieder an den Herd und drehte die Gashähne zu; dann floh sie hustend aus der Küche und ging zu Charmian hinein.

»Ist etwas angebrannt?« fragte Charmian.

»Die Pastete und die Kartoffeln sind zu Asche verbrannt.«

»Oh, ich hätte Taylor nicht aufhalten dürfen«, sagte Charmian. »Der Geruch ist ziemlich schlimm, nicht wahr? Wollen wir die Fenster öffnen?«

Mrs. Pettigrew öffnete die Tür zum Garten, und wie ein gehorsamer Geist wehte ein Schwaden blauen Rauches hinaus.

»Godfrey wird sehr böse sein«, sagte Charmian. »Wieviel Uhr ist es?«

»Zwanzig nach«, antwortete Mrs. Pettigrew.

»Elf?«

»Nein, zwölf.«

»Ach, du meine Güte! Sehen Sie doch einmal nach, wie Mrs. Anthony zurechtkommt. Godfrey kann jeden Moment erscheinen.«

Mrs. Pettigrew blieb an der Glastür stehen. »Ich nehme an«, sagte sie, »daß Mrs. Anthony langsam ihren Geruchssinn verliert. Für siebzig ist sie schon recht alt, nicht wahr? Ich würde sie eine *alte* Siebzigerin nennen. Man sollte doch meinen, daß sie den Brandgeruch schon lange bevor es so schlimm wurde, wahrgenommen haben müßte.« Ein zischendes Geräusch kam um das Haus herum, von der Küche her, wo Mrs. Anthony alles ins Wasser steckte.

»Ich habe auch nichts gerochen«, versetzte Charmian. »Es tut mir leid, daß ich sie mit meinem Reden aufgehalten habe. Das arme Geschöpf, sie ist – – –«

»Mr. Colston ist gerade hereingekommen«, sagte Mrs. Pettigrew. Sie ging in die Diele hinaus und ihm entgegen.

»Was zum Teufel brennt da?« fragte er. »Hat es ein Feuer gegeben?«

Mrs. Anthony kam aus der Küche und zählte die Ereignisse auf, zusammen mit Anklagen, Beschwerden und einer Kündigung.

»Ich werde ein Omelett machen gehen«, sagte Mrs. Pettigrew, und indem sie hinter dem Rücken von Mrs. Anthony die Augen gen Himmel verdrehte, so daß Godfrey es sehen konnte, verschwand sie in der Küche, um dort Ordnung zu schaffen.

Aber Godfrey wollte nichts essen. Er sagte zu Charmian: »Das ist einzig und allein deine Schuld. Der ganze Haushalt steht auf dem Kopf, weil du heute morgen wegen deiner Pillen Streit gemacht hast.«

»Eine Überdosis hätte mir schaden können, Godfrey. Ich konnte ja nicht wissen, daß die Pillen harmlos sind.«

»Eine Überdosis stand ja gar nicht zur Debatte. Ich möchte überhaupt gern wissen, *warum* die Pillen harmlos sind. Ich meine, wenn der Bursche dir zwei verschreibt, und du kannst genausogut vier nehmen, was ist denn das für ein Rezept? Wofür sollen dann diese Pillen gut sein? Ich werde die Rechnung bezahlen und ihm sagen, daß er nicht wiederzukommen braucht. Wir werden uns einen anderen Arzt nehmen.«

»Ich werde mich weigern, einen anderen Arzt zu empfangen.«

»Mrs. Anthony hat gekündigt; weißt du, was das bedeutet?«

»Ich werde sie überreden zu bleiben«, sagte Charmian. »Sie hat heute früh eine große Aufregung gehabt.«

»Na schön«, sagte er, »ich gehe wieder aus dem Haus. Hier stinkt es.« Er ging aus dem Zimmer, um seinen Mantel anzuziehen, und kam noch einmal zurück, um zu sagen: »Ich verlasse mich darauf, daß du Mrs. Anthony zum Bleiben überredest.« Aus früherer Erfahrung wußte er, daß nur Charmian das zuwege bringen konnte. »Es ist das mindeste, was du nach all dem Ärger tun kannst ...«

Mrs. Pettigrew und Mrs. Anthony saßen in ihren Mänteln, während sie ihre Omeletten aßen, denn es hatte sich als notwendig erwiesen, alle Fenster offen zu halten. Im Laufe des Essens stritt Mrs. Pettigrew sich wieder mit Mrs. Anthony und ärgerte sich hinterher über sich selbst. Wenn ich doch nur etwas mehr Abstand halten könnte, dachte sie schuldbewußt – das würde meinen Absichten dienlicher sein.

Mrs. Anthony saß den ganzen Nachmittag über bei Charmian, während Mrs. Pettigrew mit dem Gefühl, einen Akt der Wiedergutmachung auszuführen, ihre beiden Stücke Kaugummi mit den deutlichen Schlüssellochabdrücken zu einer gewissen Person in Camberwell Green trug, die sie kannte.

Siebentes Kapitel

Die Luft war kühl, aber Godfrey hielt sich auf der sonnigen Seite der Straße. Er hatte seinen Wagen in einer Abzweigung der King's Road vor einem zerbombten Haus geparkt, so daß jemand, der ihn erkannte, nicht gleich erraten konnte, warum er dort stand. Seit über drei Jahren hatte Godfrey nun allen seinen Bekannten, die in der Nähe von Chelsea wohnten, mit Fleiß erzählt, daß sein Augenarzt in Chelsea wohne, sein Rechtsanwalt in Chelsea seine Praxis habe und daß er regelmäßig einen Fußpfleger in Chelsea aufsuche. Die geistig regsameren seiner Bekannten hatten sich manchmal gewundert, warum er diese Tatsachen so oft betonte – fast jedesmal, wenn sie ihn trafen. Aber schließlich war er über achtzig und, wie man annehmen konnte, geneigt, über die unbedeutendsten Dinge zu schwatzen.

Godfrey selbst hatte das Gefühl, daß man nie vorsichtig genug sein könne. Nachdem er als Vorwand für sein häufiges Erscheinen in Chelsea einen Augenarzt, einen Fußpfleger und einen Rechtsanwalt in der dortigen Gegend ausfindig gemacht hatte, hielt er es dennoch für notwendig, seinen Wagen anonym zu parken und das restliche Stück zur Tite Street auf Umwegen zu Fuß zu gehen. Olive Mannering, die Enkelin des Dichters Percy Mannering, wohnte dort in einem Kellergeschoß.

Am Kopfende der Kellertreppe blickte er nach links und nach rechts. Die Luft war rein. Er blickte noch einmal nach links und stieg hinab. Unten drückte er eine Tür auf und rief: »Hallo!«

»Achte auf die Stufen!« rief Olive aus dem rechts gelegenen Vorderzimmer. Hinter der Tür mußte man noch drei weitere Stufen hinabsteigen. Godfrey ging vorsichtig hinunter und tappte durch den Flur in einen von mehreren

Lampen erleuchteten Raum. Olives Möbel waren eckig und modern und vorwiegend in einem gelben Farbton gehalten. Sie selbst war im Vergleich dazu ziemlich farblos. Sie war vierundzwanzig. Ihre bleiche Haut hatte einen grünlichen Schimmer. Sie sah aus wie eine Spanierin und hatte leicht hervorquellende, große Augen. Ihre nackten Beine zeigten kräftige Waden. Sie saß auf einem Hocker und wärmte sich die Füße vor einem großen, elektrischen Ofen, während sie den *Manchester Guardian* las.

»Ach, *Sie* sind es!« sagte sie, als Godfrey eintrat. »Ihre Stimme klingt genau wie Erics. Ich dachte, es sei Eric.«

»Ist er denn in London?« fragte Godfrey und blickte sich argwöhnisch im Zimmer um. Schon einmal, als er Olive an einem Nachmittag besuchte, hatte er seinen Sohn Eric hier getroffen. Godfrey hatte jedoch Olive geistesgegenwärtig gefragt: »Ich hätte gern gewußt, ob Sie die Adresse Ihres Großvaters haben? Ich möchte mit ihm in Verbindung treten.«

Olive hatte zu kichern begonnen. Eric hatte »Ha – hm« gemacht, sehr bedeutungsvoll, und, wie Olive ihm später zu verstehen gegeben hatte, respektlos. »Ich möchte mich mit ihm wegen eines Gedichtes in Verbindung setzen«, hatte Godfrey mit einem wütenden Blick auf seinen Sohn gesagt.

Olive war ein fairdenkendes Mädchen; denn den größten Teil der monatlichen Zuwendungen von Godfrey gab sie an Eric weiter. Sie meinte, daß Eric dies nur zu Recht gebühre, da sein Vater ihm seit fast zehn Jahren nichts mehr hatte zukommen lassen. Eric war jetzt sechsundfünfzig.

»Ist Eric in London?« fragte Godfrey wieder.

»Ja«, antwortete Olive.

»Dann sollte ich lieber nicht hierbleiben«, sagte Godfrey.

»Heute wird er nicht herkommen«, beruhigte sie ihn. »Ich will mir nur rasch meine Strümpfe anziehen gehen. Möchten Sie etwas Tee?«

»Ja, gern«, erwiderte Godfrey. Er faltete seinen Mantel

doppelt zusammen und legte ihn auf die Bettcouch. Obendrauf legte er seinen Hut. Er überzeugte sich, ob die Vorhänge auch dicht über den zu ebener Erde liegenden Fenstern schlossen. Mit einem Plumps ließ er sich dann in einen der gelben Sessel fallen, die für seinen Geschmack zu niedrig gebaut waren, und angelte sich den *Manchester Guardian*. Während er wartete, sah er ab und zu nach der Uhr.

Olive kehrte zurück; sie hatte die Strümpfe angezogen und trug ein Tablett mit Teegeschirr in den Händen.

»Mein Gott, haben Sie es eilig?« fragte sie, als sie Godfrey nach der Uhr blicken sah. Genaugenommen hatte er eigentlich Zeit genug. Der Grund seiner Unruhe an diesem Nachmittag war ihm selbst noch nicht ganz klar.

Olive stellte das Tablett auf einen halbhohen Tisch und setzte sich auf ihren niedrigen Hocker. Sie hob den Saum ihres Rockes bis zu dem Punkt, wo die Strumpfhalter ihre Strümpfe hielten, und indem sie ihre geschlossenen Beine fast geziert seitwärts setzte, schenkte sie den Tee ein.

Godfrey wußte nicht, was über ihn gekommen war. Er starrte auf die Strumpfhalterenden, verspürte aber irgendwie nicht die Befriedigung, die er sonst bei diesem Anblick erfahren hatte. Er sah nach der Uhr.

Olive reichte ihm seinen Tee und bemerkte dabei, daß seine Aufmerksamkeit weniger als üblich von ihren Strumpfhaltern gefangengenommen wurde.

»Fehlt Ihnen etwas, Godfrey?« fragte sie.

»Nein«, erwiderte er einsilbig und nahm seine Tasse. Er schlürfte den Tee und starrte wieder auf die Säume ihrer Strümpfe, offensichtlich schwer bemüht, sich von dem Anblick überwältigen zu lassen.

Olive zündete sich eine Zigarette an und beobachtete ihn. Seine Augen glänzten nicht wie sonst.

»Was ist los?« fragte sie.

Er grübelte selbst darüber nach, was eigentlich los sei. Er schlürfte seinen Tee.

»Einen Wagen zu unterhalten«, bemerkte er, »ist ein kostspieliges Vergnügen.«

Sie lachte schallend auf und sagte: »Oh, erzählen Sie nur weiter.«

»Die Lebensunterhaltungskosten«, murmelte er.

Sie zog den Rock wieder über ihre Strumpfhalter und saß mit über den Knien verschränkten Armen wie jemand, der seine Bemühungen als vergeudet betrachtet. Er schien es nicht zu bemerken.

»Haben Sie in der Zeitung von jenem Pfarrer gelesen«, fragte sie, »der an seinem hundertsten Geburtstag eine Predigt gehalten hat?«

»In welcher Zeitung, wo?« fragte er und langte nach dem *Manchester Guardian*.

»Es stand im *Mirror*«, antwortete sie. »Ich weiß nicht mehr, was ich damit gemacht habe. Er hat gesagt, daß jeder hundert Jahre alt werden könne, wenn er Gottes Gebote halte und geistig jung bleibe. Du lieber Gott!«

»Die Räuber vom Finanzamt sorgen schon dafür«, sagte er, »daß man nicht geistig jung bleibt. Es ist der reinste Diebstahl.«

Olive hatte nicht zugehört, denn sonst hätte sie nicht ausgerechnet diesen Augenblick gewählt, um zu sagen: »Eric geht es nicht gut, wissen Sie.«

»Dem geht es niemals gut. Was ist denn nun schon wieder los?«

»Das Übliche.«

»Was heißt das Übliche?«

»Geld«, erwiderte sie.

»Ich kann für Eric nichts mehr tun. Ich habe schon mehr als genug für Eric getan. Eric hat mich ruiniert.«

Und jetzt erkannte er, wie in einer plötzlichen Offenbarung, was ihn an diesem Nachmittag von Olives Strumpfhaltern abgelenkt hatte. Es war diese Geldangelegenheit, diese seit langem mit Olive bestehende Vereinbarung. Seit drei Jahren ging das nun so. Amüsante Zeiten, sicher ... man hatte möglicherweise Gewinn davon gehabt ... aber jetzt Mabel Pettigrew – was für ein Fund! Völlig zufrieden mit einem bloßen Trinkgeld, einem Pfund, und außerdem noch eine gutaussehende Frau. Dieser Umstand, jedesmal nach Chelsea hinauszufahren. Kein Wunder, daß man sich so schlapp fühlte, besonders, da man sich nicht leicht aus dieser Vereinbarung mit Olive wieder herauswinden konnte. Außerdem ...

»Ich fühle mich dieser Tage gar nicht so recht bei Kräften«, bemerkte er. »Mein Arzt meint, ich sei zuviel auf den Beinen.«

»Oh?« meinte Olive.

»Ja. Ich soll mich mehr im Hause aufhalten.«

»Du lieber Gott«, sagte Olive. »Für Ihr Alter sind Sie toll in Form. Ein Mann wie Sie würde es niemals den ganzen Tag zu Hause aushalten.«

»Nun ja«, gab er zu, »das mag schon stimmen.« Das Verlangen trieb ihn, auf ihre Beine zu blicken, auf die Stelle, wo unter ihrem Rock die Säume ihrer Strümpfe an den Strumpfhaltern befestigt waren; aber sie machte keine Anstalten, sie zu enthüllen.

»Sagen Sie Ihrem Arzt«, meinte sie, »er soll sich zum Teufel scheren. Weshalb haben Sie den Arzt übrigens aufgesucht?«

»Nur ein paar Schmerzen hier und da, mein Kind, natürlich nichts Ernstes.«

»Manch jüngerer Mann wird von rätselhaften Schmerzen hier und da geplagt«, sagte sie. »Eric zum Beispiel – – –«

»Er spürt sein Alter, nicht wahr?«

»Das kann man wohl sagen. Du lieber Gott!«

»Das hat er nur sich selbst zuzuschreiben«, sagte Godfrey. »Nein, das stimmt nicht, seine Mutter hat die Schuld. Von dem Augenblick an, da dieser Junge geboren wurde, hat sie – – –«

Er lehnte sich im Sessel zurück und verschränkte die Arme über seinem Bauch. Olive schloß die Augen und entspannte sich, während seine Stimme weiter in den späten Nachmittag hineinklang.

Godfrey trat zu seinem Wagen vor dem Trümmergrundstück. Er hatte sich steif und verkrampft gefühlt, als er aus dem entsetzlich modernen Sessel von Olive aufgestanden war. Man hatte viel geredet und war länger geblieben, als man beabsichtigt hatte. Er kletterte steif in den Wagen und schlug die Tür zu. Plötzlich fühlte er sich von der würdigen Person getadelt, in die er sich jetzt wieder zurückverwandeln mußte.

Warum benimmt man sich nur so, warum? fragte er sich, als er in die King's Road einbog und geradeaus weiterfuhr. Warum tut man so etwas? fragte er sich, wobei er sich jedoch nicht genau klarmachte, was er eigentlich mit dieser Frage meinte. Wie hat es angefangen? Zu welchem Zeitpunkt in seinem Leben stellt man eigentlich fest, daß man solche Dinge zu tun beginnt? Und er empfand Groll gegen Charmian, die jedermann während ihres ganzen Zusammenlebens mit ihm als eine engelhafte Gattin betrachtet hatte, mit Zartgefühl und feinem Geschmack begabt. Was einen selbst betraf, ›einen von der Colston-Brauerei‹, so war man der ungehobelte Bursche gewesen, den alle ihretwegen duldeten, und der so der Sinnenlust in die Arme getrieben wurde; so lagen die Dinge. Er verspürte Groll gegen Charmian und raste nach Hause, um zu sehen, ob sie alles wieder in Ordnung gebracht hätte, nachdem sie Mrs. Anthony und Mrs. Pettigrew so in Harnisch gebracht hatte. Er zog seine Uhr aus der Tasche. Es war sieben und eine halbe Minute vor sechs. Nach Hause, nach Hause und einen Schluck genehmigen. Sonderbar, daß Olive niemals etwas Alkoholisches in ihrer Wohnung zu haben schien. Sie könne es sich nicht leisten, sagte sie. Sonderbar, daß sie sich das nicht leisten konnte; man mußte sich fragen, was sie denn eigentlich mit ihrem Gelde tat.

Um halb sieben traf Alec Warner bei Olive ein. Sie mixte ihm einen Gin mit Mineralwasser, den er auf ein Tischchen neben seinem Sessel stellte. Er zog ein Notizbuch mit festem Einband aus seiner Kollegmappe. »Was gibt's Neues?« fragte er, während er seinen großen, weißen Kopf gegen die gelbe Sessellehne legte.

»Guy Leet«, begann sie, »hat sich noch einmal wegen seines Nackens untersuchen lassen. Es ist eine seltene Form von Rheumatismus, es klingt wie *Torte.*«

»Torticollis?« meinte Alec Warner.

»Das ist es.«

Alec Warner machte eine Notiz in seinem Buch. »Ausgerechnet der muß eine seltene Form von Rheumatismus haben, das sieht ihm ähnlich«, sagte er. »Was gibt es sonst noch?«

»Dame Lettie Colston hat zur Abwechslung wieder ihr Testament geändert.«

»Wundervoll«, sagte er und machte eine Notiz. »Und wie hat sie es geändert?«

»Eric ist wieder einmal gestrichen. Martin hat sie wieder eingesetzt. Das ist der andere Neffe in Afrika.«

»Sie glaubt, daß Eric für die Telefonanrufe verantwortlich ist, nicht wahr?«

»Sie verdächtigt jeden. Du lieber Gott! Das ist ihre Art, Eric zu prüfen. Dieser ehemalige Detektiv ist auch gestrichen.«

»Chefinspektor Mortimer?«

»Ja. Sie glaubt, daß er es sein könne. Spaßig, nicht wahr? Kaum hat sie ihn dazu gebracht, den Fall privat zu untersuchen, als sie auch schon meint, daß er es sein könne.«

»Wie alt ist Mortimer?« fragte er.

»Fast siebzig.«

»Ich weiß. Aber wann, genau, wird er siebzig werden? Haben Sie gefragt?«

»Ich werde mich genau erkundigen«, erwiderte Olive.

»Sie sollten sich stets genau erkundigen«, sagte er.

»Ich glaube«, meinte Olive, die ihren Fehler so gut sie konnte verteidigen wollte, »er wird schon bald siebzig – Anfang nächsten Jahres, denke ich.«

»Stellen Sie das genau fest, meine Liebe«, sagte Warner. »Vorläufig gehört er noch nicht zu uns. Mit *ihm* werden wir uns im nächsten Jahr befassen.«

»Sie glaubt auch, daß Sie der Verbrecher sein könnten«, sagte Olive. »Sind Sie es?«

»Ich bezweifle es«, antwortete er, der Frage überdrüssig. Dame Lettie hatte ihn in einem Brief dasselbe gefragt.

»Wie reden Sie?« sagte Olive. »Also ich würde es Ihnen schon zugetraut haben.«

»Mrs. Anthony«, fuhr sie fort, »hatte heute früh einen Streit mit Mrs. Pettigrew und hat gedroht, fortzugehen. Charmian beschuldigt Mrs. Pettigrew, sie habe versucht, sie zu vergiften.«

»Das ist ja eine *sehr* pikante Neuigkeit«, sagte er. »Godfrey ist wohl heute hier gewesen?«

»O ja. Er hat sich heute ziemlich seltsam benommen. Irgend etwas hat ihn aus dem Gleichgewicht gebracht.«

»Kein Interesse an Strumpfhaltern heute?«

»Nein, aber er hat sich sehr Mühe gegeben. Er sagt, sein Arzt möchte nicht, daß er soviel ausgehe und auf den Beinen sei. Ich wußte nicht, ob ich das als einen Wink auffassen sollte oder – – –«

»Mrs. Pettigrew – haben Sie an *die* gedacht?«

»Ach, du lieber Gott!« rief Olive aus, »das habe ich nicht.« Sie grinste breit und legte eine Hand über den Mund.

»Versuchen Sie, es herauszufinden.«

»O je«, meinte Olive, »keine Scheinchen mehr für den

armen Eric, ich sehe es schon kommen. Glauben Sie, daß Mrs. Pettigrew dazu fähig ist?«

»Das glaube ich wohl«, erwiderte Alec, sich Notizen machend.

»In der Zeitung in der Küche steht etwas über einen Pfarrer«, sagte Olive, »der an seinem hundertsten Geburtstag gepredigt hat.«

»In welcher Zeitung?«

»Im *Mirror*.«

»Mein Zeitungs-Ausschnittdienst kontrolliert den *Mirror*. Nur die unbedeutenden Zeitungen übersieht er manchmal. Aber trotzdem, danke schön. Berichten Sie mir auf alle Fälle immer, wenn Sie solche Dinge lesen. Halten Sie die Augen offen.«

»O. K.«, sagte Olive und schlürfte ihren Drink, während sie die alte, geäderte Hand beobachtete, die den Federhalter sicher und in winziger Schrift über das Blatt führte.

Er blickte auf. »Haben Sie festgestellt«, fragte er, »wie oft er Wasser läßt?«

»Ach, du lieber Gott! Darüber hat nichts im *Mirror* gestanden.«

»Sie wissen, daß ich Godfrey Colston meine.«

»Also, er war ungefähr zwei Stunden hier, und er ging in dieser Zeit zweimal. Allerdings hatte er zwei Tassen Tee getrunken.«

»Ist zweimal der Durchschnitt, wenn er hierherkommt?«

»Ich kann mich nicht erinnern, ich glaube – – –«

»Sie müssen versuchen, sich an alles genau zu erinnern, mein Kind«, sagte Alec Warner. »Sie müssen beobachten, mein Kind, und beten. Beobachten und beten – das ist die einzige Möglichkeit, gelehrt zu werden.«

»Ich und gelehrt, du lieber Gott!« rief Olive aus. »Er hatte heute rote Flecken in der Gegend der Backenknochen, mehr als sonst.«

»Danke«, sagte Alec und machte sich eine Notiz. »Merken Sie sich alles, Olive.« Er blickte auf. »Denn nur Sie können ihn als den Menschen beobachten, der er bei Ihnen ist. Wenn ich ihn treffe, müssen Sie wissen, ist er eine gänzlich andere Persönlichkeit.«

»Darauf möchte ich wetten«, entgegnete sie lachend.

Er lachte nicht mit. »Machen Sie ja so viel wie möglich bei seinem nächsten Besuch ausfindig, für den Fall, daß er Sie wegen Mrs. Pettigrew aufgibt. Wann erwarten Sie ihn das nächste Mal?«

»Freitag, nehme ich an.«

»Jemand klopft hinter mir ans Fenster«, sagte er.

»Wirklich? Das muß Großvater sein, er tut das immer.« Sie stand auf und ging zur Tür.

Alec fragte rasch: »Sagen Sie, klopft er aus eigenem Antrieb gegen das Fenster, oder haben Sie ihn gebeten, sich auf diese Art anzukündigen?«

»Er tut es aus eigenem Antrieb. Er hat immer gegen das Fenster geklopft.«

»Warum? Wissen Sie das?«

»Nein – keine Ahnung.«

Alec beugte sich wieder mit seinem Federhalter über sein Buch und schrieb die Tatsachen auf, die er später geduldig bis auf die geringsten Einzelheiten analysieren würde.

Olive brachte Percy Mannering herein, der Alec Warner beim Betreten des Zimmers ohne jede Einleitung ansprach und ihm dabei mit einer literarischen Monatszeitschrift vor dem Gesicht herumwedelte, auf deren Deckblatt sich der fette Stempel befand: ›Öffentliche Leihbibliothek von Kensington.‹

»Guy Leet«, röhrte Percy, »dieser Schwachkopf, hat einen Teil seiner Memoiren veröffentlicht, in dem er Ernest Dowson als ›diesen schleimweichen Schönschreiber gallischer Schlaffheit, infiziert von einer allzu krampfhaften Inspirationsgabe‹ bezeichnet. Das ist ein ungeheuerlicher Trugschluß! Ernest Dowson war geistig und ästhetisch ein Jünger von Swinburne, Tennyson und Verlaine. Man kann förmlich ihre Stimmen durch ihn hören. Man kann Dowson beinahe als einen Jünger der französischen Schule bezeichnen, der ganz offensichtlich unter dem Einfluß von Verlaine wie auch von Tennyson und Swinburne stand. Und außerdem hatte er sich auch sehr dem Kreis von Arthur Symon angeschlossen. Er irrt sich ganz gewaltig über Ernest Dowson.«

»Wie geht es Ihnen?« fragte Alec Warner, der sich aus seinem Sessel erhoben hatte.

»Guy Leet war nie ein guter Theaterkritiker, und er war ein noch schlechterer Literaturkritiker. Er versteht überhaupt nichts von Dichtkunst, er hat kein Recht, dieses Thema zu berühren. Kann ihn denn keiner daran hindern?«

»Was schreibt er denn sonst noch in seinen Memoiren?« fragte Alec Warner.

»Eine Menge oberflächliches Zeug, wie er einen Roman von Henry James angegriffen hat, und wie er danach James eines Tages vor dem Athenaeum traf und James über sein Gewissen als Künstler und Guys Gewissen als Kritiker sprach, wobei er gesagt haben soll, daß alles, was jemals gedruckt würde – – –«

»Laß uns auch etwas von der Wärme haben, Großpapa«, unterbrach Olive ihn, denn Percy hatte sich mit dem Rükken vor den elektrischen Ofen gestellt und nahm ihn gänzlich für sich in Anspruch. Alec Warner hatte sein Notizbuch zugeklappt und weggesteckt.

Der Dichter rührte sich nicht vom Fleck.

»Und nur, weil Henry James heutzutage Mode ist, nur deshalb schreibt er gut über Henry James, während er über den armen Ernest Dowson herzieht – wenn du den Schnaps da für mich eingießt, Olive, das ist zu viel. Die Hälfte davon – Ernest Dowson, dieser hervorragende Lyriker.« Er nahm das Glas, das er mit einer zittrigen, wie eine

Klaue geformten Hand hielt, und während er den ersten, kleinen Schluck tat, schien er Ernest Dowson ganz plötzlich vergessen zu haben.

»Ich habe Sie nicht bei Lisas Einäscherung gesehen«, wandte er sich an Alec.

»Setz dich hin, Großpapa«, sagte Olive. Sie zerrte ihn mit sanfter Gewalt in einen Sessel.

»Ich habe es verpaßt«, antwortete Alec, indem er Percys hageres Gesicht mit Aufmerksamkeit studierte. »Ich war an dem Tag in Folkestone.«

»Es war ein furchteinflößendes und erregendes Erlebnis«, sagte Percy.

»In welcher Beziehung?« fragte Alec.

Der alte Dichter lächelte. Er gluckerte tief hinten in der Kehle, und die Erinnerung an Lisas Einäscherung schien sich von seinem geistigen Auge auf die gierigen Augen in seinem Kopf zu übertragen. Während er redete, weideten Alecs Augen sich an seinem Anblick.

Percy blieb noch bei seiner Enkelin, nachdem Alec Warner gegangen war. Sie bereitete ein Abendessen aus Pilzen und Speck, das sie von Tellern aßen, die sie auf den Knien hielten. Während er aß, beobachtete sie ihn. Mit seinen wenigen Zähnen nagte er an dem gerösteten Brot, wurde aber mit allem fertig, selbst mit der hartnäckigen Kruste.

Als er das letzte kleine Krustenstückchen bearbeitete, blickte er auf und sah, daß sie ihn beobachtete. Nachdem er fertig war, sagte er: »Ausdauer bis zum Letzten.«

»Was hast du gesagt, Großpapa?«

»Ausdauer bis zum Letzten ist der Grundsatz, der uns zum Endsieg führt, in kleinen wie in großen Dingen.«

»Sag mal, Großpapa, hast du eigentlich Bücher von Charmian Piper gelesen?«

»Aber sicher, wir alle kennen ihre Bücher. Sie war eine gutaussehende Frau. Du hättest sie hören müssen, wie sie vom Podium herab Gedichte gelesen hat, in der großen Zeit der Verskunst. Harold Munro sagte immer – – –«

»Ihr Sohn Eric hat mir erzählt, man spräche davon, daß ihre Romane neu aufgelegt werden sollen. Das Interesse an ihren Romanen sei wiederaufgelebt. Ein Artikel sei darüber erschienen, sagt Eric. Aber er meint, die Romane handelten alle nur von Leuten, die rührseliges Zeug miteinander redeten, und dies Wiederaufleben des Interesses sei ebenfalls eine bloße Rührseligkeit, weil seine Mutter so alt und noch am Leben und einstmals berühmt gewesen sei.«

»Sie ist immer noch berühmt. Ist es immer gewesen. Dein Fehler ist es, daß du nichts weißt, Olive. Jedermann kennt Charmian Piper.«

»O nein, das stimmt nicht. Niemand außer ein paar alten Leuten hat je von ihr gehört, aber sie soll wiederaufgewärmt werden. Wie ich schon sagte, da ist ein Artikel erschienen – – –«

»Du verstehst eben nichts von Literatur.«

»Sei nicht so eingebildet«, schnappte sie zurück, denn Percy gab selbst stets vor, daß in Wirklichkeit niemand seine Gedichte je vergessen habe. Dann gab sie ihm drei Pfund, um ihre Grausamkeit wiedergutzumachen, die er allerdings überhaupt nicht bemerkt hatte; er erkannte die Vorstellung eines Wiederauflebens einfach nicht an, in keinem Falle, da er auch das dazwischenliegende Vergessen nicht zugab. Jedenfalls nahm er die drei Pfund von Olive, deren Nebenbeschäftigung ihm unbekannt war; denn außer dem Besitz geringer eigener Mittel von seiten ihrer Mutter verfügte sie auch über Einnahmen aus gelegentlicher Schauspielertätigkeit beim Fernsehen der B.B.C.

Er trug das Geld per Bus und Untergrundbahn zum Leicester Square, wo das Postamt die ganze Nacht geöffnet war, und schrieb langsam und in großen Buchstaben auf etlichen Formularen ein Telegramm an Guy Leet, The Old Stable, Stedrost, Surrey: ›Sie begehen ein ungeheuerliches Unrecht mit Ihrer Anspielung auf Ernest Dowson diesen außerordentlich sarkastischen Dichter der gerade eben an Selbstbemitleidung und Sentimentalität vorbeigesteuert ist stop Ernest Dowson war geistig und ästhetisch ein Jünger von Swinburne Tennyson und besonders Verlaine von dessen Versdichtung er regelrecht besessen war Dowsons Strophen müssen laut gelesen werden was mehr ist als die meisten Gedichte aus späterer Hand vertragen können stop Ich schrie nach heißerer Musik und stärk'rem Wein neue Zeile doch wenn das Fest geendet und die Lampen sind erloschen neue Zeile dann fällt dein Schatten Cynara die Nacht ist dein neue Zeile und ich bin einsam und von alter Leidenschaft zerfressen etcetera stop lesen Sie das laut Mann Ihr billiger stabgereimter literarischer Totschlag fällt überhaupt nicht ins Gewicht Sie begehen ein ungeheuerliches Unrecht – Percy Mannering.‹

Er schob das Bündel Formulare über den Schaltertisch. Der Angestellte blickte Percy prüfend an, worauf Percy die drei Pfundnoten zum Vorschein brachte.

»Wollen Sie wirklich dies alles abschicken?« fragte der Angestellte darauf.

»Ich will«, schrie Percy ihn an. Er händigte ihm zwei der Noten aus, nahm das Wechselgeld in Empfang und trat hinaus in die hellerleuchtete Nacht.

Achtes Kapitel

Dame Lettie Colston wäre lieber ohne ein ständig bei ihr wohnendes Hausmädchen geblieben, aber die Telefonanrufe hatten sie zu der Notwendigkeit gezwungen, jemand im Hause zu haben, der die schrecklichen Anrufe entgegennahm. Es war ihr nur unerklärlich, warum der Mann die fürchterliche Botschaft nie durch das Mädchen ausrichten ließ. Andererseits war jedoch seit ihrer Ankunft eine ganze Serie von Telefonanrufen gekommen, bei denen stets jemand die falsche Nummer gewählt zu haben schien. Als dies dreimal am selben Tag passiert war, begann Dame Lettie das Mädchen mit Fragen zu verwirren.

»Wer war es, Gwen, war es ein Mann?«

»Jemand hatte eine verkehrte Nummer gewählt.«

»War es ein Mann?«

»Ja, aber er hatte eine verkehrte Nummer gewählt.«

»Was hat er genau gesagt? Beantworten Sie bitte meine Frage.«

»Er sagte ›Verzeihung, falsch verbunden‹«, schrie Gwen, »genau das hat er gesagt!«

»Was für eine Stimme war es?«

»Oh, Madam! Ich habe Ihnen doch gesagt, daß es ein Mann war, oder nicht? Da muß eine Fehlschaltung vorliegen. Mit Telefonen kenne ich mich aus.«

»Ja, aber war die Stimme alt oder jung? War es dieselbe, die das letzte Mal die verkehrte Nummer erwischte?«

»Für mich sind sie einfach alle gleich, wenn es sich um verkehrte Nummern handelt. Am besten nehmen Sie selbst den Hörer ab, und dann – – –«

»Ich habe ja nur gefragt«, sagte Dame Lettie, »weil so oft jemand falsch mit uns verbunden zu sein scheint, seit Sie hier sind. Und es scheint jedesmal ein Mann zu sein.«

»Was meinen Sie damit? Ich möchte wissen, was Sie damit sagen wollen, Madam!«

Dame Lettie hatte ganz und gar nicht das gemeint, was das Mädchen vermutete. Es war Gwens freier Abend, und Lettie war froh, daß Godfrey heute zum Abendessen zu ihr kommen würde.

Ungefähr um acht Uhr, als sie beim Abendessen saßen, läutete das Telefon.

»Godfrey, geh du bitte hin.«

Godfrey marschierte in die Diele hinaus. Sie hörte, wie er den Hörer abnahm und die Nummer nannte. »Ja, das ist richtig«, sagte er dann. »Wer ist da, hallo, wer ist da?« hörte Lettie ihn fragen. Dann legte er den Hörer wieder auf.

»Godfrey«, fragte sie, »war das der Mann?«

»Ja!« schrie er. »›Sagen Sie Dame Lettie, sie möge daran denken, daß sie sterben muß.‹ Dann hängte er auf. Verdammt merkwürdig.« Er setzte sich hin und aß weiter seine Suppe.

»Du brauchst nicht gleich zu schreien, Godfrey. Reg dich nicht auf.« Sie selbst zitterte an ihrem ganzen, massigen Körper.

»Es ist aber verdammt merkwürdig. Ich sage dir, du mußt einen Feind haben. Mit seinem Lispeln hört er sich wie ein ungebildeter kleiner Bursche an.«

»O nein, Godfrey, er ist recht kultiviert. Aber bösartig.«

»Und ich sage, es ist ein ungebildeter Kerl. Es ist nicht das erste Mal, daß ich ihn gehört habe.«

»Dein Gehör scheint nicht ganz in Ordnung zu sein, Godfrey. Ein kultivierter Mann mittleren Alters, der genau wissen sollte – – –«

»Ein Hausierer, würde ich sagen.«

»Unsinn. Geh und rufe die Polizei an. Wir sollen sie jedesmal benachrichtigen – – –«

»Was hat das für einen Zweck?« fragte er. Und da er sah, daß sie deswegen mit ihm streiten wollte, fügte er hinzu: »Nach dem Essen. Ich werde nach dem Essen anrufen.«

»Es ist das erste Mal, seit ich Gwen vor vierzehn Tagen eingestellt habe, daß er diese Botschaft ausrichten läßt. Wenn Gwen an den Apparat geht, sagt der Mann nur: ›Verzeihung, falsch verbunden.‹ Und das tut er zwei- bis dreimal am Tag.«

»Vielleicht *ist* es ja jemand, der eine verkehrte Nummer erwischt hat. Dein Anschluß muß mit einem anderen zusammengeschaltet sein. Hast du dem Amt diese Belästigung gemeldet?«

»Das habe ich«, antwortete sie. »Man hat mir gesagt, daß die Verbindung völlig in Ordnung sei.«

»Es muß aber eine Fehlschaltung – – –«

»Ach«, sagte sie, »du bist genauso schlimm wie Gwen mit deiner Fehlschaltung. Ich habe eine ganz bestimmte Ahnung, wer es ist. Ich glaube, es ist Chefinspektor Mortimer.«

»Mortimers Stimme klingt ganz anders.«

»Oder sein Komplice«, sagte sie.

»Blödsinn. Ein Mann in seiner Position.«

»Das ist es eben, weshalb die Polizei den Verbrecher nicht findet. Sie wissen es, aber sie wollen seine Identität nicht preisgeben. Mortimer ist ihr früherer Chef.«

»Und ich sage dir, du hast einen Feind.«

»Ich sage, es ist Mortimer.«

»Warum bittest du ihn dann weiterhin um seinen Rat über diesen Fall?« fragte Godfrey.

»Damit er nicht wissen soll, daß ich ihn verdächtige. Vielleicht geht er dann in eine Falle. Inzwischen habe ich ihn, wie ich dir schon erzählte, aus meinem Testament gestrichen. *Das* weiß er auch nicht.«

»Du mit deinen ewigen Testamentsänderungen. Kein Wunder, daß du Feinde hast.« Godfrey fühlte sich schuldig, weil er zu Olive über Letties Testamentsänderungen geklatscht hatte.

»Kein Wunder«, sagte er, »daß du den Schuldigen nicht kennst.«

»Ich habe in letzter Zeit nichts von Eric gehört«, bemerkte Dame Lettie, so daß er sich bei dem Gedanken, was er Olive alles erzählt hatte, noch schuldiger vorkam.

»In den letzten sechs Wochen ist er in London gewesen«, sagte Godfrey. »Gestern abend ist er nach Cornwall zurückgekehrt.«

»Aber er hat mich nicht besucht. Warum hast du mich das nicht eher wissen lassen, Godfrey?«

»Ich wußte selbst nicht, daß er in London war«, antwortete Godfrey. »Erst gestern habe ich es von einem gemeinsamen Freund gehört.«

»Von welchem gemeinsamen Freund? Was hat Eric hier getrieben? Wer war der Freund?«

»Ich kann mich im Augenblick nicht daran erinnern«, erwiderte Godfrey. »Ich habe schon lange jedes Interesse an Erics Angelegenheiten verloren.«

»Du solltest dein Gedächtnis in Übung halten«, sagte sie. »Versuche jeden Abend, bevor du dich schlafenlegst, alles noch einmal in Gedanken durchzugehen, was du am Tage getan hast. Ich muß schon sagen, ich bin erstaunt, daß Eric mich nicht besucht hat.«

»Er hat sich nicht einmal bei uns sehen lassen«, meinte Godfrey. »Warum sollte er dann dich besuchen?«

»Ich hätte angenommen«, sagte sie, »er wüßte wenigstens, auf welcher Seite sein Brot mit Butter bestrichen ist.«

»Ha, du kennst Eric eben nicht! Sechsundfünfzig Jahre und ein vollkommener Fehlschlag! Du solltest wissen, Lettie, daß Männer dieses Alters und Typs den Anblick von alten Leuten nicht ertragen können. Es erinnert sie daran, daß auch sie nicht jünger werden. Ha, und er spürt sein Alter, habe ich gehört! Du, Lettie, kannst ihn vielleicht noch in die Grube fahren sehen. Wir beide können ihn vielleicht noch in die Grube fahren sehen.«

Als sie später an jenem Abend im Bett lag, schien es Dame Lettie klar zu sein, daß Eric nach alledem der Mann sein mußte, der hinter den Telefonanrufen steckte. Natürlich läutete er nicht selbst an, da sie seine Stimme erkennen würde. Er mußte einen Komplicen haben. Sie stand auf und schaltete das Licht an.

Dame Lettie saß mitten in der Nacht in ihrem Morgenrock und füllte ihren Füllfederhalter. Während sie das tat, warf sie einen Blick auf die Seite, die sie gerade geschrieben hatte. Wie zittrig meine Handschrift aussieht! dachte sie. Sofort aber, als schlüge sie einen Deckel über einem Gefäß zu, löschte sie diesen Gedanken aus ihrem Gehirn. Sie wischte die Federspitze ab, wendete das Blatt um und schrieb auf der Rückseite ihren Brief an Eric weiter:

... und da ich nun gehört habe, daß Du in den vergangenen sechs Wochen in London gewesen bist und mich nicht davon informiert, geschweige denn mich besucht hast, muß ich schon sagen, daß ich dieses Verhalten, gelinde gesagt, unhöflich finde. Ich hätte Dich gern wegen gewisser Dinge, die Deine Mutter betreffen, um Deinen Rat gefragt. Es spricht alles dafür, daß wir Anstalten treffen müssen, sie in das Pflegeheim in Surrey zu schicken, von dem ich Dir bei unserer letzten Begegnung erzählte.

Sie legte ihren Federhalter hin, zog eine der winzigen Haarklemmen aus ihrem dünnen Haar und steckte sie wieder zurück. Vielleicht, dachte sie, sollte ich es bei Eric etwas spitzfindiger anfangen. Ihr Gesicht im Schein der Tischlampe zog sich in Falten. Zwei Gedanken schlichen sich gleichzeitig ein. Der eine war: ich bin wirklich sehr müde; und der andere: ich bin nicht ein bißchen müde, ich stürme mit großer Tatkraft voran. Sie nahm den Federhalter wieder auf und fuhr fort, den Bogen mit zittrigen Schriftzügen zu bedecken:

Ich habe kürzlich einige kleinere Berichtigungen in meinen persönlichen Angelegenheiten vorgenommen, über die ich Dich gern um Deinen Rat gebeten hätte, wenn Du es für angebracht gefunden hättest, mich von Deinem kürzlichen Aufenthalt in London zu unterrichten.

War das spitzfindig genug? Nein, für Eric war es vielleicht zu spitzfindig.

Dieser kleineren Berichtigungen stehen natürlich in einer gewissen Beziehung zu meinem Testament. Es schien mir immer sehr bedauerlich, daß Dein Vetter Martin, obwohl er sich in Afrika so gut herausgemacht hat, nicht auch auf eine kleine Art bedacht werden sollte. Ich möchte keinen Anschuldigungen in der Familie ausgesetzt sein, wenn ich einmal gestorben bin. Deine Stellung ist natürlich im wesentlichen unverändert, aber ich wünschte doch, Du hättest Dich zu meiner Beratung bei mir eingefunden. Du wirst Dich an die Berichtigungen erinnern, denen ich die bestehenden Anordnungen unterzog, nachdem Dein Vetter Alan auf dem Schlachtfelde gefallen war ...

Das ist gut, dachte sie, das ist spitzfindig. Eric hatte den Krieg irgendwie überstanden. Sie fuhr fort:

Ich hätte mich gern mit Dir darüber unterhalten, aber ich bin eine alte Frau und sehe völlig ein, daß Du, der Du Dich dem Ende Deiner besten Jahre näherst, ganz mit Deinen eigenen Angelegenheiten beschäftigt sein mußt. Mr. Merrilees setzt jetzt das geänderte Testament auf, und ich möchte in Zukunft nicht mehr gern in die bestehenden Anordnungen eingreifen. Nichtsdestoweniger hätte ich gern mit Dir darüber diskutiert, wenn Du in der Lage gewesen wärest, Dich während der sechs Wochen Deines letzten Aufenthaltes in London, von dem ich erst nach Deiner Abfahrt gehört habe, bei mir einzufinden.

Das müßte genügen, dachte sie. Er wird aus Cornwall herbeigefegt kommen, so schnell der erste Zug ihn herträgt. Wenn er der Schuldige ist, wird er wissen, daß auch ich es weiß. Niemand, dachte sie, wird mich durch Furcht töten. Und sie verfiel wieder in Grübeln, wer ihr Feind sein könnte. Sie begann daran zu zweifeln, daß Eric dazu fähig sei ... ob er die finanziellen Mittel habe, einen Komplicen zu beschäftigen. Leichter, dachte sie, wäre es für Mortimer. Jedenfalls, dachte sie, muß es jemand sein, der in meinem Testament bedacht ist. Und so versiegelte und frankierte sie ihren Brief an Eric, legte ihn auf das Tablett in der Diele, trank ein Gläschen Whisky und ging wieder zu Bett. Ihr Kopf wanderte langsam von einer Seite des Kissens zur anderen, denn sie konnte nicht einschlafen. Ihr war unten in ihrem Arbeitszimmer kalt geworden. Ein Krampf packte ihr Bein. Ein Verlangen nach einem starken Freund ergriff sie, nach einer höheren Kraft, aus der sie schöpfen könnte. Wer kann mir helfen? dachte sie. Godfrey ist selbstsüchtig. Charmian geistesschwach, Jean Taylor ist ans Bett gefesselt. Ich kann Taylor alles erzählen, aber sie besitzt nicht die Kraft, die ich brauche. Alec Warner ... soll ich Alec Warner besuchen gehen? Ich habe noch nie Kraft von ihm bekommen. Auch Taylor nicht. Er besitzt nicht die Kraft, die man braucht.

Plötzlich sprang sie auf. Irgend etwas hatte sacht ihre Wange berührt. Sie drehte das Licht an. Eine Spinne saß auf ihrem Kissen, groß wie ein Penny, lag da ganz still und mit ausgestreckten, braunen Beinen! Angstgeschüttelt blickte sie auf das Tier, dann nahm sie sich zusammen und wollte versuchen, es vom Kissen herabzunehmen. Als sie die Hand ausstreckte, sah sie ein zweites, blasseres, spinnenbeiniges und aufgeplustertes Untier auf ihrem Kissen liegen, wo die Nachttischlampe einen Schatten warf.

»Gwen!« schreit sie. »Gwen!«

Aber Gwen schläft tief. Von Panik übermannt, zupft

Dame Lettie an der großen Spinne. Sie entpuppt sich als eine Feder. Ebenso das andere Ding.

Sie ließ ihren Kopf wieder auf das Kissen fallen. Meine alten Kissen, dachte sie, ich muß mir ein paar neue besorgen.

Sie drehte das Licht aus, und die sorgenvollen Bewegungen begannen von neuem. Wer, dachte sie, kann mir Kraft geben? Einen ihrer Bekannten nach dem anderen erwog sie – wer war zäher, stärker als sie selbst?

Tempest, dachte sie schließlich. Ich werde Tempest Sidebottome dazu bewegen, mir zu helfen. Tempest, vierzig Jahre lang ihre Widersacherin in Ausschußsitzungen, hatte Dame Lettie häufig Kummer bereitet. Besonders übelgenommen hatte sie Tempests tonangebende Aktivität und ihre Behendigkeit bei Lisas Einäscherung. Sonderbar, daß sie jetzt bei dem Gedanken an diese Frau Mut bekam. Wenn es überhaupt jemand konnte, dann würde Tempest Sidebottome diese Angelegenheit in Ordnung bringen. Dame Letties Kopf kam auf ihrem Kissen zur Ruhe. Morgen würde sie nach Richmond fahren und mit Tempest reden. Schließlich war Tempest erst wenig über siebzig. Sie hoffte, daß ihr schwachsinniger Mann Ronald nicht zu Hause sein würde. Na, und wenn schon, er war schwerhörig. Dame Lettie schlief endlich ein, halb schon den Erfolg sehend, und von Tempest Sidebottomes Kraft gestärkt wie von einer gewaltigen Mutter.

»Guten Morgen, Eric«, sagte Charmian, während sie sich um den Frühstückstisch herum zu ihrem Platz vorarbeitete.

»Nicht *Eric*«, sagte Mrs. Pettigrew. »Wir sind heute früh wieder ein bißchen durcheinander.«

»Tatsächlich, meine Liebe? Was hat Sie denn durcheinander gebracht?«

Godfrey spürte den Beginn eines Streites, daher blickte er von seiner Zeitung auf und sagte zu seiner Frau: »Lettie hat mir gestern abend erzählt, daß es eine große Hilfe für das Gedächtnis sei, jeden Abend noch einmal alles in Gedanken durchzugehen, was sich im Laufe des Tages ereignet hat.«

»Aber ja«, antwortete Charmian, »das ist doch ein katholischer Brauch. Uns wird immer empfohlen, jeden Abend unsere Handlungen des abgelaufenen Tages zu bedenken. Es ist eine bewundernswerte – – –«

»Das ist ganz und gar nicht dasselbe«, versetzte Godfrey. »Du sprichst ausschließlich von der moralischen Handlungsweise. Ich meine jetzt alle Dinge, die sich ereignet haben. Es ist eine große Hilfe für das Gedächtnis, wie Lettie gestern abend sagte, sich noch einmal an alles zu erinnern, was man im Laufe des Tages erlebt hat. Dein Brauchtum, das du katholisch nennst, ist überdies fast allen Religionen gemein. Meinem Empfinden nach ist diese Art der Gewissenserforschung nur dazu bestimmt, das Individuum zu versklaven und seine Handlungsfreiheit einzuengen. Betrachte doch zum Beispiel nur einmal dich selbst. Man braucht sich nur an die Psychologie zu halten – – –«

»An wen?« fragte Charmian boshaft, während sie ihre Tasse nahm, die Mrs. Pettigrew ihr reichte.

Godfrey steckte seine Nase wieder in die Zeitung. Charmian setzte die Diskussion über dieses Thema daraufhin mit Mrs. Pettigrew fort.

»Mir leuchtet nicht ein, daß jemand sein sittliches Verhalten prüfen kann, ohne sich an alles zu erinnern, was sich im Laufe des Tages zugetragen hat. Es ist ein und dasselbe. Was Lettie empfiehlt, ist eine Form der – – –«

Godfrey legte seine Zeitung nieder. »Und ich sage, es ist nicht dasselbe.« Er stippte einen Streifen Toast in seinen Tee und steckte ihn in den Mund.

Mrs. Pettigrew ergriff die Gelegenheit, die Friedensstifterin zu spielen. »Pst«, machte sie zu Charmian, »essen Sie ihr schönes Rührei, das Taylor für Sie bereitet hat.«

»Taylor ist ja nicht hier«, stellte Charmian fest.

»Taylor – was meinst du?« fragte Godfrey.

Mrs. Pettigrew blinzelte ihm zu.

Godfrey öffnete den Mund, um ihr etwas zu sagen, schloß ihn dann aber wieder.

»Taylor befindet sich im Pflegeheim«, sagte Charmian, erfreut über ihre Klarheit.

Godfrey las aus der Zeitung vor: »›Motling‹ – hörst du zu, Charmian? – ›Zomba, Nyassaland, am 10. Dezember; Major Cosmos Petwick Motling, G.C.V.O., Ehemann der verstorbenen Eugenie, geliebter Vater von Patricia und Eugen, starb in seinem einundneunzigsten Lebensjahr.‹ – Hörst du zu, Charmian?«

»Ist er an der Front gefallen, Liebster?«

»Du meine Güte!« rief Mrs. Pettigrew aus.

Godfrey öffnete den Mund, um etwas zu Mrs. Pettigrew zu sagen, bezwang sich aber. Er versteckte sich wieder hinter der Zeitung und murmelte: »Nein, Zomba. Motling ist der Name. Er hatte sich dort zur Ruhe gesetzt. Du wirst dich nicht mehr an ihn erinnern.«

»*Ich* erinnere mich gut an ihn«, sagte Mrs. Pettigrew. »Als seine Frau noch lebte, pflegte Lisa zu sagen – – –«

»Ist er an der Front gefallen?« fragte Charmian.

»An der Front!« ließ Mrs. Pettigrew sich vernehmen.

»Sidebottome«, sagte Godfrey – »hörst du zu, Charmian? –, ›Mandeville-Privatklinik, Richmond, am 18. Dezember; Tempest Ethel, geliebte Ehefrau von Ronald Charles Sidebottome. Beisetzung im Familienkreis.‹ – Ihr Alter ist nicht angegeben.«

»Tempest Sidebottome!« rief Mrs. Pettigrew aus und langte nach der Zeitung in seiner Hand. »Lassen Sie mich sehen.«

Godfrey zog die Zeitung zurück und öffnete den Mund, um zu protestieren, schloß ihn wieder und sagte dann aber doch: »Ich bin mit der Zeitung noch nicht fertig.«

»Wer hätte das gedacht – Tempest Sidebottome«, kommentierte Mrs. Pettigrew. »Nun ja, bei Krebs kann man eben nichts machen.«

»Sie war schon immer eine falsche Schlange«, stellte Godfrey fest, als wenn ihr Tod der letzte Beweis dafür sei.

»Ich möchte gern wissen«, sagte Mrs. Pettigrew, »wer sich jetzt um den armen alten Ronald kümmern wird. Er ist so schwerhörig.«

Godfrey blickte sie forschend an, um erkennen zu können, was sie damit meinte, aber ihre kurze, breite Nase war hinter ihrer Tasse verborgen, und ihre Augen starrten abschätzend auf die Marmelade.

Sie war tatsächlich von Tempests Tod sehr bewegt. Erst vor einem Monat hatte sie eingewilligt, gemeinsam mit den Sidebottomes Lisa Brookes Testament anzufechten. Als Tempest von Guy Leets bisher geheimgehaltener Ehe mit Lisa erfuhr, hatte sie sich zu Mrs. Pettigrew getrieben gefühlt, um zu versuchen, ihre früheren Differenzen auszugleichen. Mrs. Pettigrew wäre lieber allein vorgegangen, aber die hohen Kosten schreckten sie. Sie hatte eingewilligt, zusammen mit Tempest gegen Guy Leet mit der Begründung vorzugehen, daß er nicht mit Lisa Brooke in ehelicher Gemeinschaft gelebt habe. Man hatte sie gewarnt, daß ihre Sache nur auf schwachen Füßen stünde, aber Tempest besaß das Geld sowie die nötige Ausdauer und Entschlossenheit, und in Mrs. Pettigrews Besitz befanden sich die entsprechenden Briefe. Ronald Sidebottome war in dieser Angelegenheit ängstlich gewesen – er wollte nicht gern einen Skandal entfachen, aber Tempest schien die erforderliche Tatkraft zu besitzen. Tempests Tod war ein Schock für Mrs. Pettigrew. Sie würde Ronald hart zusetzen müssen. Man kam eben nie zur Ruhe. Sie starrte auf die Marmeladendose, als wollte sie darin verborgene Möglichkeiten ergründen.

Godfrey hatte sich wieder seiner Zeitung zugewandt.

»Beisetzung im Familienkreis. Das erspart uns einen Kranz.«

»Du solltest lieber an den armen Ronald schreiben«, sagte Charmian, »und ich will einen Rosenkranz für Tempest beten. Ach, ich sehe sie noch als junges Mädchen vor mir. Sie war frisch aus Australien gekommen, und ihr Onkel war Pfarrer in Dorset – was übrigens auch mein Onkel war, Mrs. Pettigrew – – –«

»Dein Onkel war nicht in Dorset. Er war oben in Yorkshire«, sagte Godfrey.

»Aber er war genauso ein Landpfarrer wie Tempests Onkel. Laß mich in Ruhe, Godfrey. Ich unterhalte mich mit Mrs. Pettigrew.«

»Oh, nennen Sie mich doch Mabel«, sagte Mrs. Pettigrew, indem sie Godfrey zuzwinkerte.

»Ihr Onkel, Mabel, war ein Landpfarrer«, sagte Charmian, »und meiner war es ebenfalls. Es war etwas, was wir gemeinsam hatten. Wir hatten sonst nicht vieles gemeinsam, Mrs. Pettigrew, und als Mädchen war sie natürlich wesentlich jünger als ich.«

»Sie ist immer noch jünger als du«, redete Godfrey dazwischen.

»Nein, Godfrey, nun nicht mehr. Also, Mrs. Pettigrew, ich erinnere mich so genau an unsere beiden Onkel, als wir alle zusammen dort unten in Dorset waren. Ein Bischof, ein Dechant und unsere beiden Onkel waren da. Ach, hat die arme Tempest sich gelangweilt! Sie diskutierten über die Heilige Schrift und über jenes Manuskript, genannt ›Q‹. Wie war Tempest wütend, als sie hörte, daß ›Q‹ nur ein Manuskript sei, denn sie hatte gedacht, daß sie von einem Bischof sprächen, und sie fragte laut: ›Wer ist Bischof Kuh?‹ Natürlich lachten alle herzlich, und dann tat ihnen Tempest leid. Und sie versuchten sie zu trösten, indem sie ihr erzählten, daß ›Q‹ nichts Wirkliches sei, nicht einmal ein Manuskript, was es ja auch tatsächlich nicht ist, und ich muß gestehen, ich konnte nie verstehen, wie sie bis spät in die Nacht hinein sitzen und sich Gedanken über dieses ›Q‹ machen konnten, das doch überhaupt nicht existiert. Wie ich schon sagte, die arme Tempest war furchtbar wütend; sie konnte es nicht vertragen, wenn man sie zum besten hatte.«

Mrs. Pettigrew blinzelte Godfrey zu.

»Charmian«, sagte Godfrey, »du regst dich zu sehr auf.« Und das traf zu, denn sie weinte und bebte am ganzen Körper.

Neuntes Kapitel

Teils wegen einer Neuordnung der Verwaltung des Maud Long Krankenhauses und teils auch infolge Tempest Sidebottomes Tod wurde Schwester Burstead in eine andere Abteilung versetzt.

Sie war ein Schützling von Tempest gewesen, und hauptsächlich deswegen hatte sich der Verwaltungsausschuß gegen jede frühere Klage gewandt, daß die Schwester nicht mit der Abteilung der alten Leute zurechtkomme. Obwohl der Ausschuß sich zumeist aus erst kürzlich zu diesem Amt gekommenen berufstätigen Männern und Frauen zusammensetzte, hatten diese doch in mancher Beziehung Respekt vor Tempest gehabt. Besser gesagt, sie hatten sich davor gefürchtet, sie zu verlieren und dann womöglich eine schlimmere zu bekommen.

Sie hielten es für notwendig, wenigstens ein oder zwei Ausschußmitglieder von der alten Generation unter sich zu dulden, bis diese ausstarb. Vor allem fürchteten sie, daß Tempest, sollte sie sich beleidigt fühlen und zurücktreten, durch eine noch schrecklichere und mit subtileren Mitteln arbeitende private Fürsorgerin und Besserwisserin ersetzt werden würde. Und obgleich Tempest viele dramatische Auftritte im Ausschuß hatte, obgleich sie gebieterisch gegenüber der Oberin war, aus Prinzip gegen jede Ausgabe opponierte und Physiotherapeuten und Psychiater aufs verächtlichste behandelte (alles was mit ›Psycho‹ oder ›Physio‹ begann, warf Tempest in einen Topf, hielt es für dasselbe und tat es ab) – obwohl sie den Leitsätzen des Ausschusses reaktionär gegenüberstand, wurde sie gerade deswegen gehalten; denn sie demonstrierte so sehr die Irrtümer ihres Systems und trieb sie geradezu auf die Spitze der Parodie, daß man sie ab und zu besänftigte und ihr in unbedeutenderen Dingen den Willen ließ, wie zum Beispiel in der Angelegenheit mit Schwester Burstead. Das besagte jedoch nicht, daß der Ausschuß Tempest nicht wegen anderer, weniger offensichtlicher Gründe fürchtete; aber diese waren unbestimmterer Natur und wurden nicht offen eingestanden. Ihre Stimme im Ausschuß hatte manchen hervorragenden, jedoch bescheidenen Spezialisten in Schrecken versetzt; selbst die überheblichen jungen, hochqualifizierten Frauen hatten es manchmal nicht fertiggebracht, dem Blick dieser kleinen, farblosen Kieselaugen der großen, selbstsicheren Matriarchin Mrs. Sidebottome standzuhalten. »Ein fürchterliches Weib!« waren sich alle jedesmal einig, wenn sie gegangen war.

»Wenn die Fünfziger vorüber sind«, sagte der Vorsitzende, ein Mann von dreiundsiebzig, »wird alles einfacher. Diese Übergangsperiode ... die alte Garde liebt keinen Wechsel. Man kann in diesem Alter keinen Autoritätsverlust ertragen. Von Mitte sechzig ab nimmt man alles leichter. Man ist dann mit sich selbst im reinen.«

Woraufhin der Ausschuß sich in sein Schicksal ergab, mit Tempest, unwandelbar wie ein Fels, auszukommen, bis fünfundsechzig ihrer voraussichtlich hundert Jahre voll wären.

Jedenfalls war sie nun tot und hatte ein Tempestförmiges Vakuum im Ausschuß hinterlassen. Zwar hatte man es sofort zu füllen versucht, aber noch keinen Ersatz für sie gefunden.

In der Zwischenzeit – als wollten sie das Schicksal herausfordern, ihnen eine andere, rächende Tempest zu schikken – versetzten sie Schwester Burstead am 1. Januar in eine andere Abteilung. Als glaubhafte Entschuldigung diente die Umstellung in der Abteilung für alte Leute, und Schwester Burstead erhob keine weiteren Einwände.

Die Nachricht von der Versetzung erreichte die Omas früher als die Nachricht von der geplanten Neuordnung.

»Ich glaube es erst, wenn ich es gesehen habe«, sagte Oma Barnacle.

Sie sah es noch vor dem Wochenende. Eine neue Stationsschwester, beleibt und kraftstrotzend, mit einem großflächigen, fleischigen, unbekümmerten Gesicht und flinken Beinen wurde in ihr Amt eingeführt. »So habe ich sie gern«, bemerkte Oma Barnacle dazu. »Schwester Bastard war zu klapperig.«

Als die neue Stationsschwester Oma Green dabei ertappte, wie sie ihr Rührei geistesabwesend vom Teller in die Nachttischschublade löffelte, stemmte sie die Hände in ihre festen Hüften und fragte: »Was zum Teufel glauben Sie, daß Sie da tun?«

»So habe ich sie gern«, kommentierte Oma Barnacle. Zufrieden ließ sie ihren Kopf auf das Kissen sinken und schloß die Augen. Sie erklärte, daß sie sich zum ersten Mal seit Monaten sicher fühle. Sie erklärte sich bereit zu sterben, nachdem sie noch die Versetzung von Schwester Bastard erlebt habe. Schwungvoll richtete sie sich wieder von ihrem Kissen auf und prophezeite mit ausgestrecktem Arm und Zeigefinger, daß die ganze Abteilung jetzt den Winter überleben würde.

Miss Valvona, die immer sehr von Miss Barnacles Gefühlen beeinflußt wurde, befragte die Sterne: »Oma Barnacle – Schütze. *Die Mittagszeit ist am besten dazu geeignet, eine weite Reise anzutreten. Sie können heute Ihre Originalität beweisen.*«

»Hoh!« rief Oma Barnacle aus. »Meine Originalität soll ich beweisen! Ich werde heute meine Unterhosen mit der Kehrseite nach vorn tragen.«

Die Schwestern begannen ihre tägliche Runde, um die Patientinnen zu waschen, zu kämmen, ihre Wäsche zu wechseln und sie feinzumachen, bevor die Oberin zur Visite kam. Sie bemerkten Oma Barnacles Erregung und beschlossen, sie erst ganz zum Schluß dranzunehmen. Sie war sowieso immer bei dieser Prozedur leicht erregbar. Besonders während Schwester Bursteads Amtszeit pflegte Oma Barnacle zu kreischen, wenn man sie umdrehte, um ihr den Rücken zu pudern, oder wenn man ihr aus dem Bett half und sie in ihren Lehnstuhl setzte.

»Schwester, ich bekomme am ganzen Körper blaue Flekken!« schrie sie dann.

»Wenn Sie sich nicht bewegen, Oma, werden Sie sich noch wundliegen.«

Sie pflegte Gott zum Zeugen anzurufen, daß die Schwestern ihr die Arme aus den Gelenken rissen, und bei dem Allmächtigen zu schwören, daß sie nicht sitzen könne. Wann immer die Physiotherapeutin sie Finger und Zehen bewegen ließ, stöhnte sie und erklärte, daß ihre Gelenke brächen.

»Schlagen Sie mich tot!« kommandierte sie, »und alles hat ein Ende.«

»Kommen Sie, Oma, Sie müssen üben.«

»Knack! Können Sie nicht meine Knochen knacken hören? Schlagen Sie mich tot, und – – –«

»Wir wollen jetzt einmal Ihre Beine massieren, Oma. Oh, haben Sie aber schöne Beine!«

»Hilfe, sie bringt mich um!«

Aber auch wenn sie sich wirklich wohl fühlte, hatte Oma Barnacle gern eine Entschuldigung für etwas Lärm; es erfrischte sie. In einem gewissen Sinne war sie das Ventil für das Schreibedürfnis der ganzen Abteilung, so daß die anderen nicht halb soviel Lärm machten, als sie es vielleicht sonst getan hätten. Einige der anderen Omas machten zwar auch laut ihren Klagen Luft, aber das geschah meist nur für ein paar Sekunden, wenn ihr Haar gekämmt wurde. Oma Green vergaß nie, den Schwestern nach dem Kämmen zu erzählen:

»Meine Haare waren eine Pracht, bevor ihr sie mir abgeschnitten habt«, obgleich in Wirklichkeit sehr wenig bei ihr abzuschneiden gewesen war.

»Das ist nur wegen der Hygiene, Oma. Außerdem würde es beim Kämmen viel mehr weh tun, wenn Ihr Haar lang wäre.«

»Meine Haare waren eine Pracht ...«

»Meine auch«, pflegte Oma Barnacle einzustimmen, besonders wenn Schwester Burstead sich in Hörweite befunden hatte. »Ihr hättet meinen Kopf sehen sollen, bevor sie mir abgeschnitten wurden!«

»Kurzes Haar ist viel kühler, wenn man im Bett liegt«, murmelte Oma Taylor dann meist für sich; ihr Haar war wirklich lang und dicht gewesen, und sie trug es tatsächlich lieber kurz.

»Heute wollen wir Ihnen aber eine besonders schöne Welle legen, Oma Barnacle.«

»Au, Sie bringen mich um!«

Am Tag der Ankunft der neuen Stationsschwester, an dem man Oma Barnacle wegen ihrer offensichtlichen Erregung bis zum Schluß hatte warten lassen, stellte man fest, daß sie Temperatur hatte.

»Helfen Sie mir aus dem Bett, bitte«, beschwor Oma Barnacle die Schwester. »Lassen Sie mich heute aufsitzen, wo ich doch Bastards Abgang erlebt habe.«

»Nein, Sie haben Fieber.«

»Schwester, ich will heute aufstehen. Besorgen Sie mir ein Testamentsformular, in meinem Nachttisch liegt ein Schilling. Ich möchte ein neues Testament machen und die neue Stationsschwester einsetzen. Wie heißt sie?«

»Lucy.«

»Lucy Lock«, kreischte Oma Barnacle, »verlor ihren Sock – – –«

»Liegen Sie ruhig, Oma Barnacle, bis wir mit Ihnen fertig sind.«

Nach einigem Lärmen gab sie nach. Als man ihr am nächsten Tag sagte, sie müsse im Bett bleiben, protestierte sie lauter und wehrte sich sogar etwas, aber Miss Taylor im gegenüberliegenden Bett bemerkte, daß Oma Barnacles Stimme ungewöhnlich hoch und dünn klang.

»Schwester, heute stehe ich ganz bestimmt auf. Beschaffen Sie mir ein Testamentsformular. Ich will ein neues Testament machen und die neue Stationsschwester einsetzen. Wie heißt sie?«

»Lucy«, antwortete die Schwester. »Ihr Blutdruck ist ziemlich hoch, Omchen.«

»Ihren Familiennamen, Mädchen.«

»Lucy. Oberschwester Lucy.«

»Oberschwester Lausig«, kreischte Oma Barnacle. »Gut, sie soll in mein Testament kommen. Ich werde sie in mein Testament nehmen. Helfen Sie mir ...«

Nachdem der Arzt seine Visite gemacht hatte, gab man ihr eine Spritze, und sie schlief einige Zeit.

Um ein Uhr, als alle anderen aßen, wachte sie auf. Oberschwester Lucy brachte ihr einen Milchbrei ans Bett und fütterte sie mit dem Löffel. Stille lag über dem Saal, und das Geräusch der Löffel, mit denen die Omas über ihre Teller fuhren, klang besonders laut, weil niemand sprach.

Etwa gegen drei Uhr wachte Oma Barnacle wieder auf und begann mit pfeifender Stimme zu phantasieren, zuerst schwach, dann immer schriller und durchdringender: »Aa'md Zeitungen, Poost, Aa'md-blatt«, sang die alte Zeitungsverkäuferin. »Poost, Aa'md Poost, Aa'md Zeitungen, Poost und Aa'md-blatt.«

Man gab ihr eine Spritze und einen Schluck Wasser. Ihr Bett wurde ans Ende des Saales gerollt und ein Wandschirm herumgestellt. Im Laufe des Nachmittags kam der Arzt, blieb eine kurze Zeit hinter dem Schirm und ging wieder.

Von Zeit zu Zeit kam die neue Stationsschwester und warf einen Blick hinter den Schirm. Gegen fünf Uhr, als die wenigen Besucher zum Heimgehen aufbrachen, trat Oberschwester Lucy wieder hinter den Schirm. Sie redete Oma Barnacle an, die mit schwacher Stimme antwortete.

»Sie ist bei Bewußtsein«, sagte Miss Valvona.

»Ja, sie hat gesprochen.«

»Geht es ihr schlecht?« fragte Miss Valvona, als die Stationsschwester an ihrem Bett vorbeikam.

»Es geht ihr nicht besonders«, antwortete die Stationsschwester.

Einige der Patientinnen blickten jedesmal erwartungsvoll und furchtsam auf den Saaleingang, wenn sie jemand kommen hörten, als erwarteten sie dort das Erscheinen des Todesengels. Gegen sechs Uhr erklangen die Schritte eines Mannes. Die Patientinnen, die aufgerichtet in ihren Betten hinter den Tabletts mit dem Abendessen saßen, hörten auf zu essen und wandten die Köpfe, um zu sehen, wer gekommen war.

Und richtig, es war der Pfarrer, der ein kleines Köfferchen trug. Miss Valvona und Miss Taylor bekreuzigten sich, als er an ihnen vorbeiging. Er trat hinter den Wandschirm, begleitet von einer Schwester. Obgleich alle im Saal schwiegen, hatte keine der Patientinnen so scharfe Ohren, selbst nicht mit ihren Hörgeräten, um mehr als ein gelegentliches Murmeln von seinen Rezitationen zu vernehmen.

Miss Valvonas Tränen tropften in ihr Abendessen. Sie dachte an das letzte heilige Sakrament ihres Vaters, nach dem er sich erholt hatte, um noch weitere sechs Monate zu leben. Der Pfarrer hinter dem Wandschirm würde jetzt wohl Oma Barnacle dem lieben Gott anbefehlen, Oma Barnacles Augenlider, Ohren, Nase, Mund, Hände und Füße salben und um Vergebung ihrer Sünden beten, die sie durch Sehen, Hören, Riechen und Sprechen, durch Berührungen mit ihren Händen und durch Schritte ihrer Füße begangen hatte.

Der Pfarrer ging wieder. Ein paar der Patientinnen aßen zu Ende. Die es nicht taten, wurden überredet, Ovaltine zu trinken. Um sieben Uhr warf die Oberschwester einen letzten Blick hinter den Wandschirm, bevor sie in den Speisesaal ging.

»Wie geht es ihr jetzt?« fragte eine der Omas.

»Sie schläft ruhig.«

Etwa zwanzig Minuten später blickte eine der Schwestern hinter den Schirm, ging einen Augenblick dahinter und trat wieder hervor. Die Patientinnen beobachteten sie, wie sie den Saal verließ. Draußen trug sie ihre Botschaft der Melderin auf, die zum Speisesaal ging, die Tür öffnete und dadurch die Aufmerksamkeit der Oberschwester auf sich zog. Die Melderin hob einen Finger, um dadurch anzudeuten, daß eine der Patientinnen auf der Station der Oberschwester gestorben sei.

Es war der dritte Todesfall in der Abteilung, seit Miss Taylors Ankunft. Sie kannte die Routine. »Wir lassen die Patientin eine Stunde liegen, aus Achtung vor dem Tode«, hatte eine Schwester ihr einmal erklärt; »aber nicht länger als eine Stunde, weil dann der Körper steif zu werden beginnt. Danach erweisen wir ihr den letzten Dienst – das heißt, wir waschen sie und machen sie für die Beerdigung fertig.«

Kurz nach neun, beim schwachen Licht der Nachtbeleuchtung, wurde Oma Barnacle fortgerollt.

»Ich werde heute nacht kein Auge zumachen«, verkündete Mrs. Reewes-Duncan. Viele behaupteten, daß sie kein Auge schließen würden, aber in Wirklichkeit schliefen sie in jener Nacht tiefer und erschöpfter als in den meisten anderen Nächten. Der Saal lag bis zum Morgen still und lautlos, und nur ein Atemzug anstelle von elfen schien ihn zu erfüllen.

Die Neuordnung der Altersabteilung im Maud Long Krankenhaus begann am nächsten Tage, und alle Patientinnen erklärten es als eine Gnade für Oma Barnacle, daß ihr dies erspart geblieben sei.

Bisher hatten die zwölf Betten der Altersabteilung des Maud Long Krankenhauses nur die Hälfte des Saales eingenommen; sie waren der Überschuß aus einem anderen, größeren Krankenhaus gewesen, das hauptsächlich mit alten Frauen belegt war. Die neue Anordnung sah vor, die andere Hälfte des Saales im Maud Long Krankenhaus mit neun weiteren alten Patientinnen aufzufüllen. Sie sollten in das äußerste Ende des Saales gelegt werden. Während die Vorbereitungen dazu noch im Gange waren, wurde diese Ecke von den Schwestern bereits als die ›geriatrische Ecke‹ bezeichnet.

»Was bedeutet dieses Wort, das sie da immer sagen?« wollte Oma Roberts von Miss Taylor wissen.

»Es hat etwas mit dem Greisenalter zu tun. Wahrscheinlich werden einige sehr alte Patientinnen zu uns kommen.«

»Dann hält man uns wohl für Backfische?«

Oma Valvona meinte: »Unsere neuen Freundinnen werden wahrscheinlich Hundertjährige sein.«

»Ich habe nicht verstanden«, sagte Oma Roberts, »– eine Minute nur, bis ich meine Trompete angesetzt habe.« Sie nannte ihr kleines Hörgerät immer die Trompete.

»Seht nur«, mischte Oma Green sich ein, »was sie uns da in den Saal bringen!«

Eine Reihe von Betten wurden in den Saal gerollt und in der neuen geriatrischen Ecke aufgestellt. Die Betten sahen fast genauso aus wie gewöhnliche Krankenhausbetten, aber mit dem verblüffenden Unterschied, daß sie hohe, vergitterte Seiten hatten wie Kinderbetten.

Oma Valvona bekreuzigte sich.

Dann wurden die Patientinnen hereingerollt. Vielleicht war ihr augenblicklicher Zustand keine sehr gute Einführung bei der alten Stammbesatzung. Sie befanden sich in verschieden fortgeschrittenen Stadien der Senilität, und da sie durch den Umzug besonders aufgeregt waren, machten sie mehr Lärm, und es lief ihnen mehr Speichel aus den Mundwinkeln als gewöhnlich.

Oberschwester Lucy kam zu den Betten der Omas und

erklärte ihnen, daß sie mit diesen fortgeschrittenen Fällen Geduld haben müßten. Sie dürften keine Stricknadeln in der Nähe der geriatrischen Ecke liegen lassen, damit nicht eine der Neuankömmlinge sich damit verletzen könne. Sie sollten sich auch nicht erschrecken, wenn sich einmal etwas Merkwürdiges ereigne. Als sie bei diesem Punkt ihrer Ausführungen angelangt war, mußte die Stationsschwester eine Schwester auf eine der neuen Patientinnen aufmerksam machen, eine gebrechliche, vertrocknete, aber noch recht hübsche kleine Frau, die über das Gitter ihres Bettes zu klettern versuchte. Die Schwester eilte hinzu, um die alte Frau wieder ins Bett zu legen. Die Patientin erhob ein säuglingsähnliches Geschrei, das jedoch nicht ganz wie das eines Kindes klang – es war eben der Versuch einer alten Frau, das Geschrei eines Säuglings nachzuahmen.

Die Oberschwester fuhr fort, in vertraulichem Ton zu den Omas zu sprechen: »Sie müssen versuchen, sich daran zu erinnern, daß die Fälle dieser armen Alten sehr weit fortgeschritten sind«, sagte sie. »Seien Sie gute, brave Mädchen und regen Sie sich nicht auf. Versuchen Sie, den Schwestern zu helfen, indem Sie sich ruhig und ordentlich verhalten.«

»Wenn das so weitergeht, werden wir selbst bald senil sein«, sagte Oma Green.

»Sch – sch«, machte die Oberschwester. »Wir benutzen dieses Wort hier nicht. Es sind geriatrische Fälle.«

Als sie gegangen war, meinte Oma Duncan: »Kaum zu glauben, daß ich mich in meinen besten Jahren danach gesehnt habe, im Alter endlich einmal zur Ruhe zu kommen.«

Ein anderer geriatrischer Fall versuchte, über das Bettgitter zu klettern. Eine Schwester eilte zur Rettung herbei.

»Es ist eine Gnade«, sagte Oma Duncan, »daß die arme Oma Barnacle das nicht mehr zu erleben braucht. Die armen Seelen ... Seien Sie nicht grob mit ihr, Schwester!«

In Wirklichkeit hatte die Patientin der Schwester die

Haube vom Kopf gezogen und verlangte jetzt lärmend nach einem Schluck Wasser. Die Schwester setzte ihre Haube wieder auf, und während eine andere Schwester der alten Frau einen Plastikbecher mit Wasser an die Lippen hielt, versicherte sie der Abteilung: »Sie werden sich noch beruhigen. Der Umzug hat sie nur aufgeregt.«

Nach einer sehr bewegten Nacht schienen die Neuankömmlinge am nächsten Morgen ruhiger zu sein, wenn auch eine oder zwei in ihrer üblichen Art der Unterhaltung etwas laut waren. Die meisten machten den Fußboden naß, als sie, gestützt von einer Schwester, einen Augenblick wackelig neben ihren Betten standen. Am Nachmittag kamen eine Fachärztin und ihre Assistentin mit Damebrettern, die sie auf den Fußboden zwischen vier der neuen Patientinnen legten, deren Hände verkrüppelt waren. Man hatte sie in Lehnstühle gesetzt. Sie protestierten nicht, als die jüngere der beiden Frauen ihnen die Pantoffeln und Strümpfe auszog und die Füße massierte und einrieb. Dann wurden ihnen wieder Pantoffeln und Strümpfe angezogen, und sie schienen genau zu wissen, was sie zu tun hatten, als man die Damebretter vor ihre Füße setzte.

»Habt ihr das schon mal gesehen?« fragte Oma Valvona. »Sie spielen mit den Füßen Dame!«

»Ich bitte Sie«, sagte Oma Roberts, »wir sind hier doch nicht im Zirkus!«

»Das ist noch gar nichts gegen das, was Sie in einer reinen Geriatrie-Abteilung zu sehen bekommen würden!« sagte die Schwester stolz.

»Ein Segen, daß die arme Oma Barnacle das nicht mehr zu sehen braucht.«

Miss Taylor nahm soviel von diesen neuen Dingen in sich auf, wie sie behalten konnte, um Alec Warner damit einen Dienst zu tun. Aber der Tod von Oma Barnacle, ihre eigenen arthritischen Beschwerden und das geräuschvolle Eindringen der senilen Fälle hatten sie verwirrt. Sie weinte den ganzen Tag und sorgte sich gleichzeitig, die Schwester könne sie dabei ertappen und vielleicht als zu krank melden, um am nächsten Tage zur Messe hinuntergefahren zu werden. Sie und Miss Valvona hatten diese Messe für die Seele von Oma Barnacle beantragt, da Oma Barnacle keine Verwandten hatte, die sie hätten betrauern können.

Miss Taylor schlief ein, und als sie mitten in der Nacht mit Gelenkschmerzen aufwachte, stellte sie sich weiter schlafend und verzichtete auf eine Spritze. Um elf Uhr am nächsten Morgen wurden Miss Valvona und Miss Taylor in die Kapelle des Krankenhauses gefahren. Drei andere, nicht katholische Omas aus ihrer Abteilung begleiteten sie; sie fühlten sich mit Oma Barnacle durch verschiedene Beweggründe verbunden, zu denen auch Liebe, Verachtung, Abscheu und Bedauern zählten.

Während der Messe fuhr ein irrationaler Einfall Miss Taylor durch den Kopf. Sie verbannte ihn aus ihren Gedanken und konzentrierte sich auf ihre Gebete. Aber diese irrationale Vorstellung, die sich auf den Peiniger von Dame Lettie bezog, sollte ihr später wieder und wieder einfallen.

Zehntes Kapitel

Spricht dort Mr. Godfrey Colston?« fragte die Stimme im Telefonhörer.

»Ja, ich bin selbst am Apparat.«

»Denken Sie daran, daß Sie sterben müssen«, sagte der Mann.

»Dame Lettie ist nicht hier«, antwortete Godfrey verwirrt. »Wer spricht dort?«

»Der Anruf ist für Sie bestimmt, Mr. Colston.«

»Wer spricht dort?«

Der Mann hatte den Hörer aufgelegt.

Obgleich Godfrey immer noch groß war, schien er während des Winters etwas zusammengeschrumpft zu sein, wenn auch nur so viel, daß es durch eine Messung kaum nachzuweisen gewesen wäre. Seine Knochen schienen größer zu sein denn je; das heißt, sie waren natürlich genauso groß wie während seines ganzen Lebens als Erwachsener, aber das Knorpelgewebe dazwischen war nach und nach eingeschrumpft, wie das mit fortschreitendem Alter der Fall ist, so daß die Knochen mächtiger hervortraten. Im Laufe der Monate vom Herbst an, als Mrs. Pettigrew in seinen Haushalt getreten war, bis zu dem Märzmorgen, als er den Telefonanruf erhielt, hatte sich dieser Prozeß in Godfrey stark beschleunigt.

Er legte den Hörer auf und ging mit kurzen Schritten in die Bibliothek. Mrs. Pettigrew folgte ihm. Sie sah gesünder und nicht viel älter als vor einem halben Jahr aus.

»Wer war da am Apparat, Godfrey?« fragte sie.

»Ein Mann ... Ich verstehe das nicht. Es hätte doch für Lettie sein müssen, aber er sagte ausdrücklich, es sei für mich bestimmt. Ich dachte, die Botschaft – – –«

»Was hat er gesagt?«

»Dasselbe, was er immer zu Lettie sagt. Aber er sagte: ›Mr. Colston, es ist für Sie bestimmt, Mr. Colston.‹ Ich verstehe nicht ...«

»Aber, aber«, redete Mrs. Pettigrew ihm zu, »wollen wir uns denn nicht ein bißchen zusammennehmen?«

»Haben Sie den Schlüssel von der Anrichte bei sich?«

»Den habe ich«, sagte Mabel Pettigrew. »Möchten Sie etwas zu trinken?«

»Ich glaube, ich brauche ein wenig – – –«

»Ich werde Ihnen etwas bringen. Setzen Sie sich inzwischen.«

»Einen Steifen.«

»Seien Sie brav und setzen Sie sich.«

Sie kam zurück, adrett aussehend in ihrem schwarzen Kleid und mit der neuen weißen Locke, die ihr aus dem schwarzen Haar in die Stirn fiel. Sie hatte sich die Haare kürzer schneiden lassen. Ihre Fingernägel hatte sie sich rosa angemalt, und zwei große Ringe gaben der langen, faltigen Hand, die Godfreys Kognak mit Soda hielt, ein üppiges, majestätisches Aussehen.

»Danke«, sagte Godfrey und nahm das Glas. »Vielen Dank.« Er lehnte sich zurück und trank seinen Kognak, ab und zu nach Mrs. Pettigrew hinsehend, als wolle er feststellen, was sie zu tun und zu sagen beabsichtigte.

Sie setzte sich ihm gegenüber und sprach nicht, bevor er ausgetrunken hatte.

»Nun hören Sie einmal zu«, sagte sie dann. »Das ist doch alles nur Einbildung.«

Er murmelte etwas wie, er befinde sich noch im vollen Besitz seiner geistigen Fähigkeiten.

»In diesem Fall«, sagte sie, »in *diesem* Fall frage ich Sie, haben Sie schon Ihren Rechtsanwalt aufgesucht?«

Er murmelte etwas von der nächsten Woche.

»Sie haben eine Verabredung mit ihm«, entgegnete sie, »und zwar heute nachmittag.«

»Heute nachmittag? Wer – wie . . .?«

»Ich habe für Sie eine Verabredung getroffen, ihn heute nachmittag um drei Uhr aufzusuchen.«

»Nicht heute nachmittag«, widersprach Godfrey. »Ich fühle mich dem heute nicht gewachsen. Das Büro ist so zugig. Nächste Woche.«

»Sie können ein Taxi nehmen, wenn Sie sich nicht wohl genug fühlen, um selbst zu fahren. Es ist keine Entfernung.«

»Nächste Woche«, schrie er, denn der Kognak hatte ihn wieder gekräftigt.

Die Wirkung ließ jedoch nach. Beim Essen fragte Charmian ihn: »Ist irgend etwas passiert, Godfrey?«

Das Telefon läutete. Godfrey zuckte zusammen und blickte auf. Er sagte zu Mrs. Pettigrew: »Gehen Sie nicht hin.«

Mrs. Pettigrew erwiderte nur: »Ich bin gespannt, ob Mrs. Anthony es gehört hat. Bestimmt nicht, möchte ich wetten.«

Mrs. Anthonys Gehör ließ nach, und offenbar hatte sie das Telefon tatsächlich nicht gehört.

Mrs. Pettigrew ging in die Diele hinaus und hob den Hörer ab. Sie kam gleich wieder zurück und redete Charmian an.

»Für Sie«, sagte sie. »Der Fotograf möchte morgen um vier Uhr kommen.«

»In Ordnung«, antwortete Charmian.

»Sie wissen doch, daß ich morgen nachmittag nicht hier bin?«

»Das macht nichts«, antwortete Charmian. »Er will ja nicht *Sie* fotografieren. Richten Sie ihm aus, daß es mir um vier Uhr ausgezeichnet passe.«

Während Mrs. Pettigrew hinausging, fragte Godfrey: »Wieder ein Reporter?«

»Nein, ein Fotograf.«

»Ich mag es nicht, daß so viele Fremde in unser Haus kommen. Ich hatte heute früh ein scheußliches Erlebnis.

Weise ihn ab.« Er stand auf und rief durch die offenstehende Tür: »Mrs. Pettigrew, wir wollen nicht, daß er herkommt. Bestellen Sie ihn bitte ab, ja?«

»Zu spät«, antwortete Mrs. Pettigrew und nahm ihren Platz wieder ein.

Mrs. Anthony blickte durch die Tür.

»Wünschen Sie etwas?«

»Wir hatten gehofft, unser Essen ohne Unterbrechungen einnehmen zu können«, sagte Mrs. Pettigrew sehr laut. »Jedenfalls habe ich das Telefongespräch angenommen.«

»Das war wirklich sehr nett von Ihnen«, sagte Mrs. Anthony und verschwand.

Godfrey protestierte immer noch gegen den Fotografen. »Wir werden ihm absagen müssen. Diese vielen Fremden!«

»Ich werde nicht mehr lange hier sein, Godfrey«, entgegnete Charmian.

»Aber, aber«, beschwichtigte Mrs. Pettigrew. »Sie können noch gut zehn Jahre leben.«

»Eben«, erwiderte Charmian, »und deshalb habe ich mich nach alledem entschlossen, in das Pflegeheim in Surrey überzusiedeln. Wie ich gehört habe, wird man dort ganz vorzüglich versorgt. Man hat dort alle Ruhe, die man sich nur wünschen kann. Oh, wie man doch die Abgeschiedenheit schätzen lernt!"

Mrs. Pettigrew zündete sich eine Zigarette an und blies den Rauch langsam in Charmians Gesicht.

»Niemand stört dich in deiner Abgeschiedenheit«, murmelte Godfrey.

»Und Freiheit«, sagte Charmian. »Ich werde im Pflegeheim die Freiheit haben, zu empfangen, wen ich will. Fotografen, Fremde – – –«

»Jetzt, nachdem du dich so sehr erholt hast«, sagte Godfrey verzweifelt, »brauchst du doch gar nicht mehr in ein Pflegeheim zu gehen.«

Mrs. Pettigrew blies mehr Rauch in Charmians Richtung.

»Außerdem«, fügte er mit einem Blick auf Mrs. Pettigrew hinzu, »können wir uns das nicht leisten.«

Charmian schwieg wie jemand, der es nicht nötig hat zu antworten. Ihre Bücher brachten in der Tat Geld ein, und wenigstens ihr kleines Vermögen war vor Mrs. Pettigrew sicher. Das wiederauflebende Interesse an ihren Romanen im vergangenen Winter hatte ihren Geist geschärft. Ihr Gedächtnis hatte sich gebessert, und auch gesundheitlich ging es ihr besser als vor Jahren, trotz einer Bronchitis im Januar, als eine Tag- und eine Nachtschwester ihr eine Woche lang zur Seite stehen mußten. Jedoch konnte sie sich immer noch nur langsam bewegen und neigte zu Nierenbeschwerden.

Sie sah Godfrey an, der seinen Reispudding in sich hineinschlang; sie war sicher, daß er nicht bemerkte, was er da aß, und sie hätte gern gewußt, was in seinem Gehirn vorging. Sie dachte nach, mit was für einer neuen Pein Mrs. Pettigrew ihm zusetzen mochte. Sie grübelte, wieviel Mrs. Pettigrew aus seinem früheren Leben aufgespürt haben mochte, und warum er es für notwendig hielte, dies ohne Rücksicht auf die Kosten zu vertuschen. Sie überlegte, wie weit ihre Pflicht gegenüber Godfrey ging – wo haben die Pflichten einer Ehefrau ihre Grenze erreicht? Sie sehnte sich nach dem Pflegeheim in Surrey und war gleichzeitig über diese Sehnsucht überrascht; denn ihr ganzes Leben lang hatte sie unter der Furcht gelitten, in die Abhängigkeit von Fremden zu geraten, und Godfrey hatte ihr immer besser geschienen als der Teufel, den sie nicht kannte.

»Im Alter von sechsundachtzig Jahren noch aus deinem Zuhause fortzuziehen«, sagte Godfrey mit beinahe bittender Stimme, »könnte dich töten. Es ist doch nicht notwendig.«

Mrs. Pettigrew, die vergeblich die Klingel betätigt hatte, sagte: »Oh, Mrs. Anthony ist völlig taub geworden! Sie muß ein Hörgerät bekommen.« Sie ging hinaus, um Mrs. Anthony zu beauftragen, ihren Tee und Charmians Milch hereinzubringen.

Als sie gegangen war, sagte Godfrey: »Ich hatte heute morgen ein unangenehmes Erlebnis.«

Charmian flüchtete sich in einen unbestimmten Gesichtsausdruck. Sie fürchtete, daß Godfrey irgendein peinliches Geständnis in bezug auf Mrs. Pettigrew machen könnte.

»Hörst du zu, Charmian?« fragte Godfrey.

»Ja, o ja. Ich höre alles, was du willst.«

»Ich bekam heute früh einen Anruf von Letties Kerl.«

»Die arme Lettie. Ich wundere mich nur, daß er es noch nicht überdrüssig geworden ist, sie zu quälen.«

»Der Anruf war für mich. Er sagte: ›Die Mitteilung ist für Sie bestimmt, Mr. Colston.‹ Denk bitte nicht, daß ich mir irgend etwas einbilde. Ich habe es mit meinen eigenen Ohren gehört.«

»Wirklich? Was für eine Mitteilung?«

»Du *weißt*, was für eine Mitteilung«, erwiderte er.

»Also gut, ich würde sie behandeln, wie sie es verdient.«

»Was meinst du damit?«

»Nicht wichtiger nehmen als nötig.«

»Ich würde gern wissen, wer dieser Bursche ist. Ich möchte auch wissen, warum die Polizei ihn noch nicht gefaßt hat. Es ist einfach ungeheuerlich, daß wir auf solche Art von einem Fremden bedroht werden können, obgleich wir unsere Steuern und Abgaben bezahlen!«

»Was hat er denn zu tun gedroht?« fragte Charmian. »Ich dachte, er sagt immer nur – – –«

»Es bringt einen aus der Fassung«, sagte Godfrey. »Als Folge davon könnte man leicht einen Schlaganfall bekommen. Wenn es noch einmal passiert, werde ich an die *Times* schreiben.«

»Warum nicht Mrs. Pettigrew um Rat fragen?« versetzte Charmian. »Sie ist stark wie ein Felsblock.«

Dann hatte sie plötzlich Mitleid mit ihm, wie er da saß, ganz in sich zusammengesunken. Sie verließ ihn und kletterte langsam die Treppe zu ihrem Zimmer hinauf, sich am

Geländer hochziehend, um ihren Nachmittagsschlaf zu halten. Sie erwog, ob sie es fertigbringen würde, Godfrey in seiner mißlichen Lage mit Mrs. Pettigrew allein zu lassen. Schließlich hätte auch sie in so eine unangenehme Situation geraten können, wenn sie nicht schon lange vor Eintritt ihres beschwerlichen Alters alle möglicherweise belastenden Dokumente vernichtet hätte. Sie lächelte, als sie auf ihren kleinen, so geheimnisvoll aussehenden Schreibsekretär blickte, in dem Mrs. Pettigrew kein Geheimnis gefunden hatte; denn Charmian wußte, daß sie hinter jene Schlösser gedrungen war. Aber Godfrey war schließlich auch kein besonders schlauer Mann.

Godfrey gab letzten Endes nach und erklärte sich bereit, die Anmeldung bei seinem Rechtsanwalt einzuhalten. Mrs. Pettigrew hätte sich nicht so unbedingt geweigert, ihn dies Vorhaben auf einen anderen Tag verschieben zu lassen, wenn sein Bericht über jenen Anruf sie nicht erschreckt hätte. Offenbar wurde er langsam wirr im Kopfe. Darauf war sie nicht gefaßt gewesen. Es wäre besser, wenn er die Sache mit seinem Rechtsanwalt bespräche, bevor jemand sagen könnte, daß er zu irgend etwas überredet worden sei.

Er holte den Wagen aus der Garage und fuhr los. Ungefähr zehn Minuten später besorgte Mrs. Pettigrew sich am Ende der Straße ein Taxi und folgte ihm. Sie wollte sich nur vergewissern, daß er bei dem Rechtsanwalt war, und beabsichtigte, nur an dessen Büro vorbeizufahren und sich davon zu überzeugen, daß Godfreys Wagen davor stand.

Sein Wagen stand nicht davor. Sie ließ sich vom Chauffeur um den Sloane Square fahren. Immer noch keine Spur von Godfreys Wagen. Sie stieg aus, ging in ein Café gegenüber dem Büro und setzte sich auf einen Platz, von wo aus sie ihn ankommen sehen konnte. Aber gegen Viertel vor vier war sein Wagen immer noch nicht zu sehen. Ihr fiel ein, daß sein Gedächtnis ihn im Stich gelassen haben könnte, während er sich auf dem Wege zu seinem Rechtsanwalt befand. Er hatte manchmal erwähnt, daß auch sein Augenarzt und sein Fußpfleger sich in Chelsea befänden. Vielleicht war er aus Versehen zur Augenuntersuchung oder zur Fußpflege gegangen? Sie hatte bisher seinen geistigen Fähigkeiten vertraut; bis heute morgen schien stets alles bei ihm in Ordnung gewesen zu sein; aber nach seinem törichten Geschwätz über diesen Anruf konnte alles mögliche passieren. Man mußte daran denken, daß er fast achtundachtzig war.

Oder war er nur verschlagen? Konnte der Anruf von dem Rechtsanwalt gekommen sein, der vielleicht die Verabredung bestätigen wollte, und Godfrey hatte abgesagt? Er konnte schließlich doch nicht plötzlich so verrückt geworden sein wie seine Schwester, ohne daß vorher irgendwelche Anzeichen zu bemerken gewesen waren? Möglicherweise hatte er nur Geistesschwäche vorgetäuscht, um seinen Verpflichtungen ihr gegenüber aus dem Wege zu gehen.

Mrs. Pettigrew zahlte für ihren Kaffee, zog ihren braunen Fehmantel wieder an und ging die King's Road hinunter. Vor der Praxis des Fußpflegers sah sie keine Spur von seinem Wagen. Nun, wahrscheinlich war er nach Hause gefahren. Sie blickte in eine Seitenstraße und meinte, Godfreys Wagen in dem blauen Dämmerlicht vor einem zerbombten Haus stehen zu sehen. Ja, bei näherer Betrachtung erwies er sich tatsächlich als Godfreys Vauxhall.

Mrs. Pettigrew sah sich fachkundig in der Gegend um. Die Häuser gegenüber dem durch Bomben zerstörten Gebäude waren alle bewohnt und boten keine Schlupfwinkel. Das zerbombte Haus selbst schien jedoch einer Prüfung wert zu sein. Sie stieg die staubigen Stufen hinauf, auf denen seltsamerweise eine Anzahl schmieriger Milchflaschen stand. Die zerbrochene Tür war einen Spalt geöffnet. Die Angeln kreischten, als sie die Tür weiter aufschob und hineinsah. Über zerbröckelten Putz und Ziegelsteine konnte sie geradewegs bis zu den Fensteröffnungen an der Rückseite des

Hauses sehen. Sie hörte ein Geräusch wie von raschelndem Papier – oder sollten es Ratten sein? Sie trat zurück und stand wieder unter dem Türbogen, erwägend, ob und wie lange sie es aushalten würde, so in diesem verlassenen Eingang zu stehen, um zu sehen, ohne selbst gesehen zu werden, aus welcher Richtung Godfrey zu seinem Wagen zurückkehrte.

Charmian wachte um vier Uhr auf und spürte die Leere des Hauses. Mrs. Anthony pflegte jetzt bereits um zwei Uhr nachmittags nach Hause zu gehen. Godfrey und Mrs. Pettigrew mußten wohl beide ausgegangen sein. Charmian lauschte, um ihr Gefühl des Alleinseins im Hause bestätigt zu finden. Sie hörte keinen Laut. Langsam stand sie auf, machte sich zurecht und ging zur Treppe; indem sie von einer Strebe des Geländers zur anderen griff, stieg sie langsam nach unten. Als sie den Absatz zur Hälfte der Treppe erreicht hatte, läutete das Telefon. Sie beeilte sich nicht, aber es läutete noch, als sie den Hörer abnahm.

»Spricht dort Mrs. Colston?«

»Ja, ich bin selbst am Apparat.«

»Charmian Piper – wenn ich mich nicht irre?«

»Ja. Sind Sie ein Reporter?«

»Denken Sie daran«, sagte die Stimme, »daß Sie sterben müssen.«

»Oh, was das betrifft«, sagte sie, »so habe ich seit den vergangenen dreißig Jahren und auch schon früher von Zeit zu Zeit daran gedacht. In mancher Beziehung läßt mein Gedächtnis mich ja im Stich – ich bin sechsundachtzig geworden –, aber irgendwie kann ich meinen Tod nicht vergessen, wann immer das auch sein wird.«

»Sehr erfreut, das zu hören«, antwortete er. »Auf Wiederhören bis zum nächsten Mal.«

»Auf Wiederhören«, sagte sie. »Welche Zeitung vertreten Sie?«

Aber er hatte bereits aufgelegt.

Charmian ging in die Bibliothek und baute sorgsam das Feuer im Kamin wieder auf, das heruntergebrannt war. Die Anstrengung des Bückens ermüdete sie, und sie setzte sich für einen Augenblick in den großen Lehnsessel. Nach einer Weile war es Zeit für den Tee. Ein paar Minuten dachte sie über den Tee nach. Dann machte sie sich auf den Weg zur Küche, wo Mrs. Anthony schon das Tablett mit dem Teegeschirr für Mrs. Pettigrew zurechtgestellt hatte, die nur den Tee aufzubrühen brauchte. Aber Mrs. Pettigrew war ausgegangen. Charmian fühlte sich plötzlich von Angst und Freude zugleich überwältigt. Konnte sie den Tee selbst bereiten? Ja, sie wollte es versuchen. Der Kessel war schwer, als sie ihn unter den Wasserhahn hielt. Und er war noch schwerer, als er halb mit Wasser gefüllt war. Er schaukelte in ihrer Hand, und ihr knochiges, mit großen Pigmentflecken bedecktes Handgelenk schmerzte und zitterte vor Anstrengung. Schließlich aber hatte sie den Kessel sicher auf den Gasherd gesetzt. Sie hatte gesehen, wie Mrs. Anthony den Gasanzünder betätigte. Sie versuchte es, brachte es aber nicht fertig. Streichhölzer. Sie suchte überall nach Streichhölzern, konnte aber keine finden. Sie ging in die Bibliothek zurück und nahm aus einer Schale einen von Godfreys selbstgefertigten Fidibussen. Sie beugte sich waghalsig über das Kaminfeuer und entzündete den Fidibus. Vorsichtig trug sie dann die flackernde kleine Flamme in die Küche, ihre zitternde Hand, die den Fidibus hielt, mit der anderen Hand am Gelenk stützend, um sie so ruhig wie möglich zu halten. Endlich hatte sie das Gas unter dem Kessel zum Brennen gebracht. Charmian stellte die Teekanne zum Anwärmen auf den Herd. Dann setzte sie sich in Mrs. Anthonys Sessel und wartete darauf, daß das Wasser kochte. Sie fühlte sich stark und furchtlos.

Als das Wasser gekocht hatte, tat sie mit einem Löffel Teeblätter in die Kanne; sie wußte, daß nun der schwierigste Teil bevorstand. Sie hob den Kessel ein wenig an und neigte seine Öffnung über die Teekanne; dabei trat sie so weit zurück, wie sie konnte. Das heiße Wasser sprudelte hinein, und obwohl eine ganze Menge auf den Herd spritzte, bekam sie nichts auf das Kleid oder über ihre Füße. Sie trug die Teekanne zum Tablett. Die Kanne schwankte hin und her, aber sie brachte es schließlich fertig, sie behutsam abzustellen.

Charmian blickte auf den Krug für das heiße Wasser. Sollte sie sich auch noch damit abgeben? Bisher war ihr alles so gut gelungen, daß es ein Jammer wäre, wenn sie sich jetzt ungeschickt benähme und vielleicht etwas zerschlüge. Aber sie fühlte sich stark und furchtlos. Eine Kanne Tee ohne einen Krug mit heißem Wasser daneben war undenkbar. Sie füllte den Krug, wobei ihr diesmal etwas auf den Fuß spritzte, aber so wenig, daß es nicht brannte.

Als alles auf dem Tablett angerichtet stand, war sie in Versuchung, ihren Tee hier in der Küche in Mrs. Anthonys Sessel zu trinken.

Aber sie dachte an ihr helles Feuer in der Bibliothek. Sie blickte auf das Tablett. Es war klar, daß sie es auf keinen Fall tragen konnte. Sie würde das Teegeschirr Stück für Stück hineinbringen, selbst wenn sie eine halbe Stunde dazu brauchte.

Sie tat das und verschnaufte nur einmal zwischen ihren Gängen. Zuerst nahm sie die Teekanne, die sie auf den Kaminsims in der Bibliothek stellte. Dann den Krug mit dem heißen Wasser. Das waren die gefährlichen Sachen. Tasse und Untertasse; eine zweite Tasse und Untertasse für den Fall, daß Godfrey oder Mrs. Pettigrew zurückkehrten und Tee trinken wollten. Jetzt die mit Butter bestrichenen Weißbrotscheiben; dann das Fruchtgelee; nun zwei Teller, zwei Messer und zwei Teelöffel. Ein weiterer Gang nach dem Teller mit den Garibaldi-Keksen, die Charmian so gern in ihren Tee stippte. Bei ihrem Anblick konnte sie sich noch gut an die Aufregung über Garibaldi in ihrer Kindheit erinnern und an die beredten Briefe ihres Vaters an die *Times*, die er nach dem Morgengebet laut vorzulesen pflegte. Drei von den Garibaldi-Keksen rutschten ihr in der Diele vom Teller und zerbrachen auf dem Fußboden. Sie ging weiter, stellte den Teller auf einen Tisch und kehrte zurück, um die zerbrochenen Kekse und sogar die Krümel aufzulesen. Es wäre schade, wenn jemand sagen könnte, sie sei nachlässig gewesen. Immer noch fühlte sie sich an diesem Nachmittag furchtlos. Als letztes ging sie das Tablett mit dem hübschen Deckchen holen. Zuvor aber wischte sie das Wasser auf, das sie vergossen hatte. Als sie alles ins Zimmer gebracht hatte, schloß sie die Tür, stellte das Tablett auf einen niedrigen Tisch vor ihrem Sessel und ordnete das Teegeschirr hübsch darauf an. Für diese Vorbereitungen hatte sie zwanzig Minuten gebraucht. Voller Dankbarkeit döste sie noch ein paar Minuten in ihrem Sessel vor sich hin; dann schenkte sie sich vorsichtig Tee ein, wobei sie nur wenig über die Untertasse vergoß. Selbst dieses Wenige goß sie wieder in die Tasse zurück. Alles war wie gewöhnlich, nur mit dem Unterschied, daß sie wohltuend allein und der Tee nicht mehr sehr heiß war. Sie begann, ihren Tee zu genießen.

Mrs. Pettigrew stand unter dem abgebröckelten Stuck des Hauseinganges und blickte auf die Uhr. In dem Dämmerlicht konnte sie das Zifferblatt nicht erkennen. Sie stieg die Stufen hinunter und versuchte es unter einer Straßenlaterne. Es war zwanzig vor fünf. Sie kehrte zurück, um ihren Posten in dem verfallenen Eingang wieder zu beziehen. Zwei Stufen hatte sie bereits erklommen, als plötzlich, wie aus dem Nichts, ein Polizist erschien.

»Suchen Sie etwas, Madam?«

»Oh, ich warte hier nur auf meinen Freund.«

Er stieg die Stufen hoch, stieß die knarrende Tür auf und

ließ den Strahl seiner Taschenlampe durch den ganzen Innenraum wandern, als erwarte er, dort ihren Freund zu finden. Dann warf er ihr einen neugierigen Blick zu und ging weiter.

Mrs. Pettigrew dachte: es ist wirklich ein starkes Stück, mich in so eine unmögliche Lage zu bringen, daß ich hier in der Kälte stehen und mich von einem Polizisten ausfragen lassen muß! Und dabei bin ich fast vierundsiebzig. Irgend etwas raschelte auf dem Boden hinter der Tür. Sie schaute nach, konnte aber nichts sehen. Doch dann fühlte sie etwas wie eine Hand über ihren Fuß streichen. Sie sprang zurück, sah gerade noch eine Ratte über die Treppe in den Keller huschen und schrie auf.

Der Polizist, der sie offenbar von einem Torweg auf der anderen Straßenseite beobachtet hatte, kam zu ihr herüber.

»Ist etwas passiert?« fragte er.

»Eine Ratte«, sagte sie, »eine Ratte ist mir über den Fuß gelaufen.«

»Sie sollten hier nicht stehen bleiben, Madam.«

»Ich warte auf meinen Freund. Lassen Sie mich in Ruhe.«

»Wie heißen Sie eigentlich, Madam?«

In ihrer Aufregung hatte sie verstanden: »Was treiben Sie eigentlich?« und es kam ihr in den Sinn, daß sie wahrscheinlich viel jünger aussah, als sie dachte.

»Dreimal dürfen Sie raten!« antwortete sie dreist.

»Ich muß Sie bitten weiterzugehen, Madam. Wo wohnen Sie?«

»Wie wär's, wenn Sie sich um Ihre eigenen Angelegenheiten kümmerten?«

»Haben Sie jemand, der sich um *Sie* kümmert?« fragte er zurück; da erkannte sie, daß er sie wohl nicht für jünger gehalten hatte, sondern wahrscheinlich annahm, sie sei nicht ganz richtig im Kopf.

»Ich warte auf meinen Freund«, antwortete sie.

Der Polizist blieb zaudernd vor ihr stehen, sah ihr forschend ins Gesicht und überlegte, was er mit ihr anfangen sollte. Irgend etwas raschelte wieder hinter der Tür. Mrs. Pettigrew sprang nervös beiseite. »Oh, ist das eine Ratte?«

In diesem Moment schlug eine Wagentür hinter dem breiten Rücken des Polizisten zu.

»Das ist mein Freund«, rief sie und versuchte, an ihm vorbeizukommen. »Bitte, lassen Sie mich vorbei.«

Der Polizist drehte sich um und musterte den Wagen. Godfrey fuhr bereits los.

»Godfrey! Godfrey!« rief sie hinterher. Aber er war fort.

»Ihr Freund hat sich nicht lange aufgehalten«, bemerkte er.

»Ich habe ihn verpaßt, weil Sie mit mir geredet haben.«

Sie hastete die Treppe hinunter.

»Werden Sie gut nach Hause kommen?« Der Polizist schien erleichtert zu sein, daß sie fortging.

Sie antwortete nicht, sondern ging weiter und dachte dabei, daß man ihr hart mitspiele. In der King's Road nahm sie sich ein Taxi.

Als Mrs. Pettigrew zurückkam, machte Godfrey gerade Charmian Vorhaltungen: »Und ich sage dir, du *kannst* den Tee gar nicht gemacht und hier hereingebracht haben. Wie solltest du nur. Mrs. Pettigrew hat dir den Tee hereingebracht. Besinne dich nur. Du hast geträumt.«

Charmian wandte sich an Mrs. Pettigrew. »Sie sind den ganzen Nachmittag fortgewesen, nicht wahr, Mrs. Pettigrew?«

»Mabel«, sagte Mrs. Pettigrew.

»Sie sind doch fortgewesen, nicht wahr, Mabel? Ich habe mir meinen Tee selbst gemacht und hereingebracht. Godfrey will mir nicht glauben. Er ist albern.«

»Ich habe Ihren Tee hereingebracht, bevor ich frische Luft schnappen ging«, erwiderte Mrs. Pettigrew. »Ich muß schon sagen, seit Mrs. Anthony so früh nach Hause geht, spüre ich die Last in diesem Hause.«

»Siehst du nun, was ich meine?« fragte Godfrey Charmian.

Charmian schwieg.

»Eine ganze, lange Geschichte«, sagte Godfrey, »wie du aufgestanden bist und dir selbst deinen Tee gemacht hast! Ich wußte doch, daß das nicht möglich ist.«

»Ich werde eben nicht nur körperlich, sondern auch geistig immer schwächer, Godfrey«, sagte Charmian. »Mein Entschluß steht fest. Ich gehe in das Pflegeheim in Surrey.«

»Das wäre vielleicht das beste«, meinte Mrs. Pettigrew.

»Es besteht überhaupt kein Anlaß für dich, in ein Pflegeheim zu gehen, Liebste«, entgegnete Godfrey. »Niemand hat etwas davon gesagt. Ich meine doch nur – – –«

»Ich gehe jetzt zu Bett, Godfrey.«

»Ach, du meine Güte, dann muß ich Ihnen womöglich das Abendbrot nach oben bringen«, sagte Mrs. Pettigrew.

»Ich brauche kein Abendbrot, danke«, erwiderte Charmian. »Mein Tee hat mir großartig geschmeckt.«

Mrs. Pettigrew machte eine Bewegung auf Charmian zu, als wollte sie ihren Arm fassen.

»Bemühen Sie sich nicht. Ich komme schon allein zurecht.«

»Nun regen Sie sich bloß nicht auf. Sie müssen doch Ihren Schönheitsschlaf für den Fotografen morgen halten«, sagte Mrs. Pettigrew.

Charmian ging langsam aus dem Zimmer und die Treppe hinauf.

»Waren Sie bei dem Anwalt?« fragte Mrs. Pettigrew.

»Es ist verdammt kalt«, meinte Godfrey.

»Ob Sie bei dem Rechtsanwalt waren?«

»Ja, aber er wurde zu einem dringenden Fall gerufen. Muß ihn ein andermal aufsuchen. Vielleicht gehe ich gleich morgen noch einmal hin, Mabel.«

»Dringender Fall«, sagte sie. »Mit dem Rechtsanwalt hatten Sie eine Verabredung, nicht mit Ihrem Arzt. Sie sind ja schlimmer als Charmian.«

»Ja, ja, Mabel, der Rechtsanwalt. Seien Sie leise, damit Mrs. Anthony Sie nicht hört.«

»Mrs. Anthony ist nicht da. Und außerdem ist sie taub. Wo sind Sie den ganzen Nachmittag gewesen?«

»Ach, ich war bei der Polizei«, antwortete er.

»Was?«

»Auf der Polizeiwache. Haben mich ziemlich lange warten lassen.«

»Hören Sie, Godfrey, Sie haben keine Beweise gegen mich, haben Sie verstanden? Sie brauchen Beweise. Versuchen Sie's nur! Was haben Sie denen erzählt? Raus mit der Sprache! Was haben Sie gesagt?«

»Ich kann mich nicht genau an meine Worte erinnern. Zeit, daß sie etwas dagegen tun. Ich sagte: ›Meine Schwester wird seit über sechs Monaten von diesem Mann gequält ... und jetzt fängt er bei mir damit an ...‹ und ... ›und es ist höchste Zeit, daß Sie etwas dagegen unternehmen ...‹ und – – –«

»Ach, Ihr Telefonanruf! Ist das alles, woran Sie zu denken haben? Ich frage Sie, Godfrey, *ist das alles* ...?«

Er kauerte sich in seinem Sessel zusammen. »Verdammt kalt«, sagte er. »Haben wir einen Whisky im Hause?«

»Nein!« sagte sie. »Wir haben keinen.«

Leise öffnete er Charmians Tür, als er auf seinem Weg ins Schlafzimmer daran vorbeikam.

»Bist du noch wach?« flüsterte er.

Sie wachte auf. »Ja«, antwortete sie.

»Fühlst du dich gut? Brauchst du etwas?«

»Nichts, Godfrey, danke schön.«

»Geh nicht in das Pflegeheim«, bat er flüsternd.

»Godfrey, ich habe mir heute nachmittag den Tee allein gemacht.«

»Also gut, du hast ihn gemacht«, sagte er. »Aber geh nicht – – –«

»Godfrey«, unterbrach sie ihn, »wenn du auf meinen Rat hören willst, so schreibe an Eric. Du mußt dich mit Eric versöhnen.«

»Warum? Wie kommst du darauf?«

Aber sie wollte nicht sagen, wieso sie darauf gekommen war, und er zerbrach sich den Kopf darüber, denn er hatte schon selbst daran gedacht, an Eric zu schreiben; er war sich nicht im klaren, ob Charmian mehr über ihn und seine peinliche Lage wußte, als er annahm, oder ob ihre Worte lediglich einer ihrer üblichen Gedankensprünge waren.

»Sie müssen mir versprechen«, sagte Olive Mannering, »daß Sie diese Sache streng vertraulich wie ein Berufsgeheimnis behandeln.«

»Ich verspreche es«, antwortete Alec Warner.

»Die Sache ist nämlich gefährlich«, sagte Olive, »und ich habe sie nur unter dem Siegel der strengsten Verschwiegenheit zu hören bekommen. Ich würde es auch sonst keiner Seele erzählen.«

»Ich auch nicht«, sagte Alec.

»Es ist nur für Forschungszwecke bestimmt«, ergänzte Olive.

»Nur.«

»Wie machen Sie Ihre Aufzeichnungen?« fragte Olive. »Es dürfen nämlich nirgendwo Namen erwähnt werden.«

»Alle Unterlagen, in denen die tatsächlichen Namen vorkommen, werden bei meinem Tode vernichtet. Meine Aufzeichnungen über die Fälle kann niemand identifizieren.«

»O. K.«, sagte Olive. »Du meine Güte, war der heute nachmittag in einem Zustand! Er hat mir richtig leid getan. Mrs. Pettigrew steckt dahinter, wissen Sie.«

»Strumpfhalter und dieser ganze Unfug?«

»Nein, o nein! Damit ist er fertig.«

»Also Erpressung.«

»Richtig. Sie hat anscheinend eine Menge über seine Vergangenheit in Erfahrung gebracht.«

»Die Affäre mit Lisa Brooke.«

»Das und noch eine Menge mehr. Da war auch noch irgendein Geldskandal mit der Colston-Brauerei, der damals vertuscht wurde. Mrs. Pettigrew weiß alles. Sie ist an seine Privatpapiere gekommen.«

»Ist er bei der Polizei gewesen?«

»Nein, er hat Angst.«

»Sie würden ihn schützen. Wovor hat er Angst? Haben Sie ihn gefragt?«

»Hauptsächlich vor seiner Frau. Er möchte nicht, daß seine Frau es erfährt. Es ist sein Stolz, glaube ich. Ich habe sie natürlich nie gesehen, aber es kommt mir so vor, als ob sie immer die Fromme gewesen ist, dazu noch berühmt und geehrt als Schriftstellerin. Ihr fliegen alle Sympathien zu, weil sie angeblich empfindsamer ist als er.«

Alec Warner machte sich Notizen in seinem Buch.

»Charmian«, bemerkte er, »würde durch nichts aus der Fassung geraten, was sie über Godfrey zu hören bekäme. Aber Sie sagten, er habe *Angst* davor, daß sie etwas erführe?«

»Ja, wirklich, das hat er.«

»Die meisten Leute würden sagen«, meinte er, »daß sie vor ihm Angst habe. Er tyrannisiert sie.«

»Nun, ich habe es nur von seiner Seite gehört. Er sieht jetzt ziemlich schlecht aus.«

»Haben Sie auf seine Gesichtsfarbe geachtet?«

»Sehr gerötet. Meine Güte, hat er abgenommen!«

»Gebeugter als sonst?«

»Oh, viel mehr! Die innere Stütze fehlt ihm, denn Mrs. Pettigrew hält den Whisky unter Verschluß.«

Alec machte eine Notiz. »Wird ihm auf die Dauer guttun«, kommentierte er. »Für sein Alter hat er zuviel getrunken. Was wird er mit Mrs. Pettigrew machen?«

»Nun, er schweigt und zahlt. Aber sie verlangt immer mehr. Er zahlt äußerst ungern. Und das Neueste, sie verlangt, daß er ein neues Testament zu ihren Gunsten aufsetzt. Heute nachmittag sollte er zu seinem Rechtsanwalt gehen, aber statt dessen hat er mich besucht. Er meint, ich könnte Eric überreden, zu kommen und sie einzuschüchtern. Er sagte, Eric würde es nicht zu bereuen haben. Aber Sie wissen ja, Eric ist sehr verbittert gegen seine Familie und eifersüchtig auf seine Mutter, besonders seit ihre Romane wiederaufgelegt worden sind; und es ist eine Tatsache, daß Eric Anspruch auf eine gewisse Summe hat; es ist nur eine Frage der Zeit – – –«

»Eric ist nicht einer der Unseren«, sagte er. »Berichten Sie weiter über Godfrey.«

»Er sagt, er möchte sich mit Eric aussöhnen. Ich habe ihm versprochen, an Eric zu schreiben, und das werde ich auch, aber wie ich schon sagte – – –«

»Besitzt Mrs. Pettigrew eigenes Geld?«

»Oh, das weiß ich nicht. Bei einer Frau wie der kann man das nie so genau wissen, meinen Sie nicht auch? Ich glaube aber kaum, daß sie viel besitzt, denn gestern habe ich etwas gehört.«

»Was war das?«

»Also«, begann Olive, »ich hörte die Geschichte von Ronald Sidebottome, der mich gestern besuchte. Ich habe sie nicht von Godfrey gehört.«

»Was für eine Geschichte?« fragte Alec. »Sie wissen doch, Olive, daß ich Sie stets extra dafür bezahle, wenn ein besonderes Interview für Sie damit verbunden ist.«

»O. K.«, sagte Olive, »behalten Sie die Weste an. Ich wollte Ihnen nur zu verstehen geben, daß jetzt ein neuer Bericht beginnt.«

Alec lächelte ihr zu wie ein Onkel.

»Ronald Sidebottome«, sagte sie, »hat sich endgültig entschlossen, nach Tempests Tod das Testament von Lisa

Brooke nicht weiter anzufechten. Die ganze Sache war in Wirklichkeit nur Tempests Idee. Er meinte, die Angelegenheit sei geschmacklos; all das Gerede, daß Guy Leet seine Ehe mit Lisa Brooke nicht vollzogen habe. Mrs. Pettigrew ärgert sich furchtbar, daß der Fall nun niedergeschlagen wird, denn bevor Tempest starb, steckte sie mit den Sidebottomes unter einer Decke. Und sie hat es nicht fertiggebracht, Ronald umzustimmen, obwohl sie ihn den ganzen Winter lang schwer bearbeitet hat. Ronald ist in seinem Innern ein sehr unabhängiger Typ. Sie kennen den alten Ronald nicht. Er ist schwerhörig, das gebe ich zu, aber – – –«

»Ich kenne Ronald seit über vierzig Jahren. Wie interessant, daß Sie ihn für einen unabhängigen Typ halten.«

»Er hat so eine nette, ruhige Art«, sagte sie. Sie hatte Ronald getroffen, als sie kurz nach Tempests Tod mit ihrem Großvater durch eine Gemäldegalerie schlenderte, und hatte die beiden alten Männer zum Abendessen mit nach Hause genommen. »Aber wenn Sie Ronald seit vierzig Jahren kennen, werden Sie wohl nichts mehr von mir über ihn hören wollen.«

»Ich kenne Ronald zwar seit über vierzig Jahren, mein Kind, aber ich kann ihn nicht so kennen wie Sie.«

»Er haßt Mrs. Pettigrew«, bemerkte Olive, während sie innerlich schmunzelte. »Sie wird nicht viel aus Lisas Nachlaß bekommen. Bisher hat sie nur Lisas Fehmantel, und das ist alles.«

»Hat sie vor, das Testament auf eigene Faust anzufechten?«

»Nein, man hat ihr davon abgeraten, weil ihr Fall auf zu schwachen Füßen stehe. Mrs. Brooke hat sie die ganze Zeit angemessen bezahlt; es gibt überhaupt keinen Streitfall. Ich glaube auch nicht, daß sie das Kapital besitzt, einen Prozeß zu finanzieren. Sie hing von den Sidebottomes ab. Natürlich fällt dem Testament nach das Geld an sie, wenn Guy Leet stirbt. Aber er erzählt jedermann, wie gut es ihm gehe. Sie können sich also darauf verlassen, daß Mrs. Pettigrew aus dem armen alten Godfrey so viel herausholen wird, wie sie nur bekommen kann.«

Alec Warner machte seine letzten Notizen und schloß das Buch. Olive reichte ihm etwas zu trinken.

»Der arme alte Godfrey«, sagte Olive. »Und er war auch noch über etwas anderes aufgeregt. Er hatte einen anonymen Anruf von jenem Mann bekommen, der seine Schwester damit quält – oder zumindest glaubt er an diesen Anruf. Das kommt auf dasselbe heraus, nicht wahr?«

Alec Warner öffnete wieder sein Notizbuch und holte den Federhalter aus der Westentasche. »Was hat der Mann gesagt?«

»Genau dasselbe. ›Sie müssen sterben‹ oder so etwas Ähnliches.«

»Immer genau sein. Dame Letties Mann sagt: ›Denken Sie daran, daß Sie sterben müssen‹ – ist es das, was Godfrey gehört hat?«

»Ich glaube, ja«, antwortete sie. »Diese Arbeit ist doch sehr anstrengend.«

»Das weiß ich, mein Kind. Es muß sein. Zu welcher Tageszeit erhielt er den Anruf?«

»Am Morgen. Das weiß ich genau. Er erzählte mir, es sei kurz nach dem Weggehen von Charmians Arzt geschehen.«

Alec vervollständigte seine Notizen und schloß sein Buch zum zweiten Mal. Er fragte Olive: »Ist Guy Leet von der Zurückziehung der Klage informiert worden?«

»Ich weiß es nicht. Die Entscheidung wurde erst gestern nachmittag getroffen.«

»Vielleicht weiß er es dann noch nicht«, sagte Alec. »Liesas Geld wird für einen Mann von Guys Ansprüchen einen großen Unterschied bedeuten. In letzter Zeit hat er finanziell ziemlich in der Klemme gesessen.«

»Er kann nicht mehr lange zu leben haben«, meinte Olive.

»Lisas Geld wird ihm diese kurze Zeit angenehmer machen. Wie ich annehme, ist diese Information nicht besonders vertraulich?«

»Nein«, antwortete Olive. »Nur was ich Ihnen von Mrs. Pettigrews Macht über Godfrey erzählt habe – das ist streng vertraulich.«

Alec Warner ging nach Hause und schrieb einen Brief an Guy Leet:

Lieber Guy,

Ich weiß nicht, ob ich der erste bin, der Dich davon unterrichtet, daß weder Ronald Sidebottome noch Mrs. Pettigrew weiterhin Lisas Testament anfechten werden.

Ich entbiete Dir meine Glückwünsche und hoffe, daß Du noch lange Dein Glück genießen kannst.

Verzeih mir, daß ich versuche, einer offiziellen Benachrichtigung zuvorzukommen. Falls ich damit Erfolg gehabt habe und der erste bin, der Dir diese Neuigkeit übermittelt, erweise mir bitte den Gefallen, sofort nach dem Lesen dieses Briefes Deinen Puls und Deine Temperatur zu messen; dasselbe tue bitte eine Stunde später und auch am nächsten Morgen. Die Ergebnisse, zusammen mit Deinen normalen Puls- und Temperaturdaten – falls Du sie weißt – schreibe mir bitte.

Für meine Aufzeichnungen ist das von unschätzbarem Wert. Ich wäre Dir sehr für Deine Mitarbeit verbunden.

Dein Alec Warner

P.S. Weitere Beobachtungen über Deine Reaktion auf die gute Nachricht nehme ich dankbar entgegen.

Alec Warner brachte den Brief zur Post und kehrte zurück, um seinen Bericht niederzuschreiben. Zweimal läutete das Telefon. Der erste Anruf kam von Godfrey Colston, dessen Karteikarte Alec zufällig gerade in der Hand hielt.

»Oh«, sagte Godfrey, »du bist zu Hause.«

»Ja. Hast du schon einmal angerufen?«

»Nein«, antwortete Godfrey. »Hör mal, ich möchte dich gern sprechen. Kennst du jemand bei der Polizei?«

»Nicht besonders gut«, antwortete Alec, »seit Mortimer in den Ruhestand getreten ist.«

»Mortimer kann mir nichts nützen«, sagte Godfrey. »Es handelt sich um diese anonymen Anrufe. Mortimer versucht schon seit Monaten, etwas herauszubekommen. Jetzt hat der Bursche bei mir angefangen.«

»Zwischen neun und zehn habe ich eine Stunde Zeit. Kannst du in den Klub kommen?«

Alec wandte sich wieder seinen Notizen zu. Der zweite Anruf kam eine Viertelstunde später. Ein Mann war am Telefon und sagte: »Denken Sie daran, daß Sie sterben müssen.«

»Würde es Ihnen etwas ausmachen, das zu wiederholen?« fragte Alec.

Der Sprecher wiederholte es.

»Ich danke Ihnen«, sagte Alec und legte den Hörer um den Bruchteil einer Sekunde vor dem anderen auf.

Er holte seine eigene Karteikarte hervor, schrieb darauf eine kurze Eintragung und einen Hinweis auf eine andere Karte, welche er danach mit ausführlichen Anmerkungen versah. Zum Schluß schrieb er einen Absatz in sein Tagebuch, der mit den Worten endete: ›Frage: Massenhysterie?‹

Elftes Kapitel

Emmeline Mortimer saß in dem schönen, warmen Aprilsonnenschein, der durch die Fenster fiel; sie setzte ihre Brille auf und strich sich die Bluse glatt. Sie war dankbar, daß sie von ihren Winterpullovern befreit war und wieder Bluse und leichte Wolljacke tragen konnte.

Sie beschloß, heute morgen Petersilie zu säen und vielleicht die jungen Nelken und die süßen Erbsen auszusetzen. Henry würde vielleicht die Rosen stutzen. Henry hatte das Schlimmste überstanden, aber sie durfte ihn nicht hacken oder Unkraut jäten oder sich irgendwie beim Bücken anstrengen lassen. Heute abend, wenn die Leute gegangen sein würden, konnte er die Stachelbeeren mit Schwefelkalk gegen Mehltau bestäuben und die Birnen mit Bordeauxtinktur gegen Schorf. Und die schwarzen Johannisbeeren, damit nicht wieder die ganzen Knospen abfielen. Es gab so viel zu tun, und Henry durfte nichts übertreiben. Nein, die Birnen sollte er doch lieber nicht bestäuben, denn dabei müßte er sich zu sehr ausrecken und könnte sich überanstrengen. Die Leute würden ihn sicherlich sehr ermüden.

Ihr Gehör war an diesem Morgen sehr gut. Henry machte sich oben lebhaft zu schaffen. Er summte vor sich hin.

Der Duft ihrer Hyazinthen auf dem Fensterbrett flutete in kurzen, unregelmäßigen Wellen herein und überschwemmte sie jedesmal von neuem mit einem jähen Glücksgefühl. Sie nippte an ihrem heißen, vorzüglich bereiteten Tee und setzte den Teewärmer auf die Kanne, damit der Tee für Henry warm bliebe. Dann rückte sie ihre Brille zurecht und wandte sich der Morgenzeitung zu.

Kurz darauf kam Henry Mortimer herunter. Seine Frau drehte etwas den Kopf, als er eintrat, und sah wieder in die Zeitung.

Er öffnete die Terrassentür und blieb eine Weile dort stehen, die warme Sonne und die frische Luft genießend, während er die Blicke zufrieden über seinen Garten schweifen ließ. Dann schloß er die Tür wieder und nahm seinen Platz am Tisch ein. »Werde heute ein bißchen hacken«, sagte er.

Sie widersprach nicht sofort, denn dazu mußte sie ihre Zeit abwarten. Nicht weil Henry empfindlich oder wegen seiner Herzkrankheit schwierig zu behandeln war. Es war mehr eine Sache des Prinzips und der Gewohnheit. Sie hatte immer ihre Zeit abgewartet, bevor sie einer Feststellung Henrys widersprach.

Er machte eine Handbewegung nach dem sonnigen Wetter draußen. »Was hältst du davon?« fragte er.

Sie blickte auf, lächelte und nickte einmal. Ihr Gesicht war mit einem Netzwerk von feinen Fältchen überzogen, bis auf die Stellen, wo sich die Haut über ihre kleinen, scharfen Backenknochen spannte. Ihr Rücken war gerade, ihre Figur zierlich und ihre Bewegungen mühelos. In Gedanken war sie halb damit beschäftigt, die Anzahl der Gedecke zu berechnen, die sie für den Besuch heute nachmittag bereitzustellen hatte. Sie war vier Jahre älter als Henry, der Anfang Februar siebzig geworden war. Bald darauf hatte ihn sein erster Herzanfall heimgesucht. Und Henry, der halb dazu neigte, den Arzt als die Personifizierung seiner Krankheit anzusehen, hatte erklärt, daß es ihm viel besser ginge, seit der Arzt seine regelmäßigen täglichen Besuche eingestellt hatte. Zuerst hatte er nur nachmittags, dann ganztägig aufstehen dürfen. Der Arzt hatte ihn gebeten, sich keine Sorgen zu machen, stets seine Tablettenschachtel bei sich zu tragen, seine Diät streng einzuhalten und jede Anstrengung zu vermeiden. Zu Emmeline hatte der Arzt gesagt, sie sollte ihn, wenn notwendig, zu jeder Zeit anrufen. Danach war er, zu Henrys Erleichterung, aus dem Hause verschwunden.

Der ehemalige Chefinspektor Henry Mortimer war groß, hager, fast kahlköpfig und lebhaft. Nur an den Schläfen und am Hinterkopf hatte er noch volles, graues Haar. Seine Augenbrauen waren schwarz und dicht. Um nichts zu beschönigen, mußte man seine Nase und Lippen dick, seine Augen klein und sein Kinn fliehend nennen. Und doch wäre es nicht richtig, wollte man ihn nicht als einen gutaussehenden Mann bezeichnen; so groß ist die Macht der Harmonie, wenn sie einem Gesicht den Ausdruck verleiht.

Aus Achtung vor seinem abwesenden Arzt kratzte er die Butter nur dünn auf seinen Toast. Dabei bemerkte er zu seiner Frau: »Für heute nachmittag habe ich diese Leute zu uns eingeladen.«

»In der Zeitung steht heute wieder etwas über sie«, sagte sie. Und sie bezwang sich, ihn nicht zu ermahnen, er solle sich ihretwegen nicht zu sehr aufreiben; denn was nützte es, daß er in den Ruhestand getreten war, wenn er sich dennoch weiter mit Kriminalfällen befaßte?

Er streckte die Hand aus, und sie gab ihm die Zeitung. »Übler Scherz: Der Anrufer schlägt wieder zu«, las er laut vor. Dann las er still für sich weiter:

Die fortdauernden Beschwerden einer Anzahl älterer Leute, die seit August letzten Jahres den anonymen Telefonanrufen eines Mannes ausgesetzt sind, stellen die Polizei weiterhin vor ein Rätsel.

Möglicherweise stecken mehr als ein Mann hinter diesem üblen Scherz. Berichte über die Art der Stimme gehen auseinander, von ›sehr jung‹ über ›von einer Person mittleren Alters stammend‹ bis zu ›ältlich‹ usw.

Die Stimme warnt ihre Opfer jedesmal mit denselben Worten: ›Sie werden heute abend sterben.‹

Die Telefonleitungen der bejahrten Opfer sind von den Behörden angezapft, und die Polizei hat sie gebeten, den Anrufer nach Möglichkeit in ein Gespräch zu ziehen. Aber dies und alle anderen Methoden, mit denen man anonyme Anrufer feststellt, haben bisher versagt, wie die Polizei gestern zugegeben hat.

Man hatte zunächst angenommen, daß die Tätigkeit der Bande auf das Stadtgebiet von London beschränkt sei. Aber ein kürzlich eingetroffener Bericht von dem früheren Kritiker Mr. Guy Leet (75) aus Stedrost in Surrey zeigt an, daß sich das Netz ausbreitet.

Unter zahlreichen anderen Empfängern ›des Anrufs‹, über die wir kürzlich berichtet haben, befinden sich Dame Lettie Colston, O.B.E. (79), Pionierin der Strafreform, und ihre Schwägerin, Charmian Piper (Mrs. Godfrey Colston, 86), Romanschriftstellerin und Autorin von ›Das siebente Kind‹ usw.

Dame Lettie erzählte gestern den Reportern: ›Ich bin nicht davon überzeugt, daß die Kriminalpolizei diese Vorfälle ernst genug nimmt; daher habe ich eine private Detektiv-Agentur mit der Untersuchung beauftragt. Ich betrachte es als ein großes Unglück, daß die Prügelstrafe abgeschafft worden ist. Dieser ruchlosen Kreatur müßte man damit eine Lehre verabfolgen.‹

Charmian Piper – deren Gatte, Mr. Godfrey Colston (87), früherer Direktor der Colston-Brauereien, ebenfalls zu den Opfern dieses üblen Scherzes gehört – sagte gestern: ›Wir sind nicht im geringsten durch den Anrufer beunruhigt. Er ist ein sehr höflicher junger Mann.‹

Ein Sprecher der Kriminalpolizei betonte, daß alles nur Mögliche getan würde, um den Übeltäter zu fassen.

Henry Mortimer legte die Zeitung fort und nahm die Tasse, die seine Frau ihm reichte.

»Ein äußerst ungewöhnlicher Fall«, sagte sie.

»Peinlich für die Polizei«, erwiderte er. »Arme Kerle.«

»Oh, sie werden den Bösewicht schon fassen, glaubst du nicht?«

»Ich kann mir nicht vorstellen«, antwortete er, »wie sie das machen wollen. Wenn man bedenkt, was sie bisher für ein Beweismaterial zusammengebracht haben . . .«

»Nun, du kennst das Beweismaterial natürlich.«

»Und wenn ich es mir nach dem bisherigen Beweismaterial recht überlege«, sagte er, »ist der Übeltäter in meinen Augen der Tod selbst.«

Sie war nicht besonders überrascht, ihn das sagen zu hören. Sie hatte sein ganz der Staatskirche ergebenes Leben bis zu seiner späten geistigen Unabhängigkeit verfolgt, so daß nichts, was er sagte, sie sehr überraschen konnte. Er hatte erleben müssen, wie seine Kinder aufhörten, ihn ernst zu nehmen – in der Welt außerhalb seines Familienkreises hatte sein Wort mehr Gewicht. Selbst seine älteren Enkel konnten seinen Wert für andere nicht verstehen, obwohl sie ihn liebten. Er wußte das wohl, war darum aber nicht bekümmert. Emmeline jedoch konnte Henry niemals als ein liebes, verschrobenes altes Haus betrachten, das sich eine eigene Philosophie zurechtgemacht hatte, wie andere Männer sich an ihrem Lebensabend einem Steckenpferd zuwenden. Sie ließ es ihre Kinder aber nicht so merken, denn sie wollte ihnen die Freude machen und in ihren Augen als praktisch und vernünftig gelten. Aber sie konnte einfach nicht anders, sie mußte Henry vertrauen.

Sie ließ ihn sich eine Weile im Garten beschäftigen, bevor sie ihn zum Ausruhen ins Haus schickte. Noch ein paar Wochen, und Henry würde jeden Tag mit der Post jenen bestimmten Brief von seinem Freund auf dem Lande erwarten, der ihn jedes Jahr für vierzehn Tage zum Angeln einlud. Es schien ihr wunderbar, daß ein neuer Frühling begonnen hatte und Henry bald verkünden würde: »Ich habe Nachricht von Harry. Die Eintagsfliegen sind wieder über dem Fluß. Ich glaube, ich werde übermorgen fahren.« Eine Zeitlang würde sie dann allein bleiben, oder vielleicht würde eine von den Töchtern nach Ostern kommen und die Kinder mitbringen. In Gedanken sah sie ihre kleinen Enkel schon auf dem Rasen herumtollen – wenn er trocken genug sein würde.

Sie säte ihre Petersilie und überlegte aufgeregt, wie wohl die Abordnung aussehen mochte, die Henry heute nachmittag besuchen wollte.

Das Haus der Mortimers bei Kingston-on-Thames war nicht schwer zu erreichen, wenn man Henrys Weisungen folgte. Der Abordnung war es trotzdem nicht leichtgefallen, es zu finden. Erschöpft und nervös kamen sie mit einer halben Stunde Verspätung in Godfreys Wagen und zwei Taxis an. Außer Godfrey saßen in seinem Wagen noch Charmian, Dame Lettie und Mrs. Pettigrew. Im ersten Taxi waren Alec Warner und Dame Letties Hausmädchen Gwen. Im zweiten Taxi befand sich Janet Sidebottome, die Missionarin, Schwester von Lisa Brooke; in ihrer Begleitung waren ein ältliches Ehepaar und eine bejahrte Jungfer, die den übrigen nicht bekannt waren.

Mrs. Pettigrew, adrett und wie aus dem Modeheft geschnitten, stieg zuerst aus. Henry Mortimer kam strahlend den Weg vom Haus herunter und schüttelte ihr die Hand.

Godfrey erschien als nächster, und mittlerweile kletterten auch die anderen aus den beiden Taxis, suchten umständlich ihr Geld zusammen und zählten den Fahrpreis ab.

Charmian, die noch auf dem Rücksitz von Godfreys Wagen saß, sagte: »Oh, wie habe ich diese Fahrt genossen! Meine erste in diesem Jahr. Der Fluß sieht heute fabelhaft aus.«

»Warte einen Augenblick, Godfrey, warte einen Augenblick«, rief Dame Lettie, der Godfrey gerade aus dem Wagen half. »Zieh nicht so an mir.« Sie war während des letzten Winters dicker und dennoch gebrechlicher geworden. Ihre Sehkraft hatte abgenommen, und es fiel ihr offensichtlich schwer, den Bordstein mit dem Fuß zu finden. »Warte doch, Godfrey!«

»Wir haben uns verspätet«, sagte Godfrey. »Charmian, sitz still, bewege dich nicht, bis wir Lettie draußen haben.«

Mrs. Pettigrew nahm Dame Letties anderen Arm, während Henry Mortimer die Tür aufhielt. Lettie riß ihren Arm von Mrs. Pettigrew los, so daß ihre Handtasche auf das Pflaster fiel und der Inhalt herauspurzelte. Die Insassen der Taxis eilten herbei, um Letties Habseligkeiten zu retten, während Lettie in den Wagen zurückrutschte und mit einem Plumps in die Polster sank.

Gwen, die von Dame Lettie als Zeugin mitgebracht worden war, stand in der Gartentür und lachte laut.

Mrs. Mortimer kam lebhaft den Gartenweg heruntergeeilt und redete Gwen an: »Nun bewegen Sie sich schon, Sie junge Person, und helfen Sie, statt hier zu stehen und ältere Leute auszulachen!«

Gwen blickte überrascht und rührte sich nicht.

»Gehen Sie und heben Sie die Sachen Ihrer Tante auf!« sagte Mrs. Mortimer.

Dame Lettie, die ihr Mädchen zu verlieren fürchtete, rief aus dem Wagen:

»Ich bin nicht ihre Tante, Mrs. Mortimer. Schon gut, Gwen, bemühen Sie sich nicht.«

Mrs. Mortimer, die normalerweise nicht leicht in Zorn geriet, packte Gwen bei den Schultern und stieß sie vor sich her zu der kleinen Gruppe alter Leute, die sich steif nach den Sachen aus Dame Letties Handtasche bückten. »Lassen Sie das Mädchen die Sachen aufheben«, sagte sie.

Das meiste war jedoch inzwischen aufgesammelt, und während Alec Warner, dirigiert von Henry Mortimer, gebückt mit seinem Regenschirm unter dem Wagen nach Dame Letties Brillenfutteral herumangelte, überwand Gwen ihre Überraschung so weit, daß sie zu Mrs. Mortimer sagte: »Mit *Ihnen* habe ich überhaupt nichts zu schaffen.«

»Schon gut, Gwen, schon gut«, rief Dame Lettie aus dem Wagen.

Mrs. Mortimer gab sich jetzt zufrieden, wenn es auch offensichtlich war, daß sie gern noch mehr zu Gwen gesagt haben würde. Schon beim Anblick dieser gebrechlichen alten Leute, die mit soviel Schwierigkeiten vor ihrer Tür anlangten, war sie sehr bekümmert gewesen. Wo sind ihre Kinder? hatte sie gedacht, oder ihre Nichten und Neffen? Weshalb überläßt man sie so ihren eigenen schwachen Kräften?

Sie schob Gwen beiseite und langte in den Wagen, um Dame Letties Arm zu fassen. An der gegenüberliegenden Tür bemühte Henry Mortimer sich um Charmian. Während Mrs. Mortimer Dame Lettie half, hoffte sie, er möchte sich nicht überanstrengen. »Sie haben uns den Frühling mitgebracht«, sagte sie zu Dame Lettie. Als Lettie schließlich sicher auf dem Bürgersteig stand, fühlte Mrs. Mortimer die Augen von Alec Warner auf sich ruhen. Sie blickte auf und dachte: dieser Mann studiert mich aus irgendeinem Grunde.

Charmian trippelte fröhlich an Henry Mortimers Arm den Gartenweg hinauf. Er erzählte ihr, daß er gerade zum zweiten Mal ihren Roman ›Die Tore der Herrlichkeit‹ in der schönen neuen Ausgabe gelesen habe.

»Es ist schon fünfzig Jahre her, seit *ich* ihn gelesen habe«, entgegnete Charmian.

»Er vermittelt einem den Geist der damaligen Zeit«, sagte Mortimer. »Die alten Erinnerungen werden dabei wieder so lebendig. Ich empfehle Ihnen, es noch einmal zu lesen.«

Charmian schlug kokett die Augen zu ihm auf – jene Geste, die die jungen Reporter, die sie besuchten, immer so bezaubernd fanden – und sagte: »Sie sind zu jung, Henry, um sich daran erinnern zu können, wie das Buch zum ersten Mal erschien.«

»Aber nein«, antwortete er, »ich war damals schon Polizist. Und ein Polizist vergißt nie etwas.«

»Was für ein bezauberndes Haus«, sagte Charmian. Dann sah sie Godfrey in der Diele warten und fühlte, daß er ihren Anblick nicht ertragen konnte, wie immer, wenn die Leute ihretwegen Aufhebens machten.

Der Beginn der Konferenz ließ noch eine Weile auf sich warten. Emmeline Mortimer besprach sich in leisem Ton mit den Damen der Abordnung in der Diele, ob sie zuerst einmal ›nach oben‹ gehen wollten, oder falls die Treppen zuviel für sie seien, gebe es auch unten einen solchen Ort, geradewegs durch die Küche und dann rechts. »Charmian«, sagte Mrs. Pettigrew laut, »kommen Sie und machen Sie sich's bequem. Ich werde Sie führen. Kommen Sie mit.«

Henry Mortimer häufte die Mäntel und Hüte der Männer säuberlich auf eine Truhe, und nachdem er den männlichen Kandidaten den Weg ›nach oben‹ gezeigt hatte, führte er die übrigen Herren in das Speisezimmer. An der langen Tafel, die bis auf eine Vase mit leuchtend gelben Narzissen und einen dicken Stapel Akten am Kopfende leer war, saß bereits Gwen und rauchte schmollend eine Zigarette.

Als Godfrey eintrat, blickte er forschend über sämtliche Möbelstücke.

»Ist das auch das richtige Zimmer?« fragte er.

Alec Warner dachte: wahrscheinlich sucht er ein Tablett mit Teegeschirr. Sicher fürchtet er, daß wir keinen Tee bekommen.

»Ja, ich glaube, dieses ist am besten dazu geeignet, meinen Sie nicht?« antwortete Henry fragend, als wollte er sich mit ihm darüber beraten. »Wir können uns um den Tisch setzen und vor dem Tee die Dinge besprechen.«

»Oh!« sagte Godfrey. Alec Warner gratulierte sich im stillen.

Schließlich saßen sie alle um den Tisch herum, nachdem die drei Fremden als eine Miss Lottinville und als Mr. und Mrs. Jack Rose vorgestellt worden waren. Mrs. Mortimer zog sich zurück, und die Tür schnappte hinter ihr wie ein Startsignal für die Konferenz ins Schloß. Die Sonne fiel auf den Tisch und auf die Leute, die um ihn herum saßen; ihre Strahlen beleuchteten winzige Stäubchen in der Luft und Staubflecken auf den Kleidern derjenigen, die Schwarz trugen, die faltigen Wangen und Hände der Alten und das dicke Make-up von Gwen.

Charmian, die auf dem bequemsten Stuhl thronte, sprach zuerst: »Was für ein bezauberndes Zimmer!«

»Es bekommt die Nachmittagssonne«, sagte Henry. »Ist es jemand zuviel? Charmian – noch ein Kissen?«

Die drei Fremden sahen einander unsicher an, einfach weil sie Fremde waren und sich nicht wie die anderen seit vierzig oder vielleicht fünfzig Jahren kannten.

Godfrey stieß seinen Arm ruckartig vor, um den Ärmel zurückrutschen zu lassen, und sagte: »Dieser Telefonkerl, Mortimer, ich muß schon sagen, es ist ein starkes – – –«

»Ich habe eine Kopie Ihrer Aussagen hier, Colston«, versetzte Henry Mortimer und schlug seine Akten auf. »Ich schlage vor, daß ich jede Aussage der Reihe nach vorlese, und hinterher kann jeder sagen, was er noch hinzuzufügen wünscht. Sind Sie mit diesem Verfahren einverstanden?«

Niemand hatte ernstlich etwas dagegen einzuwenden.

Gwen sah aus dem Fenster. Janet Sidebottome fingerte an der Batterie ihres elektrischen Hörgeräts herum. Mrs. Pettigrew stütze ihren Ellbogen auf den Tisch und ihr Kinn in die Hand und blickte gespannt. Charmians herzförmiges Gesicht schaute gefaßt unter ihrem neuen blauen Hut hervor. Alec Warner sah sich die Fremden genau an, zuerst Mrs. Rose, dann Mr. Rose und zum Schluß Miss Lottinville. Mrs. Rose hielt ständig ergeben ihre Augenbrauen hochgezogen, wodurch sich tiefe Falten in ihre Stirn eingruben. Mr. Rose hielt den Kopf seitwärts geneigt; er hatte enorme Schultern. Die Winkel seines großen Mundes waren herabgezogen, und auch seine Nase, seine Wangen und sein

Kinn strebten nach unten. Die Roses mußten fast achtzig sein, vielleicht auch älter. Miss Lottinville war klein und schmal und sah ärgerlich aus. Ihr linker Mundwinkel und ihr rechtes Auge zuckten gleichzeitig.

Henry Mortimers Stimme klang nicht zu amtlich, aber fest:

»... kurz nach elf Uhr vormittags ... an drei verschiedenen Tagen ... Sie klang wie die Stimme eines einfachen Mannes. Der Ton war drohend. Die Worte lauteten jedesmal ...«

»... zu verschiedenen Tageszeiten ... das erste Mal am 12. März. Die Worte lauteten ... Der Ton war völlig sachlich ... Die Stimme klang jung, wie die eines Halbstarken ...«

»... früh am Morgen ... jede Woche seit Ende August letzten Jahres. Es war die Stimme eines kultivierten Mannes mittleren Alters ... der Ton ist äußerst finster ...«

»Es war die Stimme eines sehr höflichen jungen Mannes ...«

Dies war Charmians Bericht. Godfrey fiel ein: »Wie kann ein höflicher junger Mann so etwas sagen? Brauche deinen Verstand, Charmian!«

»Er war alle drei Male überaus höflich«, sagte Charmian.

»Wenn ich jetzt vielleicht fortfahren darf ...?« fragte Henry. »Charmian kann nachher ihre Bemerkungen anfügen.«

Er las Charmians Bericht zu Ende. »Das ist richtig«, kommentierte sie.

»Wie kannst du das *höflich* nennen?« fragte Godfrey.

»Mr. Guy Leet«, kündigte Henry an, den nächsten Bogen aufnehmend. »Ach so, Guy ist ja nicht hier – – –«

»Guy hat mich gebeten mitzuteilen«, sagte Alec Warner, »daß wir seinen Fall diskutieren können, soviel wir wollen, solange wir dabei sein Privatleben bis 1940 unberührt lassen.«

»Kann sich nur mit Hilfe von zwei Stöcken fortbewegen«, kommentierte Godfrey.

»Guys Bericht«, fuhr Henry fort, »ist im wesentlichen genau wie die anderen, bis auf die äußerst interessante Ausnahme, daß er zwischen sechs und sieben Uhr abends, wenn die Gebühren verbilligt sind, Ferngespräche aus London erhält. Nach seiner Ansicht ist der Übeltäter ein Schuljunge.«

»Unsinn«, sagte Dame Lettie. »Ein Mann mittleren Alters.«

»Es ist einfach«, sagte Henry, »ein Ferngespräch von London nach auswärts zu ermitteln. Und doch hat die Polizei noch nicht einen einzigen Anruf für Guy Leet in Stedrost registriert.«

»Das habe ich mir gedacht«, bemerkte Dame Lettie. »Die Polizei – – –«

»Jedenfalls werden wir diesen Tatbestand später besprechen«, fuhr Henry fort. »Der nächste ist Mr. Ronald Sidebottome – oh, Ronald ist auch nicht hier. Was ist mit Ronald, Janet?«

»Es war ein junger Bursche – ein Halbstarker, wie ich schon sagte«, antwortete Janet Sidebottome.

»Ronald«, brüllte Godfrey ihr ins Ohr. »Warum ist Ronald nicht gekommen? Er hat gesagt, daß er kommen würde.«

»Ach, Ronald. Nun, er wollte mich abholen. Ich nehme an, daß er es vergessen hat. Es war sehr ärgerlich. Ich habe gewartet und ihn dann schließlich angerufen, aber er war nicht zu Hause. Ich weiß wirklich nicht, was Ronald in diesen Tagen treibt. Er ist nie zu Hause.«

Alec Warner zog ein kleines Notizbuch hervor und kritzelte etwas mit Bleistift hinein.

»Ronalds Bericht«, sagte Mortimer, »beschreibt den Anrufer als einen schon bejahrten Mann mit einer brüchigen und ziemlich zittrigen Stimme, die einen unterwürfigen Tonfall hat.«

»Sein Telefon muß nicht in Ordnung sein«, bemerkte Dame Lettie. »Die Stimme des Mannes ist kräftig und finster. Ein Mann mittleren Alters. Bedenke bitte, Henry, daß ich bei weitem mehr Erfahrung mit dieser Kreatur habe als irgend jemand anders.«

»Ja, Lettie, meine Liebe, ich gebe zu, daß du am meisten gepeinigt worden bist. – Jetzt Ihr Bericht, Miss Lottinville ... Um drei Uhr in der Frühe ... Ein Ausländer ...«

Mrs. Mortimer steckte ihren Kopf zur Tür herein. »Der Tee ist fertig, Henry, wenn du soweit bist. Ich habe im Frühstückszimmer – – –«

»In fünf Minuten, Emmeline.«

Sie verschwand, und Godfrey blickte ihr sehnsüchtig nach.

»Zum Schluß Mr. Rose«, sagte Henry: »Ich empfing den Anruf an zwei aufeinanderfolgenden Tagen um zwölf Uhr mittags in meinen Geschäftsräumen ... Die Stimme klang wie die eines Beamten in fortgeschrittenem Alter ...«

»Das klingt zutreffend«, sagte Dame Lettie. »Nur würde ich die Stimme als *finster* bezeichnen.«

»Lispelte er?« fragte Godfrey.

»Mr. Rose hat in seinem Bericht kein Lispeln erwähnt«, sagte Henry. – »Hat er gelispelt, Mr. Rose?« fragte er.

»Nein, nein. Sprach ganz dienstlich. Meine Frau sagt, wie ein Mann aus der Armee, aber ich meine, eher wie einer von der Regierung.«

Alle redeten jetzt gleichzeitig.

»O nein«, sagte Janet Sidebottome, »er war – – –«

»Eine Bande«, rief Dame Lettie dazwischen, »es muß eine Bande existieren!«

Miss Lottinville sagte: »Ich versichere Ihnen, Chefinspektor, meiner Meinung nach ist es ein Orientale.«

Henry wartete eine Weile, bis sich der Lärm gelegt hatte, dann fragte er Mr. Rose: »Sind Sie einverstanden mit Ihrem Bericht, wie ich ihn vorgelesen habe?«

»Hundertprozentig«, antwortete Mr. Rose.

»Dann wollen wir die Diskussion nach dem Tee fortsetzen«, meinte Henry.

Miss Lottinville sagte: »Sie haben noch nicht den Bericht der Dame zu meiner Linken vorgelesen.« Die Dame links von ihr war Mrs. Pettigrew.

»*Ich* habe keine Ihrer Anrufe empfangen«, sagte Mrs. Pettigrew. »Ich habe nichts zu berichten.«

Die Heftigkeit ihres Tones ließ Alec sich fragen, ob sie lüge.

Mrs. Mortimer hatte sich vor ihrer silbernen Teekanne an dem hübsch gedeckten Tisch in Positur gesetzt.

»Kommen Sie, setzen Sie sich zu mir«, sagte sie freundlich zu Gwen, »dann können Sie mir helfen, die Teetassen weiterzureichen.«

Gwen zündete sich eine Zigarette an und setzte sich seitlich auf den ihr angewiesenen Stuhl.

»Sind Sie auch von diesen Anrufen belästigt worden?« fragte Emmeline Mortimer sie.

»Ich? Nein. Mich rufen nur Leute an, die falsch verbunden sind.«

Mrs. Pettigrew sagte vertraulich zu Mrs. Mortimer: »Ich bin auch nicht von irgendwelchen Anrufen belästigt worden. Unter uns, ich glaube, daß alles nur erfunden ist. Ich glaube kein Wort von dem, was sie sagen. Sie wollen sich nur wichtig machen – wie Kinder.«

»Was für ein herrlicher Garten!« sagte Charmian.

Sie hatten sich wieder im Speisezimmer versammelt, wo ein Kaminfeuer matt im Sonnenlicht funkelte.

Henry Mortimer begann: »Wenn ich mein Leben noch einmal anfangen könnte, würde ich es mir von vornherein zur Gewohnheit machen, jeden Abend an den Tod zu denken. Ich würde es regelrecht üben, mich an den Tod zu erinnern. Es gibt keine andere Gewohnheit, die einen das Leben so intensiv erleben läßt. Wenn der Tod eines Tages an uns herantritt, sollte er uns nicht überraschen. Er sollte ein Teil der bewußten Lebenserwartung sein. Ohne ein immer gegenwärtiges Spüren der Todesnähe ist das Leben fade. Genausogut könnte man sich nur von Eiweiß ernähren.«

Dame Lettie fragte plötzlich in scharfem Ton: »Wer ist der Mann, Henry?«

»Das kann ich dir allerdings auch nicht beantworten, meine liebe Lettie.«

Sie sah ihn so scharf an, daß er fast spüren konnte, wie sie ihn verdächtigte.

»Lettie denkt, daß Sie der Mann sind, Henry«, sagte Alec boshaft.

»Ich glaube kaum«, erwiderte Henry, »daß Lettie mir so viel Tatkraft und Fleiß zutraut, wie sie der Übeltäter augenscheinlich besitzt.«

»Wir wünschen nichts weiter, als ihm das Handwerk zu legen«, sagte Godfrey. »Und um das tun zu können, müssen wir den Mann finden.«

»Ich betrachte das, was Mr. Mortimer eben darüber gesagt hat, daß wir uns dem Tode ergeben sollten, als äußerst erhebend und tröstend«, sagte Jane Sidebottome. »Der religiöse Gesichtspunkt wird heutzutage zu leicht vergessen, und ich danke Ihnen, Mr. Mortimer.«

»Aber nein, ich muß Ihnen danken, Janet. Vielleicht sagen Ihre Worte ›uns dem Tode ergeben‹ nicht ganz das, was ich meine. Und ich wollte natürlich auch keinen besonders religiösen Gesichtspunkt damit ausdrücken. Meine Betrachtungen beschränkten sich lediglich – – –«

»Ihren Worten nach scheinen Sie mir aber sehr religiös zu sein«, sagte Janet.

»Ich danke Ihnen, Janet.«

»Armer junger Mann«, grübelte Charmian. »Vielleicht ist er nur einsam und möchte mit Leuten sprechen, und so läutet er sie einfach an.«

»Mit der Polizei ist das natürlich eine hoffnungslose Sache. Wirklich, Henry, es ist Zeit, eine Anfrage im Parlament einzubringen«, sagte Dame Lettie warnend.

»In Anbetracht der ziemlich großen Abweichungen in Ihren verschiedenen Berichten«, sagte Henry zu den Versammelten, »hat die Polizei in einem Stadium ihrer Nachforschungen angenommen, daß nicht ein Mann, sondern eine Bande am Werke ist. Die Polizei hat alle Methoden der Nachforschung angewandt, die der Kriminalistik und Wissenschaft bekannt sind; bisher jedoch ohne Erfolg. Ein Faktor allerdings ist in allen Ihren Berichten derselbe: die Worte ›Denken Sie daran, daß Sie sterben müssen‹. Wie ich schon sagte, ist es eine ausgezeichnete Sache, sich daran zu erinnern; denn die Worte sind nichts anderes als die Wahrheit. Stets an den Tod zu denken ist, kurz gesagt, eine Lebensauffassung.«

»Um zur Sache zu kommen – – –«, sagte Godfrey.

»Godfrey«, tadelte ihn Charmian, »ich bin überzeugt, daß alle äußerst daran interessiert sind, was Henry zu sagen hat.«

»Überaus tröstend«, sagte Janet Sidebottome. »Bitte, sprechen Sie doch weiter, Mr. Mortimer.«

»Ach ja«, steuerte Miss Lottinville bei, die Henrys Philosophieren ebenfalls genoß.

Und Mrs. Rose, resigniert und mit geduldigen Augen, senkte ihren ehrwürdigen Kopf in trauriger, weiser Zustimmung.

»Haben Sie die Möglichkeit einer Massenhysterie in Erwägung gezogen?« fragte Alec Warner.

»Die Telefone läuten läßt?« sagte Mr. Rose ungläubig, seine Hände weit ausbreitend.

»Absurd!« kommentierte Dame Lettie. »Massenhysterie müssen wir außer Betracht lassen.«

»O nein«, widersprach Mortimer. »In einem Fall wie diesem können wir überhaupt keine Möglichkeit außer Betracht lassen. Das ist ja eben unsere Schwierigkeit.«

»Sagen Sie mir«, fragte Alec den Chefinspektor, indem er ihn durchbohrend ansah, »würden Sie sich als einen Mystiker bezeichnen?«

»Da ich noch nie dazu aufgefordert worden bin, mich selbst zu beschreiben, kann ich es wirklich nicht sagen.«

»Die Frage ist doch«, sagte Mr. Rose, »wer ist der Bursche, der uns in Todesangst versetzen will?«

»Und was ist das Motiv?« fiel Godfrey ein. »Das möchte ich fragen.«

»Nach den vor uns liegenden Aussagen«, stellte Mortimer fest, »könnte das Motiv in jedem Falle verschieden sein. Ich glaube, wir müssen uns alle bewußt sein, daß der Übeltäter in jedem Fall, wen wir auch immer im Verdacht haben mögen, in uns selbst zu suchen ist.«

»Hast du ihnen von deiner Vermutung erzählt?« fragte Emmeline Mortimer, nachdem sie gegangen waren.

»Nein – o nein, meine Liebe. Statt dessen habe ich ihnen kurze philosophische Abhandlungen vorgetragen. Es half, die Zeit zu vertreiben.«

»Haben sie deine kleine Predigten gemocht?«

»Einige der Frauen ja. Das junge Mädchen schien sich weniger zu langweilen als während der übrigen Zeit. Lettie widersprach.«

»Oh, Lettie!«

»Sie sagte, der ganze Nachmittag sei sinnlos gewesen.«

»Wie gemein. Nach meinem guten Tee.«

»Der Tee war wirklich gut. Mein Anteil war es, der sinnlos gewesen ist. Leider mußte er es sein.«

»Ich wünschte so sehr, du hättest ihnen die Wahrheit ins Gesicht sagen können: ›Der Tod ist der Übeltäter!‹« sagte Emmeline. »Und dabei hätte ich ihre Gesichter sehen mögen.«

»Das ist meine persönliche Ansicht. Man kann sich nicht für andere mit einer Sache abfinden.«

»Können sie sich denn mit der Sache abfinden?«

»Nein. Ich glaube, ich werde jetzt die Birnen spritzen gehen.«

»Meinst du nicht, Liebling«, wandte Mrs. Mortimer ein, »daß du für heute genug getan hast? Mir hat es jedenfalls völlig gereicht.«

»Der Kummer mit diesen Leuten ist nur«, sagte er, »daß sie die Kriminalpolizei für den lieben Gott halten, der alle Geheimnisse kennt und alles sieht. Dabei sind wir nur Polizisten.«

Er ging ins Speisezimmer, um am Kaminfeuer zu lesen. Bevor er sich hinsetzte, rückte er die Stühle um den Tisch wieder ordentlich zurecht und stellte einige zurück an ihren Platz an der Wand. Die Aschenbecher entleerte er in das Kaminfeuer.

Er blickte aus dem Fenster in die beginnende Abenddämmerung und hoffte auf einen schönen Sommer. Er hatte es Emmeline gegenüber noch nicht erwähnt, aber in diesem Sommer hoffte er mit jener Jacht segeln zu können, für die er im Ruhestand einen Wagen geopfert hatte. Er konnte bereits den frischen, feuchten Wind um seine Ohren sausen hören.

Das Telefon läutete. Er ging in die Diele, hob den Hörer ab. Nach wenigen Sekunden schon legte er ihn wieder auf. Wie seltsam, dachte er, daß es bei mir immer eine Frau ist. Alle anderen hören einen Mann am Telefon, aber mich ruft immer diese Frau mit der sanften, respektvollen Stimme an.

Zwölftes Kapitel

Ich habe ihm ins Gesicht gesagt, was ich davon halte«, erzählte Mrs. Pettigrew Mrs. Anthony. »›Das ist alles ausgemachter Blödsinn, Inspektor‹, habe ich gesagt. ›Mit Dame Lettie Colston hat es angefangen, dann meint Godfrey, daß er sich interessant machen muß, und so steckt einer den anderen an. Bis zu meinem letzten Stündlein werde ich beschwören, daß alles nur erfunden ist.‹ Aber er hat meiner Meinung nicht zugestimmt. Warum? Ich werde Ihnen sagen, warum: wenn er auch sagte, daß alles nur ihrer Phantasie entsprungen sei, würde Dame Lettie ihn aus ihrem Testament streichen.«

Mrs. Pettigrew hatte zwar auch, an einem ruhigen Nachmittag, den anonymen Anruf erhalten, aber sie hatte beschlossen, ihn zu vergessen. Sie besaß ein großes Talent, sich unangenehme Dinge einfach nicht einzugestehen und alles davon zu vergessen, soweit es sie selbst betraf. Wenn man sie zum Beispiel fragen würde, ob sie sich vor achtzehn Jahren einer Operation zur Straffung der Gesichtshaut unterzogen hätte, würde sie dies glatt verneinen und selbst an ihre Worte glauben; darüber hinaus würde sie, zur besonderen Bekräftigung, unverlangt eine ganze Liste von Personen beisteuern, die ›wirklich‹ ihre Gesichtshaut hätten straffen oder andere Verjüngungsoperationen an sich hätten vornehmen lassen.

Und so bildete Mrs. Pettigrew sich auch weiterhin ein, daß sie die anonyme Stimme am Telefon nicht gehört hätte; doch sie ignorierte diesen Vorfall nicht nur, nein, sie registrierte ihn nicht einmal im Geiste – sie legte den Hörer auf und strich das Ereignis aus ihrem Leben.

»Die bilden sich hier alle eine Menge ein«, stellte Mrs. Pettigrew abschließend fest.

»Je nun«, sagte Mrs. Anthony, »wir müssen alle eines Tages abtreten. Aber ich möchte dem Kerl nicht raten, mich anzurufen. Ich würde ihm eine Antwort geben, woran er zu kauen hat.«

»Es gibt überhaupt keinen solchen Kerl«, rief Mrs. Pettigrew. »Hören Sie nicht, was ich sage?«

»Ich habe mein Hörgerät im Ohr und verstehe schon, was Sie sagen«, antwortete Mrs. Anthony. »Sie brauchen nicht gleich zu schreien.«

Mrs. Pettigrew wurde von jenem Schuldgefühl befallen, das sie stets verspürte, wenn sie sich so weit erniedrigt hatte, Mrs. Anthony anzuschreien. Sie hatte sich zu Vertraulichkeiten gegenüber Mrs. Anthony hinreißen lassen und dabei vergessen, welches Spiel sie trieb. Als eine Art Ausgleich verließ sie die Küche mit erhobener Nase, um Godfrey suchen zu gehen.

Er saß Charmian wütend am Kaminfeuer gegenüber.

»Bitte, Godfrey, laß uns nicht wieder von vorn über diese Angelegenheit reden«, sagte Charmian gerade. »Ah, Sie sind es, Mrs. Pettigrew.«

»Sie ist nicht Taylor«, sagte Godfrey automatisch und gereizt.

»Das weiß ich«, antwortete Charmian.

Er blickte unglücklich auf Mrs. Pettigrew. In diesem Haus gab es wirklich keinen Trost mehr für einen Mann. Charmians sich stetig bessernde Verfassung beunruhigte ihn in wachsendem Maße. Er wünschte seiner Frau wirklich nichts Böses, aber sein Geist schien im gleichen Grade zu verfallen, wie ihrer aufblühte. Das kann doch nicht so weitergehen – dachte er, während er seine Frau ansah – es kann nur eine kurze Zeit anhalten, sie wird einen Rückfall haben. Er fühlte sich als alter Mann in einer schlimmen Lage. Mrs. Pettigrew hatte für ihn eine neue Verabredung mit seinem Rechtsanwalt für diesen Nachmittag getroffen. Er fühlte sich nicht in der Lage, diese Verabredung einzuhalten.

Wahrscheinlich würde er den Rechtsanwalt demnächst doch aufsuchen müssen, dachte er, aber die lange, nutzlose Fahrt gestern nach Kingston und zurück hatte ihn erschöpft. Und Mortimer, dieser Verrückte, hatte in ihm den alten, längst der Vergangenheit angehörenden Groll wiedergeweckt: so ein Aufhebens um Charmian zu machen – wie es auch alle anderen taten –, als ob sie immer noch jemand wäre und nicht eine hilflose, alte Kranke! Nachdem er einmal den Fehler begangen hatte, jeden Erfolg von Charmian als sein eigenes Versagen zu betrachten, konnte er sich jetzt aus reiner Gewohnheit nie richtig wohl fühlen, wenn sie nicht krank war.

»Wir haben die ganze Angelegenheit gestern abend zur Genüge durchgesprochen«, sagte Charmian zu ihm. »Wir wollen das Thema fallenlassen. Ich für meinen Teil mag Henry Mortimer gern, und die Fahrt hat mir großes Vergnügen bereitet.«

Mrs. Pettigrew war ebenfalls von Charmians geistiger Erholung beunruhigt, die offensichtlich durch die Neuauflage ihrer alten Bücher verursacht worden war. Zum Teil war es in Wirklichkeit aber auch ein Erfolg von Charmians Willen, sich gegen Mrs. Pettigrews Tyrannei zu wehren. Mrs. Pettigrew hatte das Gefühl, daß Charmian unter diesen Umständen vielleicht sogar noch Godfrey überleben könnte. Charmian gehörte in ein Heim; und wenn Godfrey nicht so charakterschwach wäre und den Bemitleidenswerten spielte, um seine Frau zum Bleiben zu veranlassen, würde sie schon längst dort sein.

Godfrey blickte über das Feuer auf Charmian, seine gleichzeitige Verbündete und Feindin, und auf die zwischen ihnen sitzende Mabel Pettigrew, die er so entsetzlich fürchtete; er beschloß, Mrs. Pettigrew heute nachmittag wieder zu täuschen und Olive zu besuchen.

Mabel Pettigrew dachte: ich kann in seinem Gesicht lesen wie in einem Buch. Seit über vierzig Jahren hatte sie zwar kein Buch mehr gelesen, denn sie konnte nie die zum Lesen notwendige Konzentration aufbringen, aber nichtsdestoweniger waren dies ihre Gedanken. Und sie beschloß, ihn zu seinem Rechtsanwalt zu begleiten.

Als Charmian sich nach dem Essen in ihrem Zimmer niedergelegt hatte, kam Mrs. Pettigrew zu ihr herein. Charmian öffnete die Augen. »Ich habe Sie nicht klopfen gehört, Mabel«, sagte sie.

»Nein«, erwiderte Mrs. Pettigrew, »das konnten Sie auch nicht.«

»Klopfen Sie immer an«, sagte Charmian.

»Mrs. Anthony wird zu vergeßlich, um weiterhin für uns kochen zu können«, begann Mrs. Pettigrew. »Wie Sie wissen, hat sie drei Tage hintereinander das Salz an den Speisen vergessen. Gestern war im Gemüse eine Raupe mitgekocht. Den ganzen Knoblauch hat sie in die Kuchenform gelegt – entschuldigte sich noch, sie habe gedacht, es sei Sellerie! Was sagen Sie dazu! Und Godfreys Ei hat sie heute morgen so hart gekocht, daß er es nicht essen konnte.«

»Achten Sie ein wenig auf sie, Mabel. Sie haben ja sonst kaum etwas zu tun.«

Mrs. Pettigrews Empfindungen, die sie zu diesem Schritt getrieben hatten, wallten in ihr auf und schnürten ihr die Kehle zu. Schuld daran war diese überlegene Haltung von Charmian, die diese nach und nach im Laufe des Winters entwickelt hatte. Während sie jetzt an Charmians Bett stand, wurden Mrs. Pettigrews Atemzüge kurz und krampfhaft.

»Setzen Sie sich, Mabel, Sie sind außer Atem geraten«, sagte Charmian.

Mrs. Pettigrew setzte sich. Charmian beobachtete sie, während sie im Geiste diese neue Klage über Mrs. Anthony erwog und darüber nachsann, was außer der offenkundigen Bedeutung noch dahinterstecken könnte. Ihre Gedanken schweiften wieder einmal rückhaltsuchend zu dem Pflegeheim in Surrey; wie sie wußte, hatte Jean Taylor früher in der gleichen Art oft an ihr Sparkonto auf der Bank gedacht, wenn ihr das Leben mit den Colstons von Zeit zu Zeit zu bedrückend wurde.

Mrs. Pettigrews Atemnot wurde schlimmer. Ein plötzliches Haßgefühl, das seit Charmians teilweiser Erholung in ihr schwelte, hatte sie überwältigt. Sie sah in der offenkundigen Macht, die Charmian über Godfrey ausübte, eine große Ungerechtigkeit – so groß war diese Macht, daß Charmian sich ihrer nicht bewußt zu sein schien. Der Zauber ihrer Persönlichkeit war so mächtig, daß Godfrey sich bisher den ganzen Winter lang allen Drohungen und Demütigungen von Mrs. Pettigrew gefügig erwiesen hatte, aus Furcht, seine elenden Treulosigkeiten mit Lisa Brooke in Spanien und Belgien könnten Charmian zur Kenntnis gelangen. Mabel Pettigrew hatte nur anzudeuten brauchen, daß sie die gesamte Korrespondenz zwischen Lisa Brooke und Godfrey aus den Jahren 1902, 1903 und 1904 in ihrem Besitz hatte, und sein einziger Gedanke war gewesen: Charmian darf es nicht wissen. Erzählen Sie es Eric, erzählen Sie es jedem anderen – aber lassen Sie es Charmian nicht wissen!

Mrs. Pettigrew war sich darüber klar, daß ihn zu dieser Haltung keine besondere Achtung vor Charmians Gefühlen bewegte. Das wäre noch erträglich gewesen. Den wirklichen Grund konnte sie nicht verstehen, obwohl er unzweifelhaft vorhanden war. Er war schwerwiegend genug, Godfrey hilflos ihrer Gewalt auszuliefern. Was er zu fürchten schien, war wohl Charmians moralische Überlegenheit und der Verlust seines Stolzes ihr gegenüber. Und obwohl Mabel Pettigrew in der Tat mehr aus Godfrey herausholte, als sie je gehofft hatte, saß sie jetzt hier in Charmians Schlafzimmer und ließ sich von ihrem Groll über die Unerklärlichkeit von Charmians Macht überwältigen.

»Sie scheinen einen leichten Asthma-Anfall zu haben«, bemerkte Charmian. »Verhalten Sie sich am besten so still und ruhig wie möglich, und ich werde Godfrey läuten, daß er den Arzt anruft.«

Mrs. Pettigrew dachte an jenen Geschäftsskandal in den Colston-Brauereien, der damals vertuscht worden war, und an die Dokumente darüber, die sie in ihrem Besitz hatte. Wenn Godfrey wirklich Angst gehabt hätte, daß sie diese Dokumente veröffentlichen würde, hätte sie ihn verstanden. Aber das einzige, was ihm Sorgen bereitete, waren diese Briefe zwischen ihm und Lisa Brooke. Charmian durfte es nicht wissen! Sein Stolz gegenüber Charmian, Charmian, einem alten Wrack wie Charmian!

Charmian streckte ihre Hand nach der Klingelschnur neben ihrem Bett aus. »Godfrey wird den Arzt anläuten«, sagte sie.

»Nein, nein, es geht mir jetzt schon besser«, erwiderte Mrs. Pettigrew hastig, denn sie gewann langsam die Kontrolle über ihre Atemzüge wieder. In Geschäftsangelegenheiten verfügte sie über die Selbstdisziplin einer Nonne. »Es war nur ein kleiner Anfall. Mrs. Anthony macht mir solchen Kummer.«

Charmian lehnte sich in ihre Kissen zurück und strich müde mit der Hand über ihr herzförmiges Gesicht. »Haben Sie schon früher Asthma gehabt, Mabel?«

»Es ist kein Asthma. Ich habe es nur etwas auf der Brust.« Mrs. Pettigrews Gesicht war jetzt nicht mehr so beunruhigend gerötet. Sie atmete langsam und tief nach dieser harten Prüfung und zündete sich eine Zigarette an.

»Sie haben viel Mut, Mabel«, bemerkte Charmian. »Wenn Sie ihn nur am richtigen Ende anwenden würden. Ich beneide Sie um Ihren Mut. Manchmal fühle ich mich hilflos ohne meine Freunde um mich. Sehr wenige meiner Freunde kommen mich jetzt noch besuchen. Doch ist es nicht ihre Schuld. Godfrey schien sie nach meinem Schlaganfall nicht mehr gern zu sehen. Was für einen Mut hatte ich, als meine Freunde mich noch jeden Tag besuchten!«

»Im Heim würden Sie es besser haben«, sagte Mabel Pettigrew. »Sie wissen das selbst ganz genau. Sie hätten eine Menge Gesellschaft, und auch Ihre Freunde würden Sie vielleicht manchmal besuchen kommen.«

»Das ist schon wahr, im Pflegeheim würde ich mich wohler fühlen«, antwortete Charmian. »Doch Godfrey braucht mich hier.«

»In diesem Punkt irren Sie sich«, widersprach Mrs. Pettigrew.

Charmian grübelte wieder darüber nach, welches von Godfreys Geheimnissen diese Frau wohl in ihren Besitz gebracht haben mochte. Die Geschichte mit der Colston-Brauerei? Oder nur eine oder mehrere seiner zahlreichen Treulosigkeiten? Bei einem Manne wie Godfrey mußte man natürlich immer so tun, als wüßte man von nichts. Sein Stolz! Es hatte sich als der einzige Weg erwiesen, vernünftig mit ihm zusammenzuleben. Einen Augenblick lang war sie in Versuchung, zu Godfrey zu gehen und zu sagen: »Es gibt nichts in deinem bisherigen Leben, was mich im geringsten erschüttern könnte. Die meisten deiner sogenannten Geheimnisse kenne ich ohnehin, und was ich nicht weiß, würde mich auch nicht überraschen.«

Aber sie besaß nicht den Mut, dies zu tun. Er könnte – gewiß würde er – sich gegen sie wenden. Er würde es ihr nie verzeihen, dieses Spiel gespielt zu haben, seit über fünfzig Jahren so getan zu haben, als wüßte sie nichts, während sie doch alles wußte; wie jemand, der sich als ›nicht zu Hause‹ ausgeben ließ, während er in Wirklichkeit daheim war. Welche neue Tyrannei würde er sich ausdenken, um sie für ihr Wissen zu bestrafen?

Schon der Gedanke daran, sich nach einer solchen Enthüllung täglich ins Gesicht sehen zu müssen, war furchtbar. So etwas hätte sie schon vor Jahren tun müssen. Und doch hätte sie es nicht tun dürfen. Sie hielt es sowieso für eine undelikate, moderne Ansicht, daß in einer Ehe nur Aufrichtigkeit herrschen sollte; es führte häufig zu Streitigkeiten, wenn nicht sogar zu Scheidungen ...

Und auch sie mußte an ihren Stolz denken. Im Geiste kaute sie an den Demütigungen, die sie von Godfrey erfahren hatte. Nie hatte sie ein kleines Lob oder eine Anerkennung geerntet, ohne dafür mit einer bitteren, kleinlichen und herabwürdigenden Handlung von Godfrey bezahlen zu müssen.

Aber ich könnte meinen Stolz opfern, dachte sie, um ihn zu erlösen. Es ist eine Sache des Mutes. Alles, was ich für ihn tun kann, ist, hier bei ihm zu Hause zu bleiben. Sie beneidete Mrs. Pettigrew um ihren Mut.

Mrs. Pettigrew erhob sich und stellte sich neben ihr Bett. »Für Godfrey sind Sie hier eine größere Last, als Sie es in einem Pflegeheim sein würden. Es ist einfach lächerlich zu behaupten, er brauche Sie.«

»Ich werde nicht gehen«, sagte Charmian. »Und jetzt muß ich wohl mein Schläfchen halten. Wie spät ist es?«

»Ich bin gekommen«, sagte Mrs. Pettigrew, »um mit Ihnen über Mrs. Anthony zu reden. Sie kann nicht mehr für uns kochen. Wir werden sonst alle noch Magenbeschwerden bekommen. Ich werde die Zubereitung der Mahlzeiten übernehmen müssen. Und außerdem ist das kalte Essen, das sie uns für den Abend bereitstellt, nicht ausreichend. Kaltes Essen vor dem Schlafengehen ist nichts für mich. Ich werde das Kochen übernehmen müssen.«

»Das ist reizend von Ihnen«, murmelte Charmian, während sie überlegte, was hinter alledem stecken mochte; denn Mrs. Pettigrews Äußerungen schienen alle irgendeinen verborgenen zweiten Sinn zu haben.

»Andernfalls«, fuhr Mrs. Pettigrew fort, »könnte jemand von uns vergiftet werden.«

»Um Himmels willen!« entfuhr es Charmian.

»Vergiftet«, wiederholte Mrs. Pettigrew. »Man kann so leicht vergiftet werden. Denken Sie einmal darüber nach.«

Sie ging aus dem Zimmer.

Charmian war verängstigt, und zur gleichen Zeit erwachte die seit langem ruhende Fähigkeit in ihr, die billige Dramatisierung in Mrs. Pettigrews Worten zu erkennen. Aber am Ende überwog Charmians Furcht, und während sie angsterfüllt in ihrem Bett lag, begann sie zu glauben, daß es Mrs. Pettigrew schon zuzutrauen sei, sie zu vergiften, wenn sie erst die Kontrolle über die Mahlzeiten übernommen haben würde. Es war nicht einfach, jemanden zu vergiften, aber Mrs. Pettigrew kannte vielleicht eine nicht nachzuweisende Methode. Charmians Gedanken überschlugen sich und versetzten sie in immer größere Angst. Eine andere Frau, dachte sie, würde zu ihrem Mann gehen können und sagen: unsere Haushälterin droht mich zu vergiften – oder sie würde darauf bestehen, daß ihre Freunde, ihr Sohn oder ihr Arzt der Sache nachgingen. Aber Godfrey war feige, Eric ihr feindselig gesonnen, und der Arzt würde versuchen, sie zu beruhigen, in der Annahme, daß sie haltlose Verdächtigungen zu entwickeln begonnen habe, wie es alte Leute so manchmal zu tun pflegten.

Damit ist es also entschieden, dachte Charmian. Dies ist der Punkt, wo meine lange, lange Pflicht Godfrey gegenüber ein Ende hat. Ich werde in das Pflegeheim gehen.

Diese Entscheidung entspannte und erleichterte sie sehr. In dem Pflegeheim würde sie wieder ein richtiger Mensch sein, wie gestern bei Henry Mortimer, und nicht mehr eine verängstigte Kranke. Sie sehnte sich danach, geachtet und mit Aufmerksamkeit behandelt zu werden. Vielleicht würden auch Besucher kommen. Dort könnte sie diejenigen einladen, die sie hier zu Hause infolge Godfreys abschreckender Haltung nicht zu sehen bekam. Das Pflegeheim war nicht weit von Stedrost entfernt. Vielleicht würde Guy Leet sich herüberfahren lassen, um sie zu besuchen. Guy Leet war amüsant.

Sie hörte die Haustür zuschlagen und danach den dumpfen Knall der Wagentür. Unmittelbar darauf folgten Mrs. Pettigrews Schritte, die eilig zur Haustür trippelten. Charmian hörte sie die Tür öffnen und rufen: »Godfrey, ich komme mit, warten Sie!« Aber der Wagen war bereits abgefahren, und Godfrey war verschwunden. Mrs. Pettigrew schlug die Haustür zu und ging auf ihr Zimmer. Wenige Minuten später stieg sie die Treppe hinunter und verließ ebenfalls das Haus.

Mrs. Pettigrew hatte Godfrey von ihrer Absicht in Kenntnis gesetzt, ihn zu seinem Rechtsanwalt zu begleiten. Als sie sah, daß er sie wieder hatte sitzenlassen, hielt sie es für sicher, daß er nicht die Absicht hatte, die Verabredung mit seinem Rechtsanwalt einzuhalten. In wenigen Augenblikken hatte sie Hut und Mantel an und marschierte die Straße hinauf, um sich ein Taxi zu nehmen.

Zuallererst fuhr sie zu dem Ruinengrundstück in einer Seitenstraße der King's Road. Wie sie es nicht anders erwartet hatte, stand dort Godfreys Wagen. Von Godfrey selbst war jedoch nichts zu sehen. Sie ließ den Chauffeur um den Block fahren, in der Hoffnung, Godfrey noch vor seinem Ziel abzufangen, welches dies auch sein mochte.

Godfrey befand sich inzwischen auf dem Wege zu Olives Wohnung, wozu er gewöhnlich, wenn er schnell ging, etwa sieben Minuten brauchte. Er bog in die Tite Street ein. Den Kopf hielt er wegen eines plötzlichen Regenschauers weiter vornüber gebeugt, als er es normalerweise tat. Er hoffte, daß Olive den Tee fertig haben würde; er hoffte auch, daß heute keine anderen Besucher bei Olive sein würden, die ihn dazu zwingen könnten, auf so alberne Weise nach der Adresse ihres Großvaters zu fragen. Es tat so wohl, mit Olive zu reden; sie war eine ausgezeichnete Zuhörerin. Wahrscheinlich würde sie etwas von Eric wissen. Godfrey war gespannt, was sie von Eric gehört haben mochte. Olive hatte versprochen, Eric zu schreiben und ihm streng vertraulich über seine Schwierigkeiten mit Mrs. Pettigrew zu berichten. Sie hatte versprochen, Eric ins Gewissen zu reden. Eric würde zweifellos nur froh sein, sich mit seinen Eltern wieder aussöhnen zu können. Eric war eine Enttäuschung gewesen, aber jetzt hatte er eine Chance, sich zu bewähren. Eric würde alles wieder in Ordnung bringen, und sicher hatte Olive von Eric gehört.

Godfrey stieß die Gittertür auf und stieg die Stufen zu dem Vorplatz vor der Kellerwohnung hinunter. Eine ungewöhnlich große Menge von Abfällen lag dort herum. Der Mülleimer war voll zum Überlaufen: alte Schuhe, Handtaschen und Gürtel quollen unter dem Deckel hervor. Auf dem Boden des Vorplatzes lagen alte Zeitungen, Konservendosen, verrostete Küchengeräte, leere Flaschen verschiedener Formen und ein ausgedienter Lampenschirm verstreut. Olive muß wohl einen Frühlingsputz halten, dachte er, daß sie all ihre Sachen herauswirft. Sehr verschwenderisch und unordentlich. Kein Wunder, daß sie immer darüber klagt, wie schlecht es ihr geht.

Niemand antwortete auf sein Klingeln. Er ging zu dem vergitterten Fenster von Olives vorderem Zimmer hinüber, und da fiel es ihm auf, daß die Vorhänge verschwunden waren. Er blickte durch die Scheiben. Das Zimmer war völlig leer. War er vielleicht zu einem verkehrten Haus gegangen? Er stieg die Treppe wieder hinauf und sah sorgfältig nach der Nummer. Dann stieg er die Treppe wieder hinunter und sah noch einmal durch das Fenster in das leere Zimmer. Olive war unwiderruflich ausgezogen. Und als er das erkannt hatte, war sein erster Gedanke, diese Gegend so schnell wie möglich zu verlassen. Die Sache kam ihm irgendwie geheimnisvoll vor. Godfrey konnte Geheimnisvolles nicht ausstehen. Olive mochte in einen Skandal verwickelt sein. Sie hatte nichts von ihrem Umzug erwähnt, als er sie in der vergangenen Woche besucht hatte. Während er die Tite Street hinuntereilte, fürchtete er mehr und mehr irgendeinen unangenehmen plötzlichen Skandal, und sein einziger Wunsch war, alles zu vergessen, was er über Olive wußte.

Er überquerte die King's Road, kaufte sich eine Nachmittagszeitung und bog in die Seitenstraße ein, wo sein Wagen stand. Bevor er ihn erreichte, hielt neben ihm ein Taxi, und Mrs. Pettigrew stieg aus.

»Oh, hier sind Sie also!« sagte sie.

Während sie das Taxi bezahlte, stand er mit der in seiner Hand baumelnden Zeitung bestürzt und voller Schuldgefühl da. Dieses Schuldgefühl war die hauptsächliche Regung, die Mrs. Pettigrews Erscheinen in ihm bewirkte. Kein Gedanke, kein Wort und keine Tat in seinem ganzen Leben hatten je in ihm ein solches Schuldgefühl hervorgerufen wie jetzt, als er stand und wartete, bis Mrs. Pettigrew das Taxi bezahlt hatte und sich umdrehte, um ihn zu fragen: »Wo sind Sie gewesen?«

»Die Zeitung kaufen«, sagte Godfrey.

»Mußten Sie Ihren Wagen hier parken und die Straße hinuntergehen, um die Zeitung zu kaufen?«

»Brauchte einen Spaziergang«, erwiderte Godfrey. »War ein wenig steif.«

»Sie werden zu Ihrer Verabredung zu spät kommen. Beeilen Sie sich. Ich sagte Ihnen doch, Sie sollten auf mich warten. Warum sind Sie ohne mich abgefahren?«

»Ich hatte vergessen, daß Sie mitkommen wollten«, sagte Godfrey, während er in den Wagen kletterte. »Ich hatte es eilig, zum Rechtsanwalt zu gelangen.« Sie ging um den Wagen herum und stieg von der anderen Seite ein.

»Sie hätten die Tür für mich aufhalten können«, sagte sie.

Godfrey verstand zuerst nicht, was sie meinte, denn schon seit langem benutzte er sein fortgeschrittenes Alter als Entschuldigung, die Aufmerksamkeiten zu unterlassen, die er in seinen jüngeren Jahren als selbstverständlich betrachtet hatte. Er war jetzt automatisch unhöflich, als hätte er ein langverdientes Recht darauf. Während er den Wagen ruckend zum Sloane Square in Bewegung setzte, vermutete er daher irgendeine neue, furchtbare Umwälzung seiner Gewohnheiten hinter ihren Worten.

Sie hob die Zeitung auf und blickte auf die Titelseite.

»Ronald«, sagte sie. »Ronald Sidebottome ist in der Zeitung. Sein Photo; er hat sich wiederverheiratet. Nein, sehen Sie nicht her. Passen Sie auf, wohin Sie fahren, sonst verunglücken wir noch. Achtung – das rote Licht!«

Sie wurden heftig nach vorn gerissen, als Godfrey auf die Bremse trat.

»Seien Sie doch vorsichtiger«, sagte sie, »und ein wenig rücksichtsvoller.«

Er blickte auf ihren Schoß hinunter, wo die Zeitung lag. Ronalds schlaffes Gesicht strahlte zu ihm auf. Olive hatte geziert lächelnd ihren Arm unter den seinen geschoben, und darüber stand die Schlagzeile: ›Witwer, 79, heiratet Mädchen, 24.‹

»Olive Mannering!« entfuhr es Godfrey.

»Ach, Sie kennen sie?«

»Enkelin meines Freundes, des Dichters«, sagte Godfrey.

»Das grüne Licht, Godfrey«, sagte Mrs. Pettigrew in müdem Tonfall.

Er ließ den Wagen vorwärtsschießen.

»›Reicher ehemaliger Börsenmakler . . .‹«, las Mrs. Pettigrew vor. »Die weiß bestimmt, was sie will. ›Miss Mannering ... Filmsternchen und Fernseh-Schauspielerin bei der B.B.C. ... hat jetzt ihre Wohnung in der Tite Street, Chelsea, aufgegeben . . .‹« In Mrs. Pettigrews Gehirn begann sich das Mosaik zusammenzufügen. Wie nach dem Sprichwort Herz zum Herzen spricht, verstand Mrs. Pettigrew beim Anblick von Olives Bild, wohin es Godfrey an jenen Nachmittagen getrieben hatte, als er seinen Wagen vor dem Trümmergrundstück geparkt hatte.

»Das ist natürlich ein Schlag für Sie, Godfrey«, bemerkte sie.

Gott, sie weiß auch alles, dachte er. Wie ein Opferlamm stieg er die Treppe zum Büro seines Notars hinauf, während Mrs. Pettigrew unten im Wagen wartete. Er versuchte nicht einmal, ihre Wünsche zu umgehen, wie er es sich halb vorgenommen hatte, wenn sie ihn endgültig zur Änderung seines Testaments zwingen sollte. Er dachte nicht einmal mehr an die Idee, mit der er noch vor kurzer Zeit gespielt hatte, seinem Anwalt die Tatsachen anzuvertrauen. Mabel Pettigrew wußte alles. Sie konnte Charmian alles erzählen. Er gab Anweisung, ein neues Testament aufzusetzen, in dem er seinem Sohn nur den gesetzlichen Pflichtteil hinterließ und den Hauptteil Mrs. Pettigrew vermachte; selbst das meiste von Charmians Anteil, sollte sie ihn überleben, ließ er Mrs. Pettigrew überschreiben.

»Nun«, sagte der Notar, »das aufzusetzen wird natürlich einige Zeit in Anspruch nehmen.«

»Es muß sofort geschehen«, sagte Godfrey.

»Würden Sie nicht lieber erst einige Zeit über diese Sache nachdenken, Mr. Colston? Mrs. Pettigrew ist Ihre Haushälterin?«

»Es muß sofort geschehen«, wiederholte Godfrey. »Keine Verzögerung, bitte.«

»Ekelhaft«, sagte Godfrey später an jenem Abend zu Charmian. »Ein Mann von fast achtzig Jahren heiratet ein Mädchen von vierundzwanzig. Wirklich ekelhaft. Und dazu ist er noch stocktaub.«

»Godfrey«, entgegnete sie, »ich gehe Sonntag früh in das Pflegeheim. Ich habe meine Vereinbarungen mit dem Arzt und mit der Bank getroffen. Die Leute vom Heim kommen morgen, meine Sachen einzupacken. Janet Sidebottome wird mich begleiten. Ich möchte nicht, daß du mit hinauskommst. Es könnte dir unangenehm sein, mich selbst hinauszubringen. Es tut mir leid, aber ich kann diese anonymen Anrufe einfach nicht länger ertragen. Sie werden mich schnell ins

Grab bringen. Ich muß vor dem Anblick des Telefons geschützt werden. Ich habe mit Lettie gesprochen, und sie stimmt meiner Entscheidung zu. Mrs. Pettigrew meint ebenfalls, daß es der beste Weg sei – nicht wahr, Mabel? Alle sind damit einverstanden. Ich muß sagen, ich bin sehr traurig. Doch einmal mußte es ja sein. Du selbst hast oft gesagt – – –«

»Aber du machst dir doch gar nichts aus diesen Telefonanrufen!« schrie er. »Es macht dir überhaupt nichts aus!«

»Doch, doch! Ich kann sie auf keinen Fall länger ertragen!«

»Sie kann's nicht ertragen«, sagte Mrs. Pettigrew.

»Aber du brauchst doch nicht ans Telefon zu gehen!« schrie er.

»Ach, aber jedesmal, wenn das Telefon läutet, fühle ich, daß *er* es ist.« Charmian schauderte ein wenig.

»Sie hat solche Angst vor dem Telefon«, bestätigte Mrs. Pettigrew.

Er wußte, daß er ihren Worten nicht widersprechen konnte.

Dreizehntes Kapitel

Überraschet hat mich, ich muß es gestehen«, sagte Alec Warner zu Miss Taylor, »daß ich einen Augenblick lang regelrechte Eifersucht empfand. Olive war allerdings auch ein freundlicher Mädchentyp und äußerst gewissenhaft darin, mir alle Informationen zu geben, die sie erlangen konnte. Sie wird mir fehlen. Aber das Sonderbare war dieser Stich, diese Eifersucht auf Ronald, meine erste Reaktion auf die Neuigkeit. Dabei ist Olive überhaupt nicht mein Typ.«

»Hast du eine Notiz über deine Reaktion gemacht?«

»Selbstverständlich habe ich darüber eine Notiz gemacht.«

Ich wußte, daß er es getan hat, dachte Miss Taylor.

»Immer, wenn ich diese Abweichungen vom Pfade meiner frommen Tugend registriere, mache ich eine Notiz.«

Seine ›fromme Tugend‹ war eine Redewendung, die er von Jean Taylor übernommen hatte, als sie ihn einmal in ihrer unbeschwerten Vergangenheit bei einem seiner zwei Kirchenbesuche damit belegt hatte; er war lediglich hingegangen, um voller Ehrfurcht und Neugier einen Pfarrer aus seinem Bekanntenkreis dabei zu beobachten, wie er in der menschenleeren Kirche, ganz für sich allein, die Abendandacht hielt – Alecs Ehrfurcht und Neugier waren jedoch ausschließlich auf jenes Exemplar der Gattung Mensch mit einem Gebetbuch gerichtet, das dort so hervorragend den Fortbestand menschlichen Brauchtums dokumentierte.

»Oma Green ist von uns gegangen«, sagte Miss Taylor.

»Ah ja, ich sah eine Fremde in ihrem Bett. Was war doch mit Oma Green?«

»Arteriosklerose. Zum Schluß griff sie auf ihr Herz über.«

»Ja, ja, man sagt, daß wir so alt seien wie unsere Arterien. Hat sie einen leichten Tod gehabt?«

»Ich weiß es nicht.«

»Hast du zu der Zeit geschlafen?« fragte er.

»Nein, ich war wach. Es gab eine gewisse Aufregung.«

»Sie hatte also kein friedliches Ende?«

»Nein, jedenfalls für uns war es nicht friedlich.«

»Ich möchte stets gern wissen«, sagte er, »ob es ein leichter oder schwerer Tod gewesen ist. Achte bitte in Zukunft darauf.« Einen Augenblick lang haßte sie ihn. »Ein leichter Tod«, entgegnete sie, »hat nichts mit äußerem Erscheinungsbild zu tun, sondern mit der seelischen Verfassung.«

Plötzlich haßte er sie. »Beweise es«, sagte er.

»Führe den Gegenbeweis«, erwiderte sie müde.

»Es tut mir leid«, sagte er, »daß ich vergessen habe, nach deinem Befinden zu fragen. Wie fühlst du dich, Jean?«

»Etwas kräftiger, aber der graue Star macht mir Kummer.«

»Charmian ist nun doch in das Pflegeheim Surrey gegangen. Möchtest du ihr nicht dort Gesellschaft leisten?«

»Sie hat Godfrey also allein mit Mrs. Pettigrew zurückgelassen.«

»Bestimmt würdest du gern mit Charmian zusammensein.«

»Nein«, sagte sie.

Er sah sich um und blickte nach dem lauten Ende des Saales hin. Die senilen Fälle waren dort um das Fernsehgerät gruppiert und machten daher weniger Lärm als gewöhnlich, stießen aber doch von Zeit zu Zeit eine Vielfalt dentaler und gutturaler Laute aus und manchmal auch eine vollständige, wohlgeordnete Rede. Diejenigen, die sich bewegen konnten, standen ab und zu von ihren Stühlen auf und gingen im Saal auf und ab, dabei mit den Bettlägerigen redend oder ihnen zuwinkend. Eine große Patientin goß sich einen Becher Wasser ein und begann ihn an ihre Lippen zu heben; aber bevor sie soweit war, hatte sie ihre Absicht vergessen und groß das Wasser in einen anderen Krug. Danach setzte sie sich den Becher umgekehrt auf den Kopf, so daß ein wenig Wasser, das in dem Becher zurückgeblieben war, ihr über die Stirn rann. Über diese Leistung schien sie sich zu freuen. Überhaupt waren die Greisinnen erpicht darauf, sich Gegenstände auf den Kopf zu setzen.

»Interessant«, sagte Alec. »Das Interessante daran ist, daß Senilität sich in vielem von Geistesgestörtheit unterscheidet. Die Handlungen dieser Leute hier zum Beispiel sind in manchen Einzelheiten von denen der alten Leute verschieden, die ich im St. Aubrey's Heim in Folkestone besuche. Manche der Patienten dort sind ihr ganzes Leben lang verrückt gewesen. In gewisser Beziehung sind sie folgerichtiger und viel methodischer in ihren Handlungen als diejenigen, die in ihrem Alter lediglich sonderlich werden. Die wirklich verrückten alten Leute haben natürlich auch mehr Praxis in vernunftwidrigem Benehmen. Aber all dies«, sagte Alec, »kann für dich nicht von großem Interesse sein. Wenn man sich nicht für Gerontologie interessiert, leuchtet es mir nicht ein, wie man diese Gesellschaft auf die Dauer angenehm finden kann.«

»Vielleicht bin ich in meinem Herzen ein Gerontologe, Alec. Sie sind harmlos. Sie stören mich jetzt nicht mehr. Alec, ich denke an den armen Godfrey Colston. Was kann Charmian dazu bewogen haben fortzugehen, wo sich doch gerade jetzt ihr Befinden so gebessert hat?«

»Sie sagte, die Telefonanrufe hätten sie gequält.«

»O nein. Mrs. Pettigrew muß sie gezwungen haben zu gehen. Und Mrs. Pettigrew«, sagte Miss Taylor, »wird Godfrey seine restlichen Jahre ganz bestimmt zur Qual machen.«

Er langte nach seinem Hut. »Überlege es dir«, sagte er, »ob du Charmian in dem Pflegeheim Gesellschaft leisten willst. Ich würde mich sehr freuen, wenn du es tätest.«

»Aber Alec, ich kann doch meine alten Freundinnen hier nicht verlassen. Miss Valvona, Miss Duncan – – –«

»Und das da?« Er deutete mit dem Kopf auf die senile Gruppe.

»Das ist unser Memento Mori. Gleich euren Telefonanrufen.«

»Auf Wiedersehen also, Jean.«

»Ach Alec, bitte geh noch nicht gleich. Ich habe dir noch etwas Wichtiges zu sagen, wenn du nur einen Augenblick stillsitzen und mich meine Gedanken ordnen lassen möchtest.«

Er blieb ruhig sitzen. Sie lehnte sich in ihr Kissen zurück, nahm die Brille ab und betupfte das eine Auge, das entzündet war, leicht mit dem Taschentuch. Dann setzte sie die Brille wieder auf.

»Ich muß nachdenken«, sagte sie. »Es handelt sich dabei um verschiedene Daten. Ich habe sie zwar im Gedächtnis, aber ich muß ein paar Minuten nachdenken. Vielleicht möchtest du gern, während du wartest, mit der neuen Patientin in Oma Greens Bett sprechen. Sie heißt Mrs. Bean. Sie ist neunundneunzig Jahre alt und wird im September hundert.«

Er ging hinüber, um mit Mrs. Bean zu reden, die winzig und verloren zwischen ihren Kissen lag. Ihr kleiner, zahnloser Mund stand offen wie ein ›O‹, ihre Haut spannte sich dünn und weiß über ihren Knochen, ihre Augen in ihren gewaltigen Augenhöhlen starrten unbeweglich wie bei einem Säugling vor sich hin, und ihr spärliches, weißes Haar fiel kurz und strähnig über ihre Stirn. Sie nickte dauernd schwach mit dem Kopf. Wenn sie sich nicht in einer Frauen-Abteilung befände, dachte Alec Warner, wüßte man nicht genau, ob sie ein sehr alter Mann oder eine Frau ist. Sie erinnerte ihn an einen seiner geistesgestörten Patienten in Folkestone, einen alten Mann, der sich seit 1918 für Gott hielt. Alec sprach Mrs. Bean an und erhielt eine vernünftige und zusammenhängende Antwort, die aus einem primitiven Schilfrohrinstrument in ihrer Brust zu kommen schien, so dünn und pfeifend ging ihr Atem, als sie ihm antwortete.

Er schritt zu Miss Valvona hinüber, begrüßte sie höflich und hörte von ihr sein Tageshoroskop. Er nickte Mrs. Reewes-Duncan zu und winkte zu verschiedenen anderen Patientinnen im Saal hinüber, die er kannte. Eine aus der Gruppe der Greisinnen kam und schüttelte ihm die Hand und sagte, sie ginge jetzt zur Bank; sie war kaum aus dem Saal, als sie auch schon von einer Schwester zurückgebracht wurde, die zu ihr sagte: »Jetzt sind Sie auf Ihrer Bank gewesen.«

Alec beobachtete interessiert, wie die alte Patientin glücklich wieder in die geriatrische Ecke zurückging, dachte dabei über die Häufigkeit nach, mit der die Senilen über ihre Bank plappern, und kehrte zu Miss Taylor zurück, die sagte:

»Du mußt Godfrey Colston darüber informieren, daß Charmian ihm seit dem Jahr nach ihrer Heirat wiederholt untreu gewesen ist. Es begann im Sommer 1902, als Charmian eine Villa am Genfer See besaß, und ging so weiter das ganze Jahr hindurch, indem Charmian diesen Mann oftmals in seiner Wohnung in Hyde Park Gate besuchte. Auch 1903 und 1904 trieb sie es so und fuhr im Herbst, wie ich mich erinnere, mit ihm nach Perthshire – Godfrey konnte London damals nicht verlassen. Dann betrog sie ihn noch bei verschiedenen Gelegenheiten in Biarritz und Torquay. Hast du das mitbekommen, Alec? Ihr Liebhaber war Guy Leet. Sie besuchte ihn auch noch weiter in seiner Wohnung in Hyde Park Gate – bis September 1905. Hör gut zu, Alec. Du mußt Godfrey Colston alle diese Tatsachen mitteilen. Guy Leet. Im September 1907 gab sie ihn dann auf; ich erinnere mich noch gut daran, ich war damals zusammen mit ihnen in den Dolomiten, und Charmian wurde krank. Du mußt bedenken, Guy Leet ist zehn Jahre jünger als Charmian. Im Jahre 1926 begann die Affäre von neuem und dauerte ungefähr achtzehn Monate. Das war um die Zeit, als ich dich wiedertraf, Alec. Guy wollte, sie solle Godfrey verlassen, und ich weiß, daß sie auch oft nahe daran war. Aber sie wußte auch, daß Guy Leet so viele andere Frauen hatte – Lisa Brooke, natürlich, und so weiter. Charmian konnte Guy nicht voll vertrauen. Sie vermißte ihn allerdings sehr, denn Guy konnte sie gut unterhalten. Danach trat sie zum katholischen Glauben über. Ich möchte jetzt, daß du diese Tatsachen Godfrey mitteilst. Er hat Charmian nie verdächtigt, sie hat alles so geschickt gemacht. Hast du einen Bleistift bei dir, Alec? Schreib es dir lieber auf. Das erste Mal, 1902 – – –«

»Du weißt, Jean«, sagte er, »daß dies für den armen Godfrey und Charmian ernste Folgen haben kann. Ich meine, ich kann mir nicht denken, daß du Charmian nach all diesen Jahren verraten willst.«

»Ich will es nicht, aber ich muß es tun, Alec.«

»Wahrscheinlich weiß Godfrey es schon«, sagte er.

»Die einzigen Leute, die etwas davon wissen, sind Charmian, Guy und ich. Lisa Brooke hat es gewußt und Charmian auf die grausamste Art erpreßt. Das war, als Charmian ihren Nervenzusammenbruch hatte. Und Guy Leet hat Lisa Brooke hauptsächlich nur deshalb geheiratet, damit sie den Mund hielt, und weil er Charmian vor einem drohenden Skandal retten wollte. Sie haben nie eine richtige Ehe geführt, wie ich schon sagte, Guy hat Lisa um Charmians willen geheiratet. Das möchte ich ihm zugute halten. Guy Leet hatte allerdings auch Charme.«

»Er hat immer noch Charme«, sagte Alec.

»So? Nun, ich bezweifle es nicht. Willst du dir das jetzt bitte aufschreiben?«

»Jean, du wirst es bereuen.«

»Alec, wenn du Godfrey nicht diese Informationen geben willst, werde ich Dame Lettie darum bitten müssen.

Sie würde die Angelegenheit für Charmian noch viel unangenehmer machen. Ich halte es für notwendig, daß Godfrey Colston sich nicht mehr moralisch vor Charmian zu fürchten braucht – zum mindesten ist es den Versuch wert. Ich glaube, wenn er von Charmians Treulosigkeit weiß, wird er die Enthüllung seiner eigenen nicht fürchten. Laß ihn hingehen und sich an Charmian weiden. Laß ihn – – –«

»Charmian wird erschüttert sein. Sie vertraut dir.« Er machte sich zum Anwalt der anderen Seite, aber sie wußte, daß ihr Vorschlag ihn lockte und erregte. Nie hatte er früher gezögert, Unheil zu stiften, wenn es seiner Wißbegier diente: jetzt konnte er einmal ihren Zwecken dienen.

»Es gibt eine Zeit der Treue, und es kommt eine Zeit, wo die Treue ein Ende hat. Charmian sollte das inzwischen erkannt haben«, sagte sie.

Er blickte sie neugierig an, als suche er etwas in ihrem Gesicht, das er früher übersehen hatte, irgendeine verborgene Eifersucht.

»Je religiöser die Leute sind, um so verwirrender finde ich sie. Und ich glaube, Charmian wäre durch deine Handlungsweise verletzt.«

»Charmian ist selbst eine religiöse Frau.«

»Nein, nur eine Frau mit einer Religion.« Er hatte es stets seltsam gefunden, daß Jean Taylor, die nur zum Katholizismus übergetreten war, um Charmian eine Freude zu machen, sich zu der frommeren von beiden entwickelt hatte.

Er schrieb sich diese Einzelheiten auf, die Miss Taylor ihm diktierte. »Betone bitte«, sagte sie, »daß diese Nachricht von mir kommt. Wenn ich meine Hände gebrauchen könnte, würde ich ihm selbst schreiben. Bestelle ihm von mir, er habe nichts von Mrs. Pettigrew zu befürchten. Armer alter Mann.«

»Warst du jemals auf Charmian eifersüchtig?« fragte er.

»Natürlich«, antwortete sie. »Von Zeit zu Zeit.«

Während Alec die Einzelheiten von Charmians Liebesaffäre notierte, überlegte er gespannt, ob Godfrey ihm wohl den Gefallen tun würde, vor und nach der Unterredung seinen Puls und seine Temperatur messen zu lassen. Er kam zu dem Schluß, daß Godfrey sich wahrscheinlich weigern würde. Guy Leet hatte sich in dieser Beziehung gefällig gezeigt, aber Guy war auch nie ein Spielverderber gewesen. Man konnte es jedenfalls versuchen.

»Wissen Sie, Taylor«, sagte Dame Lettie, »ich glaube, ich werde Sie in Zukunft nicht mehr besuchen können. Diese Geschöpfe regen mich zu sehr auf, und seit ich nicht mehr richtig schlafen kann, sind meine Nerven diesen altersschwachen Greisinnen hier nicht mehr gewachsen. Ich möchte tatsächlich wissen, was es für einen Zweck hat, sie auf Staatskosten am Leben zu halten.«

»Ich für meinen Teil«, entgegnete Miss Taylor, »wäre froh, wenn man mich in Frieden sterben ließe. Aber die Ärzte wären entsetzt, wenn sie mich das sagen hörten. Sie sind so stolz auf ihre neuen Medikamente und ihre neuen Behandlungsmethoden – es gibt immer etwas Neues. Wenn das mit den Entdeckungen im gleichen Tempo weitergeht, fürchte ich manchmal, daß ich nie sterben werde.«

Dame Lettie dachte über diese Feststellung nach, unsicher, ob sie frivol sei oder nicht. Sie bewegte ihren massigen Körper im Sessel und bedachte die Bemerkung mit einem Stirnrunzeln und einem Hängenlassen ihrer Gesichtsfalten.

Zuvorkommend fügte Miss Taylor hinzu: »Das Prinzip, Leute am Leben zu erhalten, ist natürlich immer gut.«

Dame Lettie blickte zu den Greisinnen am Ende des Saales, die im Augenblick ziemlich vernünftig waren. Eine alte Dame saß in ihrem Kinderbett und sang ein Lied oder irgend etwas; ein paar hatten ihre Verwandten zu Besuch, die aber nur wenig sprachen und zumeist einfach die Besuchszeit bei ihren gebrechlichen Ahnen absaßen. Gelegentlich unterbrachen sie das Schweigen mit einer laut in die halb verständnislosen Gesichter gesprochenen Neuigkeit aus dem Familienkreis und hörten sich mit unerschütterlicher Ruhe die Antwort an, ob dies nun ein Glucken oder Krähen oder etwas von Bedeutung war. Die übrigen Greisinnen waren um das Fernsehgerät gruppiert, sahen zu und machten ihre Bemerkungen darüber. Wirklich, man konnte sich nicht über sie beklagen.

Aber Lettie war bei ihrer Ankunft schon zerfahrener als gewöhnlich gewesen. Sie hatte Miss Taylors Gruß nicht erwidert, sondern sich den Sessel näher an Miss Taylors Bett herangezogen und sofort zu sprechen begonnen.

»Taylor, wir haben alle Mortimer besucht. Es war völlig vergeblich – – –«

»Ach ja, Mr. Warner hat mir gestern erzählt – – –«

»Völlig nutzlos. Man kann Mortimer nicht trauen. Die Polizei deckt ihn selbstverständlich. Er muß Komplicen haben – einer ist offenbar ein junger Mann, der andere ist mittleren Alters und lispelt, und dann ist da noch ein Ausländer und auch – – –«

»Chefinspektor Mortimer schien mir immer ganz normal zu sein«, sagte Miss Taylor.

»Normal, natürlich ist er normal. Ich habe nicht gesagt, daß er nicht normal sei. Aber ich habe den großen Fehler gemacht, Taylor, ihn wissen zu lassen, daß ich ihn in meinem Testament bedacht hatte. Er schien immer so hilfsbereit in den Ausschüssen zu sein, so rücksichtsvoll. Doch jetzt sehe ich, daß er ein Intrigant ist. Er hat nicht erwartet, daß ich so lange leben würde, und mit dieser Methode will er mich nun zu Tode ängstigen. Natürlich habe ich ihn jetzt aus meinem Testament gestrichen, und ich habe dafür gesorgt, daß er von dieser Tatsache erfuhr, weil ich hoffte, er würde dann seine Verfolgungen einstellen. Aber in seiner Wut hat er seine Anstrengungen verstärkt. Die anderen, die ebenfalls diese anonymen Anrufe erhalten, benutzt er nur als einen Vorwand, einen Deckmantel, verstehen Sie, Taylor, als einen Deckmantel. Und Eric, glaube ich, arbeitet mit ihm zusammen. Ich habe an Eric geschrieben und keine Antwort erhalten, was allein schon verdächtig ist. Ich bin ihr Hauptziel und -opfer. Und jetzt hat der Fall eine neue Wendung genommen: wie Sie sich erinnern werden, habe ich vor einigen Wochen meinen Telefonanschluß abgemeldet.«

»O ja«, sagte Miss Taylor und schloß ihre Augen, um sie auszuruhen.

»Schön. Also kurz darauf, als ich zu Bett gehen wollte, kann ich beschwören, hörte ich ein Geräusch an meinem Schlafzimmerfenster. Wie Sie wissen, liegt mein Schlafzimmerfenster auf . . .«

Dame Lettie hatte es sich in den vergangenen Wochen angewöhnt, jeden Abend vor dem Schlafengehen das Haus zu durchsuchen. Man konnte nicht vorsichtig genug sein. Sie durchstöberte das Haus vom Dach bis zum Keller, suchte hinter Sofas, in Schränken, unter den Betten. Und selbst dann noch hörte sie an allen Ecken und Enden Knarren und unerklärliche Geräusche. Und auch den Garten suchte sie ab. Dieses nächtliche Treiben dauerte eine Dreiviertelstunde, nach deren Ende Dame Lettie nicht in der Verfassung war, sich mit dem hysterischen Gebaren ihres Hausmädchens abzugeben. Nachdem dieser Zustand eine Woche gedauert hatte, erklärte Gwen, daß es im Hause spuke und Dame Lettie verrückt sei, und gab ihre Stellung auf.

Daher konnte Dame Lettie auch den Anblick der Greisinnen nicht ertragen, als sie Miss Taylor im Maud Long Krankenhaus besuchte.

»Ich nehme an«, wagte Miss Taylor zu fragen, »daß Sie die Polizei von Ihrem Verdacht unterrichtet haben? Wenn jemand in das Haus einzudringen versucht, wird die Polizei sicher – – –«

»Die Polizei«, erklärte Dame Lettie mit lange geübter Betonung, »die Polizei deckt Mortimer und seine Komplicen. Polizisten halten immer zusammen. Eric steckt mit ihnen unter einer Decke. Sie stecken alle unter einer Decke.«

»Vielleicht würde Ihnen etwas Ruhe in einem Pflegeheim auf dem Lande gut tun. Das muß Sie doch alles sehr mitnehmen.«

»Mich nicht«, erklärte Dame Lettie. »O nein, Taylor, ein Pflegeheim kommt für mich nicht in Frage, solange ich meinen Verstand beisammen habe und meine Beine gebrauchen kann. Ich suche ein anderes Hausmädchen. Eine ältere Frau. Sie sind so schwer zu bekommen, alle wollen sie ein Fernsehgerät haben.« Sie blickte zu den senilen Patientinnen hinüber, die um ihr Fernsehgerät versammelt waren. »Was für eine Ausgabe für den Staat! Eine abscheuliche Erfindung.«

»Für Fälle wie die ihren ist es aber wirklich eine ganz nützliche Erfindung. Es hält ihre Aufmerksamkeit wach.«

»Taylor, ich kann nicht wieder hierherkommen. Es ist zu quälend für mich.«

»Machen Sie Ferien, Dame Lettie. Fahren Sie fort und vergessen Sie das Haus und die Telefonanrufe.«

»Selbst der Privatdetektiv, den ich eingestellt habe, ist mit Mortimer im Bunde. Mortimer steckt hinter allem; Eric ist ...«

Miss Taylor betupfte ihr krankes Auge unter der Brille. Sie hätte gern die Augen geschlossen, und sie sehnte das Läuten herbei, das die Beendigung der Besuchsstunde ankündigte.

»Mortimer ... Mortimer ... Eric ...«, redete Dame Lettie weiter. Miss Taylor verlor die Geduld.

»Ich bin davon überzeugt«, sagte sie, »daß der Urheber der anonymen Anrufe der Tod selbst ist, wenn man das sagen darf. Ich weiß nicht, was Sie dagegen unternehmen könnten, Dame Lettie. Wenn Sie sich nicht an den Tod erinnern, erinnert der Tod Sie an sich. Und wenn Sie sich nicht mit dieser Tatsache abfinden können, ist es das beste für Sie, wegzufahren und Ferien zu machen.«

»Sie haben den Verstand verloren, Taylor«, versetzte Dame Lettie, »und ich kann nichts mehr für Sie tun!« Bevor sie das Krankenhaus verließ, verlangte sie im Dienstzimmer die Stationsschwester zu sprechen und brachte ihre Meinung zum Ausdruck, daß Miss Taylor nicht mehr ganz richtig im Kopfe sei und beobachtet werden müsse.

Es war verständlich, daß Gwen, nachdem sie ihre Stellung bei Dame Lettie aufgegeben hatte, ihrem Freund alles über die nächtlichen Vorgänge erzählte: wie die verrückte alte Dame im Hause herumzulaufen pflegte, in allen Ecken und Schränken herumstocherte und die Sträucher im Garten mit einer Taschenlampe absuchte – kein Wunder, daß ihre Sehkraft nachließe.

»Und sie wollte mich nicht die Polizei benachrichtigen lassen«, sagte Gwen. »Sie traut der Polizei nicht. Kein Wunder, man hätte sie ja ausgelacht. Oh, aber mich überlief doch eine Gänsehaut, denn wenn man auf Geräusche horcht, hört man sie schließlich überall im Haus und meint Gestalten im Dunkeln zu sehen, und die Hälfte der Zeit stieß ich mit ihr im Garten zusammen. Aber wie dem auch sei, in dem Haus spukt es. Ich konnte es keine Minute länger aushalten.«

Gwens Freund hielt das für eine amüsante Geschichte und erzählte es bei seiner Arbeit auf einer Baustelle weiter.

»Mein Mädchen war bei einer alten Tante, so einer Dame oder Gräfin oder so ähnlich, oben in Hampstead ... schleicht jede Nacht durch das ganze Haus ... bildet sich ein, Einbrecher zu hören ... will nicht die Polizei benachrichtigen ... Meine Freundin hat sie vor einer Woche sitzenlassen, war ihr zuviel ...«

»Es gibt schon so verschrobene Gestalten«, kommentierte einer seiner Freunde, »das kann ich dir sagen. Ich erinnere mich daran, wie ich im Krieg Bursche bei einem Oberst war, der ...«

So kam es, daß ein Arbeiter, der auf der Baustelle neu war, Gwens Geschichte aufschnappte – ein junger Bursche, der sich selbst nicht als kriminell veranlagten Typ bezeichnet hätte, der aber einen Fensterputzer kannte, der zwei oder vielleicht drei Pfund für eine passende Information geben würde. Man mußte jedoch auch die Adresse angeben können.

»Wo, sagtest du, soll diese Gräfin wohnen?« fragte er Gwens Freund. »Ich kenne ganz Hampstead und auch die Heidegegend dort.«

Gwens Freund antwortete: »Oh, es ist ein pikfeiner Laden, Hackleton Rise. Meine Freundin sagt, daß sie die Alte eines Tages noch ins Irrenhaus bringen werden. Sie ist eine von diesen – hast du das in den Zeitungen gelesen? – diese lächerliche Geschichte mit den Telefonanrufen? Jetzt hat sie ihr Telefon abgemeldet.«

Der junge Arbeiter brachte diese Information dem Fensterputzer, der ihn jedoch nicht sofort auszahlte. »Mein Kontaktmann muß die Adresse erst überprüfen.«

Der Fensterputzer gab sich selbst mit so einem Job nicht ab, aber auch mit Informationen konnte man Geld machen. In wenigen Tagen erklärte sein Kontaktmann sich befriedigt und zahlte ihm zehn Pfund aus mit der Bemerkung, daß die fragliche alte Jungfer keineswegs eine Gräfin sei. Der Fensterputzer zahlte dem jungen Arbeiter einen kleinen Teil davon und bemerkte, daß seine Information etwas mangelhaft sei, und er solle in den nächsten Tagen lieber nicht mehr über die Sache reden.

So kam es, daß Dame Letties Haus und ihre nächtlichen Streifzüge genau beobachtet wurden.

Am Tage ihres letzten Besuches bei Miss Taylor kehrte sie kurz nach fünf mit einem Taxi nach Hampstead zurück. Sie fuhr bei der Arbeitsvermittlung vor, um nachzufragen, ob sich bereits eine Frau gefunden habe, eine Frau mittleren Alters, sauber und mit guten Referenzen, die zu ihr ins

Haus ziehen wolle. Nein, sie hätten noch niemand gefunden, Dame Lettie, aber sie würden die Augen weiter offenhalten. Den Rest des Weges bis nach Hause ging sie zu Fuß.

Verdrossen bereitete sie sich eine Kanne Tee und trank eine Tasse stehend in der Küche. Schnaufend ging sie dann in ihr Arbeitszimmer und begann einen Brief an Eric zu schreiben. Die Tinte in ihrem Füllfederhalter ging zu Ende. Sie füllte ihn wieder und fuhr fort:

... Ich denke nur an Deine arme Mutter, die man in ein Heim gebracht hat, und an Deinen armen, alten Vater, der so viel für Dich getan hat und dessen Gesundheit rapide schwindet, wenn ich verlange, daß Du wenigstens schreibst und Dein Schweigen erklärst. Ich weiß, daß zwischen Dir und Deinen Eltern ein bitteres Zerwürfnis bestanden hat. Aber jetzt, da ihre Jahre gezählt sind, ist gewiß für Dich die Zeit gekommen, alles wiedergutzumachen. Dein Vater hat mir erst neulich erzählt, daß er, soweit es an ihm liege, Vergangenes vergangen sein lassen wolle. Er hat mich sogar gebeten, in diesem Sinne an Dich zu schreiben.

Sie unterbrach sich und blickte aus dem Fenster. Ein unbekannter Wagen war bei dem Haus gegenüber vorgefahren. Offenbar jemand, der die Dillingers besuchen wollte und nicht wußte, daß die Dillingers verreist waren. Sie begann zu frösteln und stand auf, um die Vorhänge zuzuziehen. Ein Mann saß wartend im Wagen. Als sie die Vorhänge zuzog, fuhr er fort. Sie kehrte an ihren Schreibtisch zurück und schrieb weiter:

Denke nicht etwa, daß ich nichts weiß von Deinem Treiben in London und von Deinen Versuchen, mich zu ängstigen. Bilde Dir auch nicht ein, daß mich das im geringsten beunruhigt.

Sie strich diese letzten Sätze wieder aus. Das hatte sie nicht schreiben wollen. Zuerst hatte sie daran gedacht, in dieser Art zu schreiben, aber bei weiterem Nachdenken, so erinnerte sie sich jetzt, hatte sie dann beschlossen, lieber mehr an sein Gefühl zu appellieren. Bei einem Manne wie Eric mußte man schlau zu Werke gehen. Sie nahm einen frischen Bogen und begann von neuem, sich nur einmal unterbrechend, um über die Schulter auf ein mögliches Geräusch zu horchen.

Ich denke nur an Deine arme Mutter, die man in ein Heim gebracht hat, und an Deinen armen, alten Vater, der gebrechlich ist und dessen Gesundheit rapide schwindet, wenn ich ...

Sie beendete den Brief, adressierte und versiegelte ihn und rief Gwen, daß sie ihn noch zur Sechs-Uhr-Leerung zum Briefkasten bringe. Dann erinnerte sie sich, daß Gwen nicht mehr da war.

Dame Lettie legte den Brief hilflos auf den Tisch in der Diele und nahm sich soweit zusammen, an das Abendessen zu denken und die Nachrichten einzustellen.

Sie bereitete ihr Abendessen aus gedünstetem Fisch, aß und wusch ab. Bis halb zehn hörte sie Radio. Dann stellte sie es ab und ging in die Diele, wo sie ungefähr fünf Minuten stand und lauschte. Schließlich glaubte sie verschiedene Geräusche zu hören, die nacheinander aus der Küche, dem Speisezimmer zu ihrer Rechten und aus dem Obergeschoß kamen.

Die nächsten fünfundvierzig Minuten verbrachte sie mit einer gründlichen Durchsuchung des Hauses und des Gartens vor und hinter dem Haus. Dann verschloß und verriegelte sie die Vorder- und die Hintertür. Sie schloß alle Zimmer ab und nahm die Schlüssel an sich. Schließlich stieg sie langsam die Treppe zu ihrem Schlafzimmer empor, alle paar

Stufen stehenbleibend, um wieder zu Atem zu kommen und zu lauschen. Bestimmt war jemand auf dem Dach.

Sie schloß die Schlafzimmertür hinter sich ab und klemmte einen Stuhl mit der Lehne unter den Türgriff. Bestimmt war jemand unten im Garten. Sie mußte sich morgen mit ihrem Abgeordneten in Verbindung setzen. Er hatte auf ihren letzten Brief nicht geantwortet, den sie am Montag abgeschickt hatte – oder war es am Dienstag gewesen? Jedenfalls hatte er Zeit zum Antworten gehabt. Korruption in der Polizei war eine ernste Angelegenheit. Es mußte unbedingt zu einer Anfrage im Parlament kommen. Sie streckte die Hand aus, um nach dem schweren Spazierstock zu fühlen, den sie sicherheitshalber an ihr Bett gelehnt hatte. Schließlich schlief sie ein.

Plötzlich wurde sie von einem Geräusch geweckt und war, nach alledem, erstaunt über seine Wirklichkeit.

Sie drehte das Licht an. Es war fünf Minuten nach zwei. Ein Mann stand drüben bei ihrer Ankleidekommode, deren Schubladen herausgerissen und durchwühlt waren. Er hatte sich umgedreht und sah sie an. Ihre Schlafzimmertür stand offen. Im Flur war Licht, und sie hörte jemand anders darin entlanglaufen. Sie schrie, griff ihren Stock und wollte gerade aus dem Bett klettern, als die Stimme eines Mannes draußen im Flur sagte: »Das langt, laß uns gehen.« Der Mann neben der Ankleidekommode zögerte einen Augenblick nervös, dann sprang er schnell auf Lettie zu. Sie riß weit den Mund und ihre gelb-braunen Augen auf. Er rang der alten Frau den Stock aus den Händen und schlug sie mit dem stumpfen Ende tot. Sie war in ihrem einundachtzigsten Lebensjahr.

Vierzehntes Kapitel

Vier Tage vergingen, bevor der Milchmann eine Ansammlung von vier Flaschen Milch vor Dame Letties Tür anzeigte. Die Polizei drang in das Haus ein und fand die Leiche, die halb aus dem Bett heraushing.

Godfrey hatte sich in der Zwischenzeit nicht gewundert, warum er nichts von Lettie hörte. Seitdem sie ihr Telefon abgemeldet hatte, hörte er nur noch selten etwas von ihr. An jenem Morgen hatte er jedenfalls an etwas anderes zu denken. Alec Warner hatte ihn mit jener ungewöhnlichen, verwirrenden, unverschämten und doch belebenden Nachricht von Taylor besucht. Selbstverständlich hatte er Warner aus dem Hause gewiesen. Alec schien dies erwartet zu haben, denn er reagierte mit jener raschen Gelassenheit auf Godfreys »Hinaus!« wie ein Schauspieler, der seine Rolle geübt hatte. Er hatte jedoch einen Zettel liegengelassen, auf dem eine Anzahl von Daten und Ortsnamen stand. Godfrey studierte das Dokument und fühlte sich sonderbarerweise gesünder, als dies seit einigen Monaten der Fall gewesen war. Er ging aus und spendierte sich einen Whisky mit Soda, während er überlegte, was nun zu tun sei. Und über seinem Glase verachtete er Guy Leet und mochte ihn dennoch ganz gern, weil er der Grund für sein neues, zufriedenes Gefühl war. Er bestellte noch einen Whisky und lachte in sich hinein, als er Guy Leet in Gedanken über seine beiden Stöcke gebeugt sah. War schon immer ein übler Bursche gewesen, dies kleine Schwein.

Guy Leet saß in seinem Arbeitszimmer in seinem Haus, dem Old Stable in Stedrost, Surrey, und schrieb mühselig an seinen Memoiren, die in Fortsetzungen von einer Zeitschrift veröffentlicht wurden. Das Mühsame dieser Aufgabe beruhte auf der körperlichen, nicht auf der geistigen Anstrengung. Seine Finger arbeiteten langsam, um den dicken Schaft seines Füllfederhalters verkrampft. Sie würden vielleicht noch ein weiteres Jahr arbeitsfähig bleiben – wenn man diese knotigen, krummen Glieder überhaupt noch arbeitsfähig nennen konnte. Vorwurfsvoll blickte er sie von Zeit zu Zeit an – vielleicht dienten sie ihm noch ein Jahr – das hing von der Härte des nächsten Winters ab. Wie primitiv wird doch das Leben im Alter, dachte Guy Leet; selbst wenn die gewohnte Bequemlichkeit einen umgibt, ist man der Unbill der Natur gegenüber verwundbarer als ein junger Forscher im Polargebiet. Und wie einfach die Naturgesetze sich geltend machen, allen menschlichen Bemühungen zum Trotz. Guy litt an einer Erkrankung der Kniegelenke, die seine Beine einknicken ließ, wenn er sein Gewicht darauf lagerte. Aber er war trotzdem die meiste Zeit ganz guter Dinge und bemerkte häufig: »Das Gesetz der Schwerkraft, dieses Scheusal.« Außerdem litt er an einer rheumatischen Erkrankung der Nackenmuskeln, die ihn dazu zwang, den Kopf ständig schief nach vorn geneigt zu halten. Er paßte sich jedoch diesen Mängeln so gut er konnte an, sah alles und jeden nur von der Seite an und bewegte sich mit Hilfe seines Dieners und seines Wagens oder an zwei Stöcken. Sein Diener war ein frommer, leise sprechender und lautlos gehender, unverheirateter Ire mittleren Alters, den Guy sehr gern mochte und den er in seiner Gegenwart Tony, hinter seinem Rücken jedoch ›schleichender Jesus‹ nannte.

Tony trat mit dem Morgenkaffee und der Post ein, die stets zu spät eintraf. Er legte zwei Briefe neben das Papiermesser und stellte den Kaffee vor Guy hin. Dann strich er mit den Händen an seinen Hosenbeinen entlang, trat von einem Fuß auf den anderen und strahlte über das ganze Gesicht. Er verrichtete eine dauernde Novene für Guys Bekehrung, wenn Guy ihm auch erklärt hatte: »Je mehr du für mich betest, Tony, ein um so hartgesottenerer Sünder werde ich. Oder würde ich werden, wenn sich mir nur die geringste Gelegenheit dazu böte.«

Er öffnete den größeren Umschlag. Korrekturabzüge der letzten Fortsetzung seiner Memoiren. »Hier, Tony«, sagte er, »vergleiche diese Abzüge mit dem Manuskript.«

»Ach, Sie wissen doch, daß ich ohne meine Brille nicht lesen kann.«

»Das ist ein Euphemismus, Tony.» Denn mit Tonys Lesegewandtheit war es nicht weit her, obwohl er zurechtkam, wenn es sich nicht umgehen ließ, indem er Wort für Wort mit dem Finger folgte.

»Wirklich, Sir, ich bedaure es selbst.« Tony verschwand.

Guy öffnete den anderen Brief und verzog sein Gesicht zu einem Lächeln, das man für finster halten würde, wenn man nicht wüßte, das dies nur eine weitere Folge seines verkrampften Nackens war. Der Brief kam von Alec Warner:

Lieber Guy,

entschuldige bitte, daß ich Percy Mannering die letzte Fortsetzung Deiner Memoiren geschickt habe. Er hätte sie ohnehin gesehen. Ich fürchte, er ist etwas aufgebracht über Deine weiteren Anspielungen auf Dowson.

Als Mannering sich bei mir für die Übersendung des Artikels bedankte, erzählte er mir, daß er Dich aufsuchen wolle, zweifellos, um mit Dir darüber zu reden. Ich hoffe, daß er Dir keine zu großen Schwierigkeiten bereitet und daß Du nachsichtig mit ihm sein wirst.

Ich weiß, mein Lieber, Du wirst mir behilflich sein, indem Du Puls und Temperatur des alten Knaben mißt, sobald es sich nach Eurer Aussprache über Deinen Artikel einigermaßen machen läßt. Lieber wäre es mir natürlich während *der Unterhaltung, aber das könnte sich als schwierig erweisen. Weitere Beobachtungen über seine Gesichtsfarbe, Sprechweise (Klarheit des Ausdrucks usw.) und sein allgemeines Verhalten* während *Eurer kleinen Diskussion sind mir, wie du weißt, äußerst willkommen.*

Mannering wird morgen bei Dir eintreffen, das heißt an dem Tage, an welchem Du, wie ich annehme, diesen Brief erhältst – ungefähr um drei Uhr vierzig nachmittags. Ich habe ihn mit den Abfahrtszeiten der Züge und allen notwendigen Ortsangaben versehen.

Sei gegrüßt, mein Lieber, und nimm meinen besten Dank.

Alec Warner

Guy steckte den Brief in den Umschlag zurück. Er telefonierte an das Pflegeheim, in dem Charmian jetzt wohnte, und fragte, ob er sie heute nachmittag besuchen dürfe; nach einer Pause, in der die Schwester sich erkundigt hatte, erhielt er eine bejahende Antwort. Darauf sagte er Tony, er möge den Wagen für drei Uhr fünfzehn bereithalten.

Er hatte Charmian sowieso einmal besuchen wollen. Und heute war es warm und sonnig, wenn auch gelegentlich ein paar Wolken über den Himmel zogen. Er empfand keinen Groll gegen Alec Warner. Der Bursche war ein geborener Unheilstifter; aber er wußte es nicht, und das war der rettende Umstand. Es tat ihm leid, daß Percy die Reise heute nachmittag umsonst unternehmen würde.

Als er um Viertel nach drei wegfuhr, hinterließ er eine Mitteilung an der Tür seines Old Stable: ›Für ein paar Tage verreist.‹ Es klang völlig unwahrscheinlich, aber Percy mußte es eben glauben oder bleibenlassen.

»'s ist eine Lüge«, bemerkte Tony, als er sich an das Steuer des Wagens setzte, um seinen Herrn zu fahren.

Charmian gefiel ihr neues Zimmer sehr. Es war groß, und die Möbel hatten bunte, altmodische Chintzbezüge. Es erinnerte sie an das Zimmer der Direktorin in ihrer Schule, zu jener Zeit, in der einem die Tage fast immer sonnig erschienen waren und jeder jeden zu lieben schien. Sie war schon mehr als achtzehn Jahre alt gewesen, bevor sie erkannt hatte, daß keineswegs jeder jeden liebte; dies war eine Tatsache, die sie anderen immer nur sehr schwer hatte erklären können. »Aber Charmian, bestimmt mußt du Bosheit und Haß begegnet sein, bevor du achtzehn wurdest.«

»Erst in der späteren Rückschau auf die Ereignisse erkannte ich Disharmonie in den Handlungen der Leute«, pflegte sie zu antworten. »Zur damaligen Zeit fand ich alles harmonisch. Alle schienen einander zu lieben.«

Einige meinten, sie sähe die Vergangenheit im verklärenden Schimmer sehnsüchtiger Erinnerung. Aber sie konnte sich deutlich an den jähen Schock erinnern, als sie im Alter von achtzehn Jahren zum ersten Mal die Existenz des Bösen erfuhr – eigentlich war es nur eine Lappalie: ihre Schwester hatte irgend etwas Nachteiliges über sie gesagt – aber erst bei dieser Gelegenheit entdeckte Charmian die wirkliche Bedeutung von Worten wie ›Sünde‹ und ›Verleumdung‹, die sie nur als Worte gekannt hatte, solange sie sich erinnern konnte.

Das Fenster ihres Zimmers lag über einem Rasen, in dessen Mitte eine große Ulme stand. Sie konnte am Fenster sitzen und die anderen Patientinnen beobachten, die durch die Anlagen spazierten, und dabei denken, es seien die Mädchen von ihrer alten Schule, die dort in ihrer Freizeit einherschlenderten, während sie mit ihrer Direktorin am Fenster säße und Tee tränke.

Guy war mühsam durch das Zimmer gehumpelt und saß schon einige Zeit bei ihr, als sie sagte: »Alles an diesem Ort atmet Unschuld. Ich fühle mich fast frei von der Erbsünde.«

»Wie langweilig für dich«, meinte Guy.

»Natürlich ist es nur Einbildung.«

Eine junge Schwester brachte Tee und stellte ihn zwischen die beiden. Guy blinzelte ihr zu. Die Schwester blinzelte zurück und ging aus dem Zimmer.

»Benimm dich, Guy.«

»Und wie hast du Godfrey zurückgelassen?«

»Ach, er war sehr niedergedrückt. Diese anonymen Anrufe machen ihm Kummer.« Sie machte eine Handbewegung nach dem weißen Telefonhörer. Der höfliche junge Mann hatte unbestimmt in ihren Gedanken die Form eines Telefonhörers angenommen. Zu Hause war er schwarz gewesen; hier war er weiß. »Machst du dir seinetwegen Sorgen, Guy?«

»Ich? Nein. Ich habe nichts gegen einen kleinen Scherz.«

»Godfrey machen die Anrufe Sorgen. Es ist überraschend, wie verschieden die Leute auf dieselbe Sache reagieren.«

»Ich sage dem jungen Burschen, er möge zur Hölle fahren«, sagte Guy.

»Nun, Godfrey jagt er Angst ein. Und dann haben wir eine unpassende Haushälterin. Sie macht ihm ebenfalls Sorgen. Godfrey hat eine Menge Sorgen. Die Veränderung an ihm würde dir sofort auffallen, Guy. Er verfällt zusehends.«

»Mag wohl nicht das neuerliche Interesse an deinen Büchern?«

»Guy, du weißt, daß ich nicht gern gegen Godfrey spreche. Aber, unter uns gesagt, er *ist* recht mißgünstig. Man sollte doch glauben, daß ein Mann in seinem Alter über solche Gefühle erhaben wäre. Aber bei ihm ist das eben nicht der Fall. Er war so unhöflich zu einem jungen Kritiker, der mich besuchen kam, Guy.«

»Der Mensch hat dich nie verstanden«, entgegnete er. »Aber ich merke, daß du ihm gegenüber immer noch ein leichtes Schuldbewußtsein hast.«

»Schuldbewußtsein? O nein, Guy. Wie ich schon sagte, fühle ich mich an diesem Ort ungewöhnlich unschuldig.«

»Manchmal«, sagte er, »nimmt Schuldbewußtsein die Form der Selbstgerechtigkeit an. Ich sehe keinen Grund für dich, Recht oder Unrecht gegen Godfrey zu empfinden.«

»Ich empfange regelmäßige Besuche von einem Pfarrer«,

erwiderte sie, »und wenn immer ich moralischen Rat brauchen sollte, Guy, werde ich *ihn* fragen.«

»Schon gut, schon gut.« Guy legte seine knotige Hand auf ihren Schoß; er fürchtete vergessen zu haben, wie man Frauen behandelte.

»Und dann«, sagte Charmian, »du weißt ja, daß er uns Eric entfremdet hat. Es ist wirklich Godfreys Fehler, Guy. Ich sage so etwas nicht gern, und natürlich war Eric eine Enttäuschung, aber ich kann mir nicht helfen, ich meine, daß Godfreys Haltung – – –«

»Eric«, flocht Guy ein, »ist ein Mann von fünfundfünfzig Jahren.«

»Siebenundfünfzig«, sagte Charmian, »im nächsten Monat.«

»Also siebenundfünfzig«, wiederholte Guy. »Und er hat genug Zeit gehabt, ein eigenes Verantwortungsgefühl zu entwickeln.«

»Das hat Eric nie besessen«, seufzte Charmian. »Aber ich glaube, daß er sich zu einer Zeit zum Maler hätte entwickeln können. Auf seine Schreiberei setzte ich nie große Hoffnungen. Aber seine Bilder – er schien Talent zu haben. Wenigstens nach meiner Ansicht. Aber Godfrey war so geizig in Geldangelegenheiten, und Godfrey – – –«

»Ich erinnere mich«, unterbrach Guy sie, »daß Eric schon über fünfundvierzig war, als Godfrey sich weigerte, ihm weiterhin Geld zu geben.«

»Und dann Lettie«, sagte Charmian. »Sie ist so grausam mit ihren Testamenten. Immer hat sie Eric die ganze Welt versprochen und dann ihre Versprechungen zurückgenommen. Ich weiß nicht, weshalb sie nicht etwas für Eric tut, solange sie noch am Leben ist.«

»Glaubst du«, fragte Guy, »daß Geld Eric weniger gehässig und boshaft machen würde?«

»Nein«, antwortete Charmian, »eigentlich nicht. Ich habe Eric jahrelang heimlich durch Mrs. Anthony, unsere Tagesfrau, eine Menge Geld geschickt. Aber er ist weiterhin gehässig geblieben. Allerdings hat er etwas gegen meine Bücher.«

»Deine Bücher sind wunderbar«, entgegnete Guy.

»Eric ist mit dem Stil nicht einverstanden. Leider hat Godfrey ihn niemals taktvoll behandelt, das ist der ganze Kummer.«

»Wunderbar«, sagte Guy. »Ich habe gerade ›Das siebente Kind‹ noch einmal gelesen. Besonders liebe ich die Szene am Schluß, als Edna im Regenmantel am Ende der Klippe auf jener Hebriden-Insel steht, vom sprühenden Gischt durchnäßt und mit vom Wind zerzaustem, über ihr Gesicht gewehtem Haar. Und wie sie sich dann umdreht, um Karl an ihrer Seite zu finden. Deine Liebenden haben alle so etwas Schönes an sich, Charmian – sie brauchen vorher nie viel miteinander zu reden. Sie sehen einander einfach ins Gesicht und *wissen.*«

»Das ist eines der Dinge«, sagte Charmian, »die Eric nicht ausstehen kann.«

»Eric ist ein Realist. Er hat keinen Sinn für Zeitkolorit, für Barmherzigkeit.«

»Oh, mein lieber Guy, meinst du vielleicht, daß die heutigen jungen Leute meine Bücher aus Barmherzigkeit lesen?«

»Nicht aus Gnade oder Freundlichkeit. Aber Barmherzigkeit erhebt den Geist und beglückt das innere Schauen. Wenn ein wertvolles Kunstwerk wiederentdeckt wird, nachdem es aus der Mode gekommen ist, liegt das, wie ich glaube, an einer inneren Barmherzigkeit des Entdeckers. Aber ich möchte behaupten, ohne gleichzeitig einen Sinn für Zeitkolorit zu haben, kann niemand deine Bücher schätzen.«

»Eric kennt keine Barmherzigkeit«, sagte Charmian.

»Nun, vielleicht liegt das nur an seinem augenblicklichen Alter. Die ganz Jungen sind so viel angenehmer«, erwiderte Guy.

Sie hörte nicht zu. »In vielem ist er wie Godfrey«, sagte sie. »Ich kann mir nicht helfen, ich erinnere mich immer wieder, wie oft ich Godfrey gegenüber meine Augen verschließen mußte. Lippenstift auf seinen Taschentüchern – – –«

»Hör auf, dich Godfrey gegenüber schuldig zu fühlen«, sagte Guy. Er hatte eine amüsantere Begegnung mit Charmian erwartet. Er hatte es an Charmian nie gekannt, daß sie soviel klagte. Er wünschte, er hätte sich nicht gleich als erstes nach Godfrey erkundigt. Ihre Worte bedrückten ihn. Sie waren wie verschütteter Zucker: soviel man auch fegt, einige Körner knirschen immer noch unter den Füßen.

»Zurück zu deinen Romanen«, sagte er. »Die Handlungen sind so gut konstruiert. Zum Beispiel im *Siebenten Kind:* wenn man natürlich auch fühlt, daß Edna niemals diesen Gridsworthy heiraten wird, hält einen ihr Verhältnis zu Anthony Garland und Colonel Yeoville ständig in Spannung; und bis deren Beziehungen zu Gabrielle enthüllt werden, hält man es durchaus für wahrscheinlich, daß Edna den einen oder den anderen der beiden heiraten wird. Und dabei spürt man die ganze Zeit die Existenz eines zweiten, geheimnisvollen Lebens in Edna, besonders in jenem Augenblick, als sie allein im Garten zu Neuflette ist und ganz unerwartet auf Karl und Gabrielle stößt. Da meint man dann, daß sie ganz sicher Gridsworthy heiraten wird, nur um seiner Güte willen. Und wirklich, bis zur letzten Seite kennt man Karls wahre Gefühle nicht. Oder besser gesagt, *man* kennt sie – aber kennt *er* sie denn? Obgleich ich mich gut an die Geschichte erinnern konnte, muß ich doch gestehen, daß ich neulich wieder die gleiche, enorme Erleichterung verspürte, als ich las, daß Edna sich nicht von der Klippe herabstürzte. Die spannende Unterhaltung, allein schon die Konstruktion der Handlung, ganz abgesehen von der stilistischen Feinheit, sind *superbe.*«

»Und doch«, entgegnete Charmian, indem sie durch das

Fenster zum Himmel auflächelte, »wenn ich einen Roman zur Hälfte geschrieben hatte, wurde ich immer ganz konfus und wußte nicht, wohin er mich führte.«

Guy dachte: jetzt sagt sie gleich – liebe alte Charmian – jetzt sagt sie gleich: ›Die Charaktere schienen ein eigenes Leben anzunehmen.‹

»Die Charaktere«, sagte Charmian, »schienen nach einer Weile die Kontrolle über meine Feder zu ergreifen. Aber zuerst geriet ich immer in ein wirres Durcheinander. Ich pflegte mir dann zu sagen:

Oh, welch ein wirres Netz wir weben,
Wenn wir Betrug zur Kunst erheben!

Denn die Kunst des Dichtens«, fuhr sie fort, »ist fast wie eine dauernde Übung im Betrügen.«

»Und im Leben?« fragte er, »ist die Übung des Betruges im Leben auch eine Kunst?«

»Im Leben«, antwortete sie, »ist alles anders. Alles ist in der göttlichen Vorsehung beschlossen. Wenn ich an mein eigenes Leben denke ... Godfrey ...«

Guy wünschte, er hätte diese Frage gar nicht erst angeschnitten, sondern weiter mit ihr über ihre Romane gesprochen. Charmian hatte Godfrey gegenüber ein schlechtes Gewissen, das war klar.

»Godfrey hat mich hier noch nie besucht. Er will nächste Woche kommen. Wenn er dazu fähig sein wird. Aber seine Gesundheit läßt nach. Siehst du, Guy, er ist selbst sein schlimmster Feind. Er ...«

Wie banal und langweilig, dachte Guy, werden doch die interessantesten Leute, wenn sie von einem bißchen Schuldgefühl heimgesucht werden.

Er verließ sie um fünf Uhr. Charmian sah vom Fenster aus zu, wie sein Diener ihm in den Wagen half. Sie ärgerte sich über sich selbst, daß sie soviel von Godfrey gesprochen hatte. Guy hatte sich nie für ihre häuslichen Angelegenheiten interessiert. Er war so ein amüsanter Gefährte. Das Zimmer mit den Chintzmöbeln kam ihr leer vor.

Guy winkte ihr aus dem Wagenfenster zu; es war ein steifes, mühseliges Winken. Erst da erkannte Charmian das andere Auto, das vorgefahren war, während der Diener Guy in den Wagen half. Charmian beugte sich vor und blickte nach unten: es sah wie Godfreys Auto aus. Es war auch Godfreys Wagen, und Godfrey kletterte gerade in seiner ruckweisen Art heraus. Sie nahm an, daß er, einem plötzlichen Impuls folgend, herausgekommen sei, um Mrs. Pettigrew zu entgehen. Wenn er sich doch nur dazu entschließen könnte, in ein ruhiges kleines Hotel zu ziehen. Aber als er den Weg entlangschritt, bemerkte sie, daß er erstaunlich frisch und gesund aussah. Sie fühlte sich recht müde.

Während Guy Leet sich nach Hause fahren ließ, sann er darüber nach, ob er wirklich jenes Gefühl der Ruhe und Freiheit genösse, das sich im hohen Alter einstellen sollte. Gestern hatte er sich als ein gelassener alter Mann gefühlt. Heute kam er sich jünger und weniger friedvoll vor. Wie konnte man zu irgendeiner Zeit wissen, was einem das Alter letztlich bescheren würde? Im großen und ganzen, dachte er, müsse das, was er empfinde, wohl jenes Gefühl von Ruhe und Freiheit sein, wenn es sich auch nicht so äußerte, wie er es erwartet hatte. Vielleicht war er zu unbekümmert und teilnahmslos, hauptsächlich wohl, weil er so leicht ermüdete. Charmians offensichtliche Energie überraschte ihn – und dabei war sie zehn Jahre älter als er. Guy hielt sich selbst für ein gemütliches altes Haus. Er war glücklich, daß er alle seine materiellen Bedürfnisse befriedigen konnte, und jetzt, nachdem Lisas Testament anerkannt war, würde er den Winter möglicherweise in einem wirklich warmen Klima verbringen können. Und er hatte Lisas Geld verdient. Er grollte Charmian auch nicht wegen ihrer

Undankbarkeit. Nicht viele Männer hätten Lisa geheiratet, nur damit sie um Charmians willen schwiege. Nicht viele hätten die Heimlichkeit einer solchen Ehe ausgehalten, die nur ein gesetzliches Band war, welches Lisa ermöglichte, ihre vielen Perversitäten voll zu genießen. »Ich muß verheiratet sein, mein Lieber«, hatte sie oft mit ihrer rauhen Stimme gesagt; »ich will den Mann nicht in meiner Nähe haben, aber ich muß wissen, daß ich verheiratet bin, sonst kann ich mich nicht amüsieren.«

Dummerweise hatte er mit Lisa über dieses Thema Briefe ausgetauscht, die seinen Anspruch auf das Geld gefährdet haben könnten. Er glaubte nicht, daß Tempest mit ihrer Klage Erfolg gehabt hätte, aber schon ein Prozeß wäre unangenehm gewesen. Doch dieser Fall war gar nicht erst eingetreten. Er würde Lisas Geld bekommen; er hatte es verdient. Er hatte Lisa Befriedigung und Charmian Sicherheit geschenkt.

Guy bezweifelte, daß Charmian jemals voller Dankbarkeit an seine Tat dachte. Trotzdem, er verehrte Charmian. Sie war wunderbar gewesen, selbst als er sie vor einem Jahr getroffen hatte, zu einer Zeit, da ihr Geist verwirrt war. Welch ein Jammer, daß sie jetzt, da es ihr soviel besser ging, diesen Kummer mit Godfrey im Kopf hatte. Jedenfalls bewunderte er an Charmian den Menschen, der sie gewesen war und den sie immer noch darstellte. Und er hatte Lisas Geld verdient. Trinidad könnte im nächsten Winter herrlich sein. Oder Barbados. Er mußte sich Prospekte schicken lassen.

Als sie am Old Stable vorfuhren, tauchte Percy Mannering aus dem hinter dem Hause gelegenen Garten auf und kam auf den Wagen zu. Er hielt ein Magazin in der Hand und deutete damit auf die Haustür, wo Guy Leets Mitteilung angeheftet war.

»Für ein paar Tage verreist!« schrie Percy.

»Ich bin gerade zurückgekommen«, sagte Guy.

»Tony wird mich stützen, und dann werden wir hineingehen und etwas trinken. Inzwischen wollen wir die Lilien auf dem Felde nicht beunruhigen.«

»Für ein paar Tage verreist!« schrie Percy. »Bei meiner Seele!«

Tony trottete um den Wagen und griff Guy unter die Arme.

»Ich habe hier gewartet«, schrie Percy, »auf Sie!«

Während Tony ihm auf die Beine half, versuchte Guy sich genau zu erinnern, was er wohl in der letzten veröffentlichten Fortsetzung seiner Memoiren geschrieben haben konnte, das Percy so wütend machte. Guy war kaum einen Augenblick im Zimmer, als er es erfahren sollte.

»Sie zitieren aus dem Gedicht über Cynara: ›Dir bin ich treu geblieben, Cynara! auf meine Weise.‹

Und dann kommentieren Sie: ›Ja, das war immer Dowsons Weise, sogar bis zu seinem Tode in den Armen der Frau eines anderen Mannes – der Frau seines besten Freundes!‹ – Das haben Sie geschrieben, oder etwa nicht?«

»Wenn Sie das sagen«, meinte Guy und ließ sich in seinen Sessel sinken, »wird es schon stimmen.«

»Und doch wissen Sie genausogut wie ich«, schrie Percy, »daß Sherard den Dichter Dowson in einer Kneipe aufgabelte und ihn mit nach Hause nahm, um ihn zu pflegen und ihm zu essen zu geben. Und Dowson starb in der Tat in Mrs. Sherards Armen. Sie giftige Schlange! Sie hat ihn im letzten, jähen Todeskampf seiner Auszehrung gestützt und getröstet. Sie wissen das so gut wie ich. Und dennoch schreiben Sie, als hätten Dowson und sie – – –«

»Ich bin nur ein hartgesottener alter Kritiker«, wandte Guy ein.

Percy schlug mit der Faust auf den Tisch. »Kritiker – – – Sie sind eine unausstehliche Ratte!«

»Ein hartgesottener alter Journalist«, sagte Guy.

»Ein geifernder Skorpion! Wo ist Ihre Barmherzigkeit?«

»Ich weiß nichts von Barmherzigkeit«, antwortete Guy.

»Auch habe ich nie gehört, daß Skorpione geifern können. Ich habe nie etwas für Dowsons Verse übrig gehabt.«

»Sie sind ein gemeiner Spitzbube – Sie haben ihn als Mensch verleumdet! Das hat nichts mit seinen Versen zu tun!«

»Ich habe nur geschrieben, was sich meiner Meinung nach *hätte* ereignen können«, sagte Guy. »So ungefähr ist das jedenfalls meine Meinung.«

»Ein billiger Hohn!« kreischte Percy. »Es gibt nichts, was Sie nicht sagen würden, um einen billigen Witz zu machen! Alles würden Sie – – –«

»Es war recht billig, das gebe ich zu«, sagte Guy. »Ich werde für meine Aufsätze unterbezahlt.«

Percy schnappte sich einen von Guys Stöcken, die an seinen Sessel gelehnt standen. Guy griff nach dem zweiten Stock, und während er nach Tony rief, blickte er mit seinem Schuljungengesicht schräg zu Percy auf.

»Sie werden einen Widerruf schreiben«, rief Percy und starrte ihn mit seinem Raubtierblick an, »oder ich schlage Ihnen Ihr gemeines kleines Gehirn entzwei!«

Guy zielte schwach mit seinem Stock nach Percys Stock und hätte ihn auch fast dem alten Mann aus seiner zitternden Hand geschlagen. Percy schob sich seinen Stock zurecht, griff ihn fest mit beiden Händen und schlug damit Guy den Stock aus der Hand, gerade in dem Augenblick, als Tony mit einem Tablett und klappernden Gläsern hereinkam.

»Jesus Maria!« rief Tony und stellte das Tablett ab.

»Tony, würdest du bitte Mr. Mannering meinen Spazierstock abnehmen.«

Percy Mannering entblößte grimmig seine beiden grünlich schimmernden Hauer und faßte den Stock fester, bereit, wie es schien, auf jedermann einzuschlagen.

Tony glitt vorsichtig an der Wand entlang, bis er Guys Tisch zwischen sich und Percy gebracht hatte. Er senkte den Kopf, rollte mit den Augen und starrte unter seinen sandfarbenen Brauen hervor auf die beiden wie ein zum Angriff bereiter Bulle, ohne allerdings die geringste Ähnlichkeit mit einem Bullen aufzuweisen. »Sehen Sie sich vor, was Sie tun«, sagte er zu beiden.

Percy nahm eine Hand von dem zitternden Stock und griff nach dem verletzenden Artikel. Er wedelte damit in Tonys Richtung.

»Ihr Herr«, erklärte er, »hat eine verdammenswürdige Lüge über einen toten Freund von mir von sich gegeben!«

»Das läge im Bereich des Möglichen«, sagte Tony, sich an der Tischkante festhaltend.

»Wenn du bitte ein Blatt Schreibpapier auf den Tisch legen würdest, Tony«, sagte Guy. »Mr. Mannering möchte einen Protestbrief an den Redakteur der Zeitschrift schreiben, die er in der Hand hält.«

Der Dichter grinste wild. Glücklicherweise läutete in diesem Augenblick das Telefon, das auf einem kleinen Seitentisch neben Guys Sessel stand.

»Komm her und nimm den Hörer ab«, sagte Guy zu Tony.

Aber Tony blickte auf Percy Mannering, der immer noch den Stock umklammerte.

Das Telefon läutete weiter.

»Wenn Sie das Instrument abnehmen wollen, werde ich das Papier hinlegen, wie befohlen«, antwortete Tony, »denn ein Mensch kann nur eine Sache auf einmal machen.« Er öffnete eine Schublade und nahm einen Bogen Papier heraus.

»Ach, du bist es«, sprach Guy in den Hörer. »Hör zu, Söhnchen, im Augenblick bin ich beschäftigt. Mein Freund, ein Dichter, ist gerade bei mir, und wir wollten eben einen kleinen Schluck genehmigen.«

Guy hörte, wie die klare, jungenhafte Stimme fortfuhr: »Ist es Mr. Percy Mannering, der bei Ihnen ist?«

»Stimmt«, antwortete Guy.

»Ich würde gern mit ihm sprechen.«

»Für Sie«, sagte Guy und hielt Percy den Hörer hin.

»Für mich? Wer will was von mir?«

»Für Sie«, wiederholte Guy. »Ein Schuljunge, glaube ich.«

Percy bellte argwöhnisch ins Telefon: »Hallo, wer ist dort?«

»Denken Sie daran, daß Sie sterben müssen«, sagte die Stimme eines Mannes, keinesfalls die eines Jungen.

»Hier spricht Mannering. Percy Mannering.«

»Das ist in Ordnung«, sagte die Stimme; der Hörer am anderen Ende der Leitung wurde aufgelegt.

Percy sah sich ratlos im Zimmer um. »Das war der Bursche, von dem so viel geredet wird«, sagte er.

»Zu trinken, Tony«, rief Guy.

»Das war der Mann!« röhrte Percy, dessen Augen wie in innerer Gier zu glimmen begannen.

»Wirklich ein netter junger Bursche. Wahrscheinlich hat er zuviel für sein Examen gearbeitet. Die Polypen werden ihn schon fassen.«

»Das war kein junger Bursche«, entgegnete Percy, hob sein Glas und trank es aus; »es war eine starke, reife Stimme, sehr nobel, wie die von W. B. Yeats.«

»Fülle Mr. Mannerings Glas, Tony«, sagte Guy. »Mr. Mannering bleibt zum Abendessen.«

Percy nahm sein Glas, legte den Stock hin und sank in einen Sessel.

»Welch ein Erlebnis!« sagte er.

»Anspielung auf die Unsterblichkeit«, bemerkte Guy.

Percy sah Guy an und deutete auf das Telefon. »Stecken Sie hinter dieser Sache?« fragte er.

»Nein«, antwortete Guy.

»Nein.« Der alte Mann leerte sein Glas, sah auf die Uhr und erhob sich aus seinem Sessel. »Ich werde meinen Zug verpassen«, sagte er.

»Bleiben Sie über Nacht«, forderte Guy ihn auf. »Bleiben Sie doch.«

Percy ging unsicher durchs Zimmer. Er nahm das Magazin auf und sagte: »Sehen Sie – – –«

»Dort liegt ein Blatt Papier für Sie, auf dem Sie Ihren Protest an den Redakteur niederschreiben können«, sagte Guy.

»Ja«, antwortete der alte Mann. »Ich werde es morgen tun.«

»Da ist eine Stelle in *Ritter Harold*«, sagte Guy, »über die ich gern mit Ihnen reden möchte. Es – – –«

»Niemand«, behauptete Percy, »hat in den letzten fünfzig Jahren *Ritter Harold* verstanden. Sie müssen mit den *beiden letzten* Gesängen anfangen, Mann! Das ist das *Geheimnis* des Gedichts. Die Nebenhandlung – – –«

Tony streckte seinen Kopf durch die Tür. »Haben Sie mich gerufen?«

»Nein, aber da du gerade hier bist – Mr. Mannering wird die Nacht über bei uns bleiben.«

Percy blieb die Nacht und schrieb seinen Protestbrief an den Redakteur am nächsten Morgen. Er blieb drei Wochen lang, während derer er ein Sonett im Shakespeareschen Stil schrieb, das er *Memento Mori* nannte; das letzte Reimpaar lautete in der ersten Fassung:

Und hohl erklingt es aus der Tiefen Gruft:
Oh, denk dran – – – denke, daß du sterben mußt!

Die zweite Fassung lautete:

Und langsam widerhallend, seufzend ruft's:
Bedenke, daß auch du einst sterben mußt!

Die dritte lautete:

Und aus der Ferne mischen Stimmen sich zu einem Ruf:
Bedenk, o Sterblicher, daß du einst sterben mußt!

Und noch viele weitere Abänderungen und Fassungen folgten.

Eric Colston und Mrs. Pettigrew warteten auf Godfreys Rückkehr.

»Irgend etwas Spaßiges geht heute im Kopf des alten Mannes vor«, sagte Mrs. Pettigrew. »Ich möchte annehmen, daß es etwas mit dem Besuch des alten Warner von heute morgen zu tun hat. Er kann nicht lange hiergeblieben sein. Ich war nur nach Zigaretten über die Straße gegangen, und als ich zurückkam, begegnete ich Alec Warner auf der Türschwelle. Ich fragte ihn, ob er Godfrey sprechen wolle, aber er antwortete: ›Danke, ich habe schon mit Godfrey gesprochen.‹ Aber ich werde herausbekommen, was das zu bedeuten hat – warten Sie nur ab, ich kriege es schon heraus. Und als ich ins Zimmer kam, grinste Godfrey mich wirklich richtig wild an, und dann ging er hinaus. Ich kam zu spät, um ihn aufzuhalten. Er kam auch zum Mittagessen nicht zurück; da liegt sein Fisch noch auf dem Tisch. Ah, ich werde es herausbekommen!«

»Hat er das Testament schon unterzeichnet?« fragte Eric.

»Nein, die Rechtsanwälte lassen sich Zeit.«

Ich möchte wetten, daß sie sich Zeit lassen, dachte Eric. Als er den Brief von Olive erhielt, hatte er den ersten Zug nach London genommen. Seine erste Handlung war ein Besuch bei dem Rechtsanwalt gewesen. Seine nächste, sich mit Mrs. Pettigrew in Verbindung zu setzen.

Mrs. Pettigrew füllte Erics Glas. Wie schon einmal an diesem Tag, bemerkte sie wieder seine kleinen Hände, und ihr wurde ziemlich angst.

Eric war ein untersetzter Mann, der in der Erscheinung sehr seiner Mutter ähnlich sah, wenn auch die weiblichen Züge und der weibliche Gliederbau sich seltsam bei ihm ausnahmen. Seine Hüften waren breit, sein Kopf groß. Er hatte Charmians weit auseinanderstehende Augen, ihr spitzes Kinn und ihre zierliche Nase. Sein Mund war breit wie der von Dame Lettie, deren zerschlagener Körper noch am selben Abend entdeckt werden sollte.

Aber Mrs. Pettigrew sagte sich, daß sie mit Männern wie Eric Erfahrung habe. Nicht, daß sie jemals genau denselben Verhaltensmerkmalen bei einem anderen Manne begegnet wäre, doch sie kannte seine Art im allgemeinen; sie kannte seinen anomalen Charakter, denn obgleich er sehr hinter Geld her war, schien er doch gern bereit, einen großen Teil davon zu opfern, um zu einer tieferen Befriedigung seiner abwegigen Veranlagung zu gelangen. Sie war schon früher in ihrem Leben Männern begegnet, die bereitwillig die Aussicht auf Geld opferten, um zum Beispiel ihren gesellschaftlichen Ehrgeiz zu befriedigen.

Soweit glaubte sie diesen Mann zu kennen. Es kam ihr nicht überraschend vor, daß so ein Mann alles opfern würde, wenn er dadurch zu seiner Rache käme. Aber konnte sie ihm wirklich trauen?

»Ich tue dies nur aus moralischen Erwägungen«, hatte er zu ihr gesagt. »Ich glaube – ich glaube fest daran, daß es dem alten Manne guttun wird. Es wird ihm eine Lehre sein.«

Aber ach, was war Eric doch für ein elender Wicht! Sie blickte auf seine kleinen Hände und auf die weibliche Stellung seiner Augen, wie bei Charmian, und fühlte, daß es vielleicht töricht von ihr war, ihm zu trauen.

Eric war ein elender Wicht. Olives Brief hatte ihn davon unterrichtet, daß ›eine gewisse Mrs. Pettigrew‹ seinen Vater erpresse, ihr einen großen Teil seines Vermögens zu vermachen. Eric hatte sofort und ohne einen Moment zu überlegen gehandelt. Selbst im Zug von Cornwall hierher hatte er nicht ernstlich nachgedacht, sondern mit köstlichen Vorstellungen geflirtet – Godfreys Fassungslosigkeit, Charmians Erschütterung, die möglicherweise sympathischen Eigenschaften im Busen dieser Mrs. Pettigrew unter einer möglicherweise rauhen Schale; die herrliche Spannung, einen gegen den anderen ausspielen zu können, wenn es sich als zweckdienlich erweisen sollte; und dann das herrliche Gefühl, sofort genügend Bargeld herauspressen zu können, das ihn in die Lage versetzen würde, zu seiner Tante Lettie zu gehen und ihr zu sagen, was er wirklich von ihr dachte.

Nicht, daß er wußte, was er von ihr dachte; aber seit seiner Jugend trug er einen unumstößlichen Grundsatz in seinem Geiste mit sich herum: die Familie hatte ihn schmählich im Stich gelassen. Jedermann, selbst die eigene Familie, hatte zu jener Zeit, als Eric zwischen zweiundzwanzig und achtundzwanzig und das Jahrhundert zwischen dreiundzwanzig und neunundzwanzig Jahre alt war, dieselbe Ansicht gehabt. Jede Vorstellung seiner Familie über ihn hatte er stets zurückgewiesen, bis auf die eine: »Irgendwie haben wir Eric im Stich gelassen. Wie ist es nur dazu gekommen? Armer Eric, Charmian hat ihn zu sehr bemuttert ... Charmian ist nicht wie eine richtige Mutter zu ihm gewesen ... Godfrey ist zu sehr mit seinen eigenen Angelegenheiten beschäftigt gewesen, hat sich nie um den Jungen gekümmert ... Godfrey ist zu nachsichtig gewesen, zu streng, zu gemein, hat ihm zuviel Geld gegeben.« Die Älteren hatten mit diesen Sprüchen aufgehört, als jene Einstellung aus der Mode gekommen war; aber inzwischen hatten sie bei Eric die Form eines unerschütterlichen Glaubens angenommen. Lettie fuhr mit ihm in die Ferien, um ihn zu trösten. Er bestahl sie, und der Verdacht fiel auf das Hotelpersonal. Sie versuchte, ihn für Gefängnisbesuche zu interessieren. Er begann Briefe und Tabak nach Wormwood Scrubs hineinzuschmuggeln. »Armer Eric, er hat nie eine Chance gehabt. Man hätte ihn nie auf diese überkandidelte Schule schicken dürfen. Wie konnte man je erwarten, daß er ein Examen bestehen würde? Charmian trägt die Verantwortung ... Lettie trägt die Verantwortung ... Godfrey hat sich nie um ihn gekümmert ...« Er ging auf eine Hochschule für bildende Künste und wurde dabei ertappt, wie er sechs Tuben Farbe stahl. Sie schickten ihn zu einem Psychoanalytiker Freudscher Schule, den er nicht leiden konnte. Sie schickten ihn zu einem Anhänger der Adlerschen Schule und danach zu einem unabhängigen Psychiater. Inzwischen kam es zu einem unangenehmen Vorfall mit dem noch jugendlichen zweiten Portier eines Klubs, woraufhin man ihn zu einem anderen Psychiater schickte, der es mit gefühlvoller Überredung versuchte. Er wurde soweit geheilt, daß er ein Zimmermädchen in eine unangenehme Lage brachte. Charmian trat zum katholischen Glauben über.

»Eric wird aus diesem Stadium herauswachsen«, sagte Charmian. »Mein Großvater war auch so wild als junger Mann.«

Eric war sehr erstaunt, als die Älteren schließlich aufhörten, sich für sein Verhalten verantwortlich zu fühlen. Er hielt sie für heuchlerisch und verhärtet, weil sie ihre eigenen Worte widerriefen. Er sehnte sich danach, daß sie wieder in der alten Art über ihn diskutierten; aber bis er siebenundreißig geworden war, hatten sie ihm ziemlich bittere Sachen zu schlucken gegeben. Er hatte sich ein Sommerhaus in Cornwall gekauft, wo er ihr Geld vertrank. Bei Kriegsausbruch befand er sich in einer Trinkerheilanstalt. Als er herauskam, wurde er zur Musterung aufgerufen, aber auf Grund seiner Vorgeschichte abgelehnt. Er verabscheute Charmian, Godfrey und Lettie. Er verabscheute seinen Vetter Alan, der es als Ingenieur zu etwas gebracht hatte und den man als Kind, im Gegensatz zu Eric, immer als langweilig bezeichnet hatte. Er heiratete eine Negerin und ließ sich ein halbes Jahr später scheiden; Godfrey entschädigte sie. Von Zeit zu Zeit schrieb er an Godfrey, Charmian und Lettie, um ihnen zu sagen, daß er sie verabscheute. Als Godfrey sich 1947 weigerte, ihm noch weiterhin Geld zu geben, versöhnte er sich mit Lettie und erhielt dafür von ihr kleinere Summen und größere Versprechungen. Aber als Lettie für ihr gutes Geld so wenig Entgegenkommen in Form seiner Gesellschaft erntete, reduzierte sie ihre Freigebigkeit auf bloßes Gerede über ihr Testament. Eric schrieb einen Roman, und Charmians Namen verhalf ihm auch zu einer Veröffentlichung. Der Roman hatte Ähnlichkeit mit Charmians Stil. »Der arme Eric besitzt nicht viel Originalität«, sagte Charmian. »Aber ich glaube, Godfrey, da er jetzt wirklich etwas tut, sollten wir ihn unterstützen.« Zwei Jahre lang schickte sie ihm alles, was sie besaß. Eric hielt sie für niederträchtig; er dachte, sie sei neidisch auf seinen Roman und sagte es auch. Godfrey weigerte sich, ihm zu schreiben. Charmian hatte im Vertrauen zu Guy Leet gesagt: »Ich habe Godfrey im Verdacht, daß er sich heimlich vor einem zweiten Schriftsteller in der Familie fürchtet.« Und sie hatte hinzugefügt, was nicht ganz der Wahrheit entsprach, aber eine hübsche Schlußfolgerung war: »Godfrey wollte natürlich immer, daß Eric in seine traurige Firma eintreten sollte.«

Als er fünfzig geworden war, begann Eric eine neue, anscheinend eigene Ansicht zu entwickeln. Anstatt wilder Beschimpfungen und Klagen sandte er seiner Familie jetzt kalt berechnete Anklagen. Er bewies Punkt für Punkt, daß sie ihn von dem Tage an, da er zum ersten Mal die Augen geöffnet hatte, schmählich im Stich gelassen habe.

»In seinen mittleren Jahren wird Eric Godfrey immer ähnlicher«, sagte Charmian, »wenn Godfrey das auch natürlich nicht sieht.«

Eric nannte Charmians Romane nicht mehr lausigen Mist. Er analysierte sie Stück für Stück, machte nebensächliche Teile lächerlich und verriß sie im ganzen. Er besaß einige Freunde, die seinen Bemühungen Beifall zollten.

»Er nimmt meine Arbeit wenigstens sehr ernst«, sagte Charmian. »Niemand hat bisher so darüber geschrieben wie er.«

Mitte der fünfziger Jahre hatte Charmians Gesundheit nachgelassen. Das wiederauflebende Interesse an ihren Romanen versetzte Eric in Erstaunen, denn durch einen geringfügigen Irrtum hatte er ein wesentliches Element im Naturell seiner Generation falsch beurteilt. Er erforschte die Meinung seiner Freunde und war ärgerlich und verblüfft, daß so viele von ihnen dem neuen Charmian-Piper-Kult zum Opfer gefallen waren.

Charmians Geldsendungen, die sie ihm durch Mrs. Anthony zuschmuggelte, nahm er schweigend an. Sein zweites Buch hatte Dame Letties heimlichen Beifall gefunden. Es war als ›realistisch und von brutaler Offenheit‹ besprochen worden, aber die Energie, die er für die Entwicklung seines realistischen und von brutaler Offenheit gekennzeichneten Talents hätte verwenden können, wurde nun von dem Groll gegen Charmian in alle Winde geblasen. Die Neuauflage ihrer Romane machte ihn fertig, und er stellte fest, daß er nicht mehr schreiben konnte.

Selbst die Zeitungsberichte, daß Godfrey, Charmian und Dame Lettie die Empfänger drohender Telefonanrufe seien, hatten keine belebende Wirkung auf ihn.

Während des Krieges und in der Zeit danach hatte er sich hauptsächlich von wohlhabenden Frauen aushalten lassen, deren freigebigste Lisa Brooke gewesen war. Nach Lisas Tod war es schwer, einen Ersatz für sie zu finden. Alle hatten genug mit sich selbst zu tun, und Eric hatte zu all der Sorge auch noch an Gewicht zugenommen, was seine Lage eher verschlimmerte. Seine Schwierigkeiten näherten sich gerade dem Höhepunkt, als er Olives Brief empfing: »Dein Vater wird von einer gewissen Mrs. Pettigrew, seiner Haushälterin, grausam erpreßt. Ich glaube, er würde gern die vergangenen Differenzen vergessen, wenn Du etwas für ihn tun könntest, ohne es Deine Mutter wissen zu lassen ...«

In der ersten Erregung nahm er den nächsten Zug nach London und verbrachte die Reise damit, die vor ihm liegenden Möglichkeiten zu erwägen.

Als er um Viertel vor sechs auf dem Paddington-Bahnhof ankam, hatte er keine Vorstellung, was er tun sollte. Er ging in die Bar und bestellte sich etwas zu trinken. Um sieben ging er hinaus und erblickte eine Telefonzelle. Er rief seines Vaters Rechtsanwalt in dessen Wohnung an, und die Wichtigkeit seiner Mitteilung verschaffte ihm noch am selben Abend eine Unterredung mit ihm. Er erhielt von dem Anwalt die Zusicherung, daß die Ausfertigung des neuen Testaments so lange wie möglich hinausgezögert werden würde. Außerdem erhielt er noch ein paar zusätzliche Ratschläge, auf die er nicht weiter achtete.

Dann wollte er Olive besuchen, fand aber ihre Wohnung leer. Die Nacht verbrachte er bei Bekannten in Notting Hill Gate, die seinen Besuch nicht gerade gern zu sehen schienen. Am nächsten Morgen um elf Uhr rief er Mrs. Pettigrew an und verabredete sich mit ihr zum Essen in einem Restaurant in Kensington.

»Sie sollen wissen, Mrs. Pettigrew«, sagte er, »daß ich auf Ihrer Seite bin. Der Alte hat eine Lehre verdient. Ich betrachte die Sache vom moralischen Standpunkt aus und bin gern bereit, auf das Geld zu verzichten.«

»Ich weiß überhaupt nicht, wovon Sie da reden, Mr. Eric«, entgegnete Mrs. Pettigrew zuerst. Sie wischte sich mit ihrem Taschentuch die Mundwinkel, wobei sie die Unterlippe schief nach unten zog.

»Er würde lieber sterben«, sagte Eric, »als meiner armen Mutter seine unverschämten Seitensprünge zu bekennen. Mir würde es genauso gehen. In der Tat, Mrs. Pettigrew«, fügte er mit einem Lächeln hinzu, das schon seit langem nicht mehr gewinnend wirkte, »Sie haben uns beide in der Hand, meinen Vater und mich.«

»Ich habe eine Menge für Ihre Eltern getan«, antwortete Mrs. Pettigrew. »Bevor Ihre arme Mutter in das Heim gebracht wurde, mußte ich einfach *alles* für sie tun. Ich glaube kaum, daß jemand anders sich soviel Mühe gegeben hätte. Ihre Mutter war so – nun, Sie wissen ja, wie alte Leute sind. Wahrscheinlich bin ich selbst alt, aber – – –«

»Ganz im Gegenteil«, widersprach Eric. »Sie sehen nicht einen Tag älter als sechzig aus.«

»Na, jedenfalls habe ich meine Jahre gespürt, als ich Ihre Mutter zu pflegen hatte.«

»Das glaube ich Ihnen gern«, sagte Eric. »Sie ist unglaublich eingebildet; unglaublich!«

»Ganz unglaublich! Und was Ihren Vater angeht – – –«

»Er ist unmöglich«, sagte Eric, »ein gemeiner alter Kerl.«

»Vielleicht erklären Sie mir einmal genau, was Sie zu mir geführt hat?« fragte Mrs. Pettigrew.

»Nun, ich hielt es ganz einfach für meine Pflicht, mich hinter Sie zu stellen. Und jetzt bin ich hier. Geld«, fügte er hinzu, »bedeutet mir kaum etwas.«

»Ah, ohne Geld kommen sie aber nicht weit, Mr. Eric – – –«

»Nennen Sie mich einfach Eric«, unterbrach er sie.

»Eric«, sagte sie, »Ihr bester Freund ist Ihre Geldbörse.«

»Nun ja, ein paar Kröten zur rechten Zeit sind immer nützlich. Zur rechten Zeit. Es ist wirklich überraschend, daß mein Vater noch nicht gestorben ist, bei dem Leben, das er geführt hat.«

»Eric, ich würde Sie nie zu kurz kommen lassen. Ich meine, bis es soweit ist . . .«

»Sie können jederzeit Bargeld von ihm bekommen?«

»O ja.«

Eric dachte: Ich möchte wetten, daß sie das kann!

»Ich glaube, wir sollten ihn zusammen aufsuchen«, sagte er.

Sie blickte auf seine kleinen Hände. Kann ich ihm trauen? fragte sie sich. Das Testament war noch nicht unterschrieben und versiegelt.

»Vertrauen Sie mir«, sagte Eric. »Zwei Köpfe sind besser als einer.«

»Ich möchte es mir noch einmal überlegen«, antwortete sie.

»Sie würden lieber allein vorgehen?«

»Oh, sagen Sie das nicht! Ich meine nur, Ihr Plan kommt mir etwas überraschend, und ich glaube, nach allem, was ich für Godfrey und Charmian getan habe, bin ich berechtigt – – –«

»Vielleicht«, sagte Eric, »ist es ja meine Pflicht, nach Surrey zu Mutter zu fahren und sie über die kleinen Indiskretionen ihres Mannes zu informieren. So abscheulich diese Aufgabe auch sein mag, könnte sie doch viel Mühe sparen. Meinem Vater würde ein Stein von der Seele genommen werden, und Sie hätten es dann nicht mehr nötig, sich weiter um ihn zu bemühen; es muß ja eine Belastung für Sie sein.«

Scharf gab sie zurück: »Sie kennen ja nicht die Einzelheiten der Affären Ihres Vaters. Ich aber kenne sie. Sie haben keine Beweise. Ich habe sie. Schriftliche Beweise!«

»O doch«, antwortete er, »ich habe schon Beweise.«

Ist das nun ein Bluff? fragte sie sich.

»Wann wollen Sie ihn denn besuchen kommen?« fragte Mrs. Pettigrew.

»Jetzt«, erwiderte er.

Aber als sie in die Wohnung kamen, war Godfrey noch nicht zu Hause. Mrs. Anthony war gegangen. Mrs. Pettigrew fürchtete sich ein wenig. Und als Eric durch das Haus zu streifen begann und die Ziergegenstände aus Porzellan in die Hand nahm und umdrehte, um sie genau zu betrachten, bekam sie ziemlich Angst. Aber sie bewahrte die Ruhe. Sie glaubte ihren Mann zu kennen. Schließlich mußte sie das ja auch, mit all ihrer Erfahrung.

Als er sich endlich in Charmians alten Lehnstuhl setzte, fuhr sie ihm mit der Hand durchs Haar und sagte: »Armer Eric, man hat Sie sehr schlecht behandelt, nicht wahr?« Er lehnte seinen großen Kopf an ihren Busen und fühlte sich so recht behaglich.

Nach dem Tee bekam Mrs. Pettigrew einen leichten Asthma-Anfall und ging in den Garten hinaus, wo sie ihn rasch überwand. Bei ihrer Rückkehr glaubte sie Godfrey in dem Stuhl sitzen zu sehen, wo sie Eric verlassen hatte. Aber es war doch Eric. Er schlief, und sein Kopf war zur Seite gefallen. Obwohl er im Gesicht sehr an Charmian erinnerte, sah er in dieser Haltung doch Godfrey bemerkenswert ähnlich.

Charmians Eindruck von Godfreys Frische und Gesundheit, den sie vom Fenster aus bekommen hatte, verstärkte sich noch, als er in ihr Zimmer geführt wurde.

»Ein freundliches Zimmer«, sagte er, während er sich umsah.

»Komm und setz dich, Godfrey. Guy Leet ist gerade fortgegangen. Es tut mir leid, aber ich bin recht müde.«

»Ja, ich sah ihn abfahren.«

»Ja, der arme Kerl. Es war nett von ihm, mich zu besuchen. Er kann sich nur noch so schwer fortbewegen.«

»So ganz anders«, sagte Godfrey, indem er sich befriedigt in seinem Sessel zurücklehnte und die Beine breit ausstreckte, »als er es damals konnte, im Sommer 1902 in der Villa am Genfer See, oder in den Jahren bis 1907 in seiner Wohnung in Hyde Park Gate, in Schottland und in Biarritz und Torquay, und dann in den Dolomiten, als du krank wurdest. Und neunzehn Jahre später, als er in der Ebury Street wohnte, bis zu der Zeit – – –«

»Ich möchte gern eine Zigarette haben, Godfrey«, sagte Charmian.

»Was?« fragte Godfrey.

»Gib mir eine Zigarette, Godfrey, oder ich muß läuten und die Schwester bitten, mir eine zu bringen.«

»Aber hör mal, Charmian, du solltest lieber nicht rauchen. Ich meine – – –«

»Ich möchte gern noch eine Zigarette rauchen, bevor ich sterbe. Was Guy Leet betrifft, Godfrey – du selbst hast am wenigsten Grund, darüber zu reden. Ja, du. Lisa Brooke. Wendy Loos, Eleanor – – –«

»Dieser alte Sünder«, sagte Godfrey. »Aber sieh ihn dir

nur an, was aus ihm geworden ist, und dabei ist er erst fünfundsiebzig. Humpelt an zwei Stöcken.«

»Jean Taylor muß geplaudert haben«, meinte Charmian. Sie streckte die Hand aus und sagte: »Eine Zigarette, Godfrey.« Er reichte ihr eine und gab ihr Feuer.

»Ich werde Mrs. Pettigrew den Laufpaß geben«, sagte er dabei. »Eine äußerst herrschsüchtige Kreatur. Dauernd bringt sie Mrs. Anthony zur Verzweiflung.«

Charmian rauchte mit Genuß. »Noch mehr Neuigkeiten?« fragte sie.

»Alec Warner verliert langsam den Verstand«, erwiderte er. »Heute morgen kam er mich besuchen und wollte, daß ich meinen Puls und meine Temperatur messe. Ich habe ihn hinausgeworfen.«

Charmian begann zu lachen und konnte nicht wieder aufhören, so daß sie schließlich zu Bett gebracht werden mußte, während man Godfrey beiseite nahm und ihm ein weichgekochtes Ei mit einer dünnen Scheibe Butterbrot gab; dann schickte man ihn nach Hause.

Um acht Uhr hatten sie ihr Abendessen beendet. »Wenn er um neun nicht zu Hause ist«, sagte Mrs. Pettigrew gerade, »werde ich die Polizei anrufen. Er kann einen Unfall gehabt haben. Sein Wagen ist nicht sicher. Er stellt eine Verkehrsgefährdung dar.«

»Ich würde mir keine Sorge machen«, sagte Eric, der daran dachte, daß das neue Testament noch nicht unterzeichnet war.

»Oh, ich mache mir immer seinetwegen Sorgen«, erwiderte sie. »Deshalb meine ich ja auch, daß ich berechtigt bin ...«

Godfrey fuhr vorsichtiger nach Hause als gewöhnlich. Nachdem er sich von der Richtigkeit der Informationen Alec Warners überzeugt hatte, meinte er, daß es sich lohne, auf sein Leben zu achten. Nicht, daß er an Warners Informationen gezweifelt hätte. Arme Charmian. Jedenfalls hatte sie jetzt kein Recht mehr, die Nase hoch zu tragen. Nicht, daß sie etwa wirklich selbstgefällig gewesen wäre; aber sie hatte immer so einen Hauch von Reinheit um sich verbreitet, daß man sich selbst wie ein Schwein vorkam. Arme Charmian; es war sehr undankbar von Taylor, nach all diesen Jahren über sie zu klatschen. Aber immerhin hatte sie damit eine gute Tat vollbracht, ohne es zu wissen ...

Er war zu Hause. Eine lange Fahrt für einen alten Mann.

Godfrey trat ins Zimmer. Die Brille hielt er in der Hand und rieb sich die Augen.

»Wo in aller Welt sind Sie gewesen?« fragte Mrs. Pettigrew. »Eric ist hier, um Sie zu besuchen.«

»Oh, guten Abend, Eric«, sagte Godfrey. »Nimm dir etwas zu trinken.«

»Das habe ich bereits getan«, erwiderte Eric.

»Mir geht es sehr gut, danke«, sagte Godfrey mit erhobener Stimme.

»Ach, wirklich?« fragte Eric.

»Eric möchte mit Ihnen sprechen, Godfrey.«

»Mrs. Pettigrew und ich haben uns in dieser Sache zusammengetan, Vater.«

»In welcher Sache?«

»In der Frage deines Testaments. Und in der Zwischenzeit erwarte ich von dir, daß du mich entsprechend der Situation entschädigst.«

»Du bekommst ja einen Bauch«, sagte Godfrey. »Ich habe keinen Bauch.«

»Andernfalls müßten wir Mutter wirklich alles erzählen.«

»Seien Sie doch vernünftig, Godfrey«, sagte Mrs. Pettigrew.

»Zum Teufel auch, verschwinde aus meinem Haus, Eric!« forderte Godfrey ihn aus. »Ich gebe dir zehn Minuten, oder ich rufe die Polizei!«

»Ich glaube, wir sind ein bißchen übermüdet«, sagte Mrs. Pettigrew. »Meinen Sie nicht auch, Godfrey?«

»Und Sie verlassen morgen früh mein Haus«, sagte er zu ihr.

Die Türklingel läutete.

»Wer kann das sein?« fragte Mrs. Pettigrew. »Haben Sie vergessen, die Scheinwerfer an Ihrem Wagen brennen zu lassen, Godfrey?«

Godfrey ignorierte die Türklingel. »Ihr könnt Charmian nichts erzählen«, sagte er, »was sie nicht bereits weiß.«

»Was haben Sie gesagt?« fragte Mrs. Pettigrew.

Die Türklingel läutete wieder.

Godfrey ließ sie allein und ging die Tür öffnen. Zwei Männer standen auf der Schwelle.

»Mr. Colston?«

»Ja, der bin ich.«

»Können wir Sie einen Augenblick sprechen? Wir sind von der Kriminalpolizei.«

»Die Scheinwerfer sind an«, sagte Godfrey.

»Es handelt sich um Ihre Schwester«, sagte der älter aussehende der beiden Männer. »Dame Lettie Colston, es tut mir leid.« –

Der nächste Tag war ein Sonntag. »Geheimnisvoller Anrufer schlägt schließlich zu«, schrien die Schlagzeilen. »Bejahrte Pionierin der Strafreform im Bett ermordet. Juwelen und Wertgegenstände fehlen.«

Fünfzehntes Kapitel

»Wenn man nach einer Sache sucht«, sagte Henry Mortimer zu seiner Frau, »findet man häufig eine andere.«

Mrs. Mortimer öffnete und schloß ihren Mund wie ein Vogel. Sie fütterte nämlich gerade einen zweijährigen Jungen, und jedesmal, wenn er seinen Mund öffnete, um sich einen Löffel voll weichgekochtes Ei hineinschieben zu lassen, öffnete sie unwillkürlich auch ihren. Das Kind war ihr Enkel, den sie in Obhut genommen hatte, während ihre Tochter das zweite Kind erwartete.

Mrs. Mortimer wischte dem Knaben den Mund ab und schob einen Krug Milch aus seiner Reichweite.

»Such nach einer Sache, und du findest eine andere«, sagte Henry Mortimer. »Unter Lettie Colstons Papieren fand man zweiundzwanzig verschiedene Testamente, die über die vergangenen vierzig Jahre datiert waren.«

»Törichtes Weib«, sagte Emmeline Mortimer, »so oft ihre Meinung zu ändern.« Sie kitzelte ihren Enkel an der Wange und gackerte wie eine Henne, und während er lachend seinen Mund öffnete, schob sie ihm den letzten Löffel mit Ei hinein, das er zum größten Teil wieder herausprustete. »Der arme alte Godfrey hat mir leid getan, als er bei der Leichenschau zusammenbrach. Er muß seine Schwester sehr gern gehabt haben«, sagte sie.

Sie gab dem Kind seinen Becher Milch, den es mit beiden Händen ergriff und geräuschvoll austrank, während seine Augen über den Rand strahlten und hierhin und dorthin schossen.

Nachdem das Kind in einem Laufgitter auf dem Rasen untergebracht war, sagte Mrs. Mortimer zu ihrem Mann:

»Was hattest du doch über die Testamente der armen Letti Colston gesagt?«

»Die Kollegen haben routinemäßig alle ihre Papiere geprüft, für den Fall, daß sich daraus ein Hinweis auf den Mörder ergeben sollte; und natürlich haben sie auch alle Personen überprüft, die sie in ihren zweiundzwanzig Testamenten bedacht hatte. Eine ziemlich lange Liste.«

»Der Mörder war kein Bekannter von ihr, nicht wahr?«

»Nein – o nein, das war, bevor sie ihn faßten. Sie prüften also nach, und ...«

Dame Letties Mörder war innerhalb von drei Wochen nach ihrem Tode gefaßt worden und sah nun seiner Verurteilung entgegen. In diesen drei Wochen hatte man jedoch ihre Papiere sorgfältig gesichtet und alle in ihren zweiundzwanzig Testamenten Begünstigten, die noch am Leben waren, unauffällig aufgespürt, überprüft und schließlich aus der Liste der Verdächtigen gestrichen. Nur ein Name hatte zunächst ein kleines Rätsel aufgegeben: Lisa O'Brien aus Nottingham, deren Name in einem Testament aus dem Jahre 1918 erschien. Im Archiv des Standesamtes in Nottingham fand man jedoch, daß Lisa Brooke, geborene Sidebottome, dort im Alter von dreiunddreißig Jahren einen vierzigjährigen Mann namens Matthew O'Brien im nämlichen Jahr geheiratet hatte. Die Kriminalpolizei stellte keine größeren Nachforschungen mehr an. Die Lisa O'Brien aus diesem Testament mußte inzwischen eine recht alte Frau sein, und wie es sich tatsächlich herausstellte, war sie tot; O'Brien selbst, falls er noch lebte, mußte für einen Verdacht viel zu alt sein. Die Polizei war nicht weiter an ihnen interessiert und strich den Namen O'Brien von ihrer Liste.

Man hatte sich jedoch an Henry Mortimer gewandt, da er die Ermordete und ihren Freundeskreis kannte; er hatte es übernommen, jede mögliche Verbindung zwischen dem Mord und den anonymen Telefonanrufen zu überprüfen. Nicht, daß die Polizei an die Existenz dieser Anrufe glaubte; alle möglichen Maßnahmen zur Aufdeckung hatten versagt, und mit Unterstützung ihrer Psychologen war die Polizei zu dem Schluß gekommen, daß die alten Leute an Halluzinationen litten.

Die Öffentlichkeit mußte jedoch zufriedengestellt werden; Henry Mortimer wurde mit dieser Seite des Falles betraut. Die Polizei konnte nur erklären:

Die Möglichkeit eines Zusammenhangs zwischen dem Mord und den anonymen Telefonanrufen, die die Ermordete von Zeit zu Zeit vor ihrem Tode erhalten haben soll, wird untersucht.

Mortimer arbeitete sehr gewissenhaft. Wie seine Kollegen, vermutete auch er, daß der Mörder ein Gelegenheitsverbrecher sei. Und wie seine Kollegen wußte auch er, daß man die anonyme Stimme niemals in Fleisch und Blut aufspüren würde. Dennoch prüfte er die polizeilichen Unterlagen und sandte schließlich einen Bericht ein, der die Polizei in die Lage versetzte, eine weitere Erklärung abzugeben:

Die Behörden haben sich überzeugt, daß zwischen dem Mord an Dame Lettie Colston und den anonymen Anrufen, über die sie seit einigen Monaten vor ihrem Tode klagte, keine Verbindung besteht.

Inzwischen hatte Henry jedoch die Einzelheiten über Lisa O'Brien in Erfahrung gebracht, und sein Interesse war geweckt worden.

»Man sucht nach einer Sache, und man findet eine andere«, hatte er zu sich gesagt; denn vorher hatte er noch nie etwas von dieser Ehe Lisas gehört. Ihre erste Ehe mit dem reichen, alten Brooke war 1912 geschieden worden. Ihre heimliche Ehe mit Guy Leet war kürzlich ans Licht gekommen, als Guy Anspruch auf ihr Vermögen erhoben hatte. Aber Matthew O'Brien? – Henry erinnerte sich an keinen Matthew O'Brien. Er mußte inzwischen sehr alt sein, wahrscheinlich aber tot.

Er hatte die Kriminalpolizei gebeten, der Sache mit Matthew O'Brien weiter nachzugehen. Und man hatte ihn auch bald in einem Heim für Geistesgestörte in Folkestone gefunden, wo er seit über vierzig Jahren lebte.

»Und so«, sagte Mortimer zu seiner Frau, »sucht man nun nach einer Sache und findet eine andere.«

»Wissen Janet und Ronald Sidebottome etwas von diesem Mann?« fragte Mrs. Mortimer.

»Ja, sie erinnern sich recht gut an ihn. Lisa bereiste Kanada mit ihm. Ein ganzes Jahr lang hörten sie nichts von ihr. Als sie wieder auftauchte, erzählte sie, er sei bei einem Unfall getötet worden.«

»Wie lange ist er nun schon in dieser Anstalt für Geistesgestörte?«

»Seit 1919 – ein paar Monate nach ihrer Heirat. Janet fährt morgen hin, um ihn zu identifizieren.«

»Das wird schwierig sein, nach all diesen Jahren.«

»Es ist nur eine Formalität. Dieser Mann ist unzweifelhaft der Matthew O'Brien, den Lisa Brooke 1918 geheiratet hat.«

»Und sie sagte, er sei tot?«

»Ja, das hat sie gesagt.«

»Und was ist nun mit Guy Leet? Ihn hat sie doch auch geheiratet? Dadurch sind sie Bigamisten geworden, nicht wahr?«

»Ich glaube auf keinen Fall, daß Guy Leet diesen Mann am Leben wußte. Offensichtlich glaubten alle, daß er tot sei.«

»Die Polizei wird den armen Guy also nicht deswegen belästigen?«

»O nein, die Polizei wird ihn nicht behelligen. Vor allem nicht wegen seines Alters.«

»Was für ein Weib doch diese Lisa Brooke gewesen ist!« sagte Mrs. Mortimer. »Nun, ihr Geld wird wohl – – – Oh, was soll denn jetzt mit ihrem Geld geschehen? Guy Leet ist bestimmt – – –«

»Das ist in der Tat eine Frage. Lisas Vermögen gehört rechtmäßig Matthew O'Brien, ob er nun normal ist oder nicht.«

Henry ging hinaus in den Garten und sagte zu seinem plärrenden Enkel:

»He, was soll denn dieser Lärm?« Er rollte ihn um und um auf dem warmen, stoppeligen Gras. Dann nahm er das Kind hoch, warf es in den blauen Himmel und fing es wieder auf.

»Er wird sein Frühstück ausspucken«, bemerkte Emmeline, die mit seitwärts geneigtem Kopf daneben stand und stolz zu dem Kind auflächelte.

»Hoch, hoch!« forderte das Kind.

Henry kugelte den Jungen im Grase rundherum, ließ ihn nach mehr schreiend liegen und ging hinein, um Alec Warner telefonisch zu erreichen.

»Sie interessieren sich doch für St. Aubrey's Heim in Folkestone?« fragte Henry.

»Ja; aber nur für die älteren Patienten. Ich besuche sie seit zehn Jahren für private Forschungszwecke.«

»Kennen Sie dort einen Mann namens Matthew O'Brien?«

»Matt O'Brien? O ja, er ist Privatpatient. Ein lieber alter Kerl, fast achtzig. Er ist jetzt bettlägerig. Natürlich ist er nicht ganz richtig im Kopf, aber er erkennt mich stets.«

»Hatten Sie vielleicht vorgehabt«, fragte Henry, »irgendwann in dieser Woche hinzufahren?«

»Also, gewöhnlich fahre ich nur einmal im Monat hinaus, und ich war erst vorige Woche dort. Haben Sie etwas Besonderes?«

»Weiter nichts«, sagte Henry, »als daß Janet Sidebottome sich bereit erklärt hat, morgen nach Folkestone zu fahren und Matthew O'Brien zu identifizieren. Ich möchte nicht in die Einzelheiten gehen, aber vielleicht paßt es Ihnen ja, sie zu begleiten; da Sie das Heim kennen, würden Sie damit Janet, die sich sicher sehr ängstigt, einen großen Gefallen tun. Ronald kann nicht mitfahren, weil er mit einer Erkältung zu Bett liegt.«

»Was hat Janet Sidebottome mit Matt O'Brien zu tun?«

»Können Sie fahren?« fragte Henry.

»Ja«, antwortete Alec.

»Dann wird Janet Ihnen alles erklären. Wissen Sie ihre Telefonnummer?«

»Ja«, erwiderte Alec.

»Und einer von unseren Leuten wird sich dort mit Ihnen treffen.«

»Ein Polizist?« fragte Alec.

»Ein Kriminalpolizist«, entgegnete Mortimer. »Die Sache könnte Sie vielleicht interessieren.«

»Genau das habe ich mir schon gedacht«, erwiderte Alec.

»Das ist alles sehr beunruhigend«, sagte Janet. »Ronald hätte hier sein müssen, um mir beizustehen. Er hat Matthew mehrere Male getroffen. Ich kann mir gar nicht erklären, wieso Ronald bei diesem schönen Wetter erkältet ist.«

Alec überschrie den Lärm der Taxis: »Sie brauchen sich nicht zu beunruhigen. Ich werde mein Bestes tun, Ronald zu ersetzen.«

»O nein, bitte, beunruhigen Sie Ronald nicht«, erwiderte sie. »Ich meinte nur – – –«

Er lächelte ihr zu. Betrübt machte sie ihr Hörgerät fertig und sagte: »Mein Gehör ist schon recht schwach.«

»Sie werden Matt O'Brien vielleicht nicht erkennen können«, sagte Alec. »Er ist ein alter Mann, und die Jahre der Geistesgestörtheit haben ihn möglicherweise bis zur Unkenntlichkeit verändert. Wie Sie wissen, erhalten die Kranken Medikamente, und diese Medikamente können mit der Zeit ihr Aussehen beeinflussen. Aber machen Sie sich keine

Sorgen, wenn Ihnen sein Gesicht nicht bekannt vorkommt. Ich glaube, die Behörden haben bereits Beweise, daß er Lisas Mann gewesen ist. Sie besitzen zum Beispiel Lisas Unterschrift von seiner Einlieferung her.«

»Ich will mein Bestes tun«, versprach Janet. »Aber es ist ein beängstigendes Erlebnis.«

»Er ist sehr ruhig«, schrie Alec. »Er hält sich für Gott. Aber er ist niemals gewalttätig gewesen.«

»Der Gedanke an meine verstorbene Schwester quält mich«, sagte Janet. »Ich gestehe es nicht gern, aber ich muß es einmal sagen: Lisa war niemals aufrichtig. Es ist ein Segen, daß man ihr in dieser Angelegenheit niemals auf die Spur gekommen ist.«

»Es wäre Bigamie gewesen«, meinte Alec.

»Es war Bigamie«, versetzte Janet. »Es gibt keine Entschuldigung für Lisa; das Leben hat ihr jede Chance geboten. Aber sie war schon als Mädchen so. Sie hat unserem lieben Vater große Sorgen gemacht. Und als Simon Brooke sich von ihr scheiden ließ, gab es einen gewaltigen Skandal. Zu jener Zeit war ein Skandal eine sehr ernste Angelegenheit.«

»Was hielten Sie damals von Matt O'Brien?«

»Nun, er war ein Ire, ein Rechtsanwalt. Er redete sehr viel, aber er war eben ein Ire und sehr charmant. Und wissen Sie, als Lisa mir erzählte, er sei tot, konnte ich es nicht so recht glauben. Ich hatte ihn immer so überaus lebendig gefunden. Natürlich haben wir die Wahrheit nie vermutet. Es ist sehr schmerzlich.«

»Es wird bald vorüber sein«, sagte Alec. »Wir werden nicht lange bei ihm bleiben.«

Das Interview mit Matthew O'Brien war bald vorüber. Sie trafen den Kriminalbeamten im Empfangsraum, und eine Schwester brachte sie zu Matts Zimmer hinauf. Zwischen losem, weißem Haar blickte ihnen vom Kopfkissen her sein altes Gesicht entgegen.

»Hallo, Matt«, sagte Alec, »ich habe zwei Freunde mitgebracht, die Sie besuchen wollen.«

Der Kriminalbeamte nickte dem alten Mann zu und blieb diskret und förmlich neben der Schwester im Hintergrund stehen.

Janet trat an sein Bett und ergriff zur Begrüßung seine schlaffe Hand. Segnend erhob er seine andere Hand.

Der alte Mann richtete seine Augen auf Alec.

»Du bist es, Alec«, sagte er mit belegter Stimme, als wäre seine Zunge ihm im Wege.

»Ich hätte gern gewußt«, begann Alec, »ob Sie sich an eine Dame namens Lisa erinnern können? Lisa Brooke. Lisa Sidebottome.«

»Lisa«, sagte der alte Mann.

»Sie erinnern sich nicht an Lisa – eine rothaarige Dame?« forschte Alec.

»Lisa«, wiederholte der alte Mann und blickte auf Janet.

»Nein, das ist nicht Lisa. Das ist ihre Schwester Janet. Sie ist gekommen, um Sie zu besuchen.«

Der alte Mann sah immer noch Janet an.

»Können Sie sich nicht an Lisa erinnern? – Nun, das macht nichts«, sagte Alec.

Der alte Mann schüttelte den Kopf. »Ich erinnere mich an alle meine Geschöpfe«, erwiderte er.

»Lisa ist im vorigen Jahr gestorben«, sagte Alec. »Ich dachte nur, Sie würden sie vielleicht kennen?«

»Lisa«, sagte der alte Mann und blickte durch das Fenster in den Himmel. Es war ein heiterer Nachmittag, aber er sah offenbar einen Nachthimmel voller Sterne. »Meine Sterne scheinen am Firmament«, sagte er. »Habe ich sie zu mir genommen?«

Janet bekam unten Tee vorgesetzt und wurde eingeladen, ihre Füße eine Weile hochzulegen.

Sie steckte ihr Taschentuch fort. »Zuerst«, sagte sie, »konnte ich keine Ähnlichkeit finden. Ich dachte, es müsse ein Irrtum vorliegen. Aber als er seinen Kopf zum Fenster wandte und ich sein Profil sah, erkannte ich seine Züge ganz deutlich. Ja, ich bin sicher, daß er derselbe Matthew O'Brien ist, den Lisa geheiratet hat. Und auch seine ganze Art, als er von den Sternen sprach ...«

Alec lehnte den Tee ab. Er zog ein Notizbuch aus der Tasche und riß eine Seite heraus.

»Würden Sie bitte entschuldigen, wenn ich ein paar Zeilen an einen Freund schreibe? – Der Brief muß noch heute mit der Post abgehen.« Er schrieb bereits eifrig, als Miss Sidebottome ihm dazu ihre Erlaubnis erteilte.

Lieber Guy,

Ich glaube der erste zu sein, der Dir das Folgende mitteilt:

Ein Mann namens Matthew O'Brien ist entdeckt worden, der bereits mit Lisa verheiratet war, als Du sie geheiratet hast.

Mortimer wird Dich über die Einzelheiten unterrichten, die inzwischen restlos bestätigt worden sind.

Wie es der Zufall wollte, habe ich diesen Mann im Rahmen meiner Forschungsarbeit während der letzten zehn Jahre regelmäßig im Saint Aubrey's Heim für Geistesgestörte besucht, ohne jedoch den Zusammenhang zu ahnen.

Ich nehme an, daß man Dir keine Schuld geben wird. Aber da Deine Ehe mit Lisa ja nun ungültig gewesen ist, wirst Du natürlich nicht von ihrem Nachlaß profitieren. Lisas Geld, oder zumindest der Löwenanteil, wird selbstverständlich an ihren rechtmäßigen Ehemann fallen – ich nehme an, man wird es für ihn in Treuhandschaft verwahren, da er doch geistig unzurechnungsfähig ist.

Sei ein guter Kerl und miß unmittelbar nach dem Lesen dieses Briefes Deinen Puls und Deine Temperatur und laß mich wissen ...

Alec erbat sich von der Empfangsschwester einen Umschlag; er steckte seine Mitteilung hinein, adressierte ihn und klebte eine Briefmarke auf. Dann steckte er den Brief in den Postkasten in der Eingangshalle und kehrte zu Janet zurück, um sie zu trösten.

Nachdem er Janet Sidebottome mühsam nach Hause in ihr Hotel gebracht hatte, glaubte Alec einen fruchtbaren, wenn auch erschöpfenden Tag verbracht zu haben.

Während er sich Matt O'Brien vorstellte – sein gebrechliches und geschlechtsloses Aussehen, wie der alte Mann zwischen Janet und ihm selbst hin und her blickte –, wurde er an die fast hundertjährige Mrs. Bean erinnert, die jetzt im Maud Long Krankenhaus den Platz von Oma Green einnahm. Sosehr ihre Züge sich auch voneinander unterschieden, teilten sie doch diese Eigenart miteinander, daß man vom ersten Eindruck her nicht ihr Geschlecht erkennen konnte. Er beschloß, eine entsprechende Notiz in seinen Aufzeichnungen über den Fall Matt O'Brien zu machen.

Plötzlich fühlte er sich müde und hielt ein Taxi an. Während er nach Hause fuhr, grübelte er über die Frage nach, warum die wissenschaftliche Beobachtungsweise sich vom normalen Beobachten unterscheide, und wieso dieselben Leute, so auf verschiedene Weise beobachtet, ganz verschiedene Leute zu sein schienen. Er mußte zum Beispiel zugeben, daß Mrs. Bean, die er nicht sehr aufmerksam betrachtet hatte, ihm dennoch unbewußt einen jener kleinen Fingerzeige gegeben hatte, die ihm häufig entgingen, wenn er sein Objekt bewußt beobachtete. Aber trotzdem, die Methode, die er entwickelt hatte, war im großen und ganzen zufriedenstellend.

Ein Feuerlöschwagen lärmte vorbei. Alec lehnte sich in die Ecke und schloß seine Augen. Das Taxi bog um eine Ecke. Alec richtete sich auf und blickte in den Abend hinaus.

Das Taxi schnurrte die Mall entlang in Richtung auf die St. James's Street. Der Chauffeur lehnte sich zurück und schob die Trennscheibe auf.

»Scheint hier irgendwo zu brennen«, sagte er.

Alec fand sich auf dem Bürgersteig vor seinem Appartementhaus in einer Menschenmenge wieder. Überall waren Polizisten, Rauch, Leute, Feuerwehrmänner, Wasser; plötzlich drang ein Schrei aus der Menge, und alle sahen nach oben, wo eine Stichflamme aus dem Dach des Gebäudes schoß.

Alec drängte sich durch die Menge nach vorn. Ein Polizist versperrte ihm mit starkem Arm den Weg. »Ich wohne hier«, erklärte Alec. »Lassen Sie mich bitte vorbei.«

»Sie können dort nicht hinein«, sagte der Polizist. »Treten Sie bitte zurück.«

»Zurück!« schrie die Menge.

»Aber ich wohne hier«, sagte Alec. »Meine Sachen. Wo ist der Portier?«

»Das Haus steht in Flammen, Sir«, entgegnete der Polizist.

Alec versuchte einen plötzlichen Ausbruch und kam an dem Polizisten vorbei, bis ihn Rauch und Wasser am Eingang des Gebäudes einhüllten. Jemand schlug ihm ins Gesicht. Die Menge drängte zurück, als Rauch und Flammen aus einem der unteren Fenster hervorbrachen. Alec stand und blickte in das Hausinnere, während ein Polizist von der anderen Seite der Menge zu ihm herüberkam.

»Kommen Sie zurück«, sagte der Polizist. »Sie behindern die Feuerwehrleute.«

»Meine Papiere sind dort oben«, sagte Alec.

Der Polizist nahm ihn beim Arm und zog ihn fort. »Eine Katze ist in meinem Zimmer«, rief Alec verzweifelt. »Pussy darf nicht verbrennen! Lassen Sie mich hinauflaufen und sie herausholen. Ich übernehme die Verantwortung.«

Der Polizist antwortete nicht, sondern schob Alec weiter vom Feuer fort.

»Ich habe einen Hund dort oben. Einen wunderbaren Schlittenhund von einer Polarexpedition«, feilschte Alec. »Oberstes Stockwerk, erste Tür.«

»Leider zu spät, Chef«, sagte einer der Feuerwehrmänner. »Ihren Hund muß es inzwischen erwischt haben. Das oberste Stockwerk ist ausgebrannt.«

Einer der Hausbewohner in der Menge sagte: »Es gibt in diesen Wohnungen keine Haustiere. Haustiere sind nicht gestattet.«

Alec wandte sich ab; er ging in seinen Klub und nahm sich ein Zimmer für die Nacht.

Sechzehntes Kapitel

Der Sommer war verstrichen, und man feierte Oma Beans hundertsten Geburtstag, auf den man sich im Krankenhaus seit einigen Tagen vorbereitet hatte.

Eine gewaltige Torte mit hundert Kerzen war aufgestellt. Ein paar Zeitungsreporter kamen mit Fotoapparaten herein. Andere sprachen eine Weile mit Oma Bean, die in einer neuen blauen Bettjacke gegen ihre Kissen gelehnt saß.

»Ja«, antwortete Oma Bean mit ihrer wie von weither klingenden, flötenden Stimme, »ich habe eine lange Zeit gelebt.«

»Ja«, sagte Oma Bean, »ich bin sehr glücklich.«

»Das ist richtig«, stimmte sie zu, »ich habe als junges Mädchen einmal Queen Victoria gesehen.«

»Wie kommt man sich eigentlich vor, wenn man hundert Jahre alt ist, Mrs. Bean?«

»Großartig«, sagte sie schwach und nickte dabei.

»Sie dürfen sie nicht zu sehr anstrengen«, sagte Stationsschwester Lucy, die für diese Gelegenheit ihr Verdienstabzeichen angesteckt hatte, zu den Zeitungsleuten.

Die Reporter machten sich Notizen nach den Angaben der Stationsschwester. »Sieben Kinder, nur noch eins am Leben, in Kanada. Begann ihre Berufslaufbahn im Alter von elf Jahren als Nähgehilfin ...«

Um drei Uhr kam die Oberin herein und las das Telegramm von der Königin vor. Alle klatschten Beifall. Oma Valvona bemerkte: »›... zu Ihrem hundertsten Geburtstag‹ klingt nicht ganz korrekt. Queen Mary pflegte immer zu sagen, ›anläßlich Ihrer Hundertjahrfeier‹.« Aber alle meinten, das käme auf dasselbe hinaus.

Die Oberin begann für Oma Bean die Kerzen auszublasen. Bei der dreiundzwanzigsten war sie außer Atem. Die Schwestern pusteten abwechselnd die restlichen Kerzen aus.

Die Torte wurde angeschnitten. Einer der Zeitungsleute rief: »Ein dreifaches Hoch auf Oma Bean!«

Die Fröhlichkeit erstarb langsam und die Journalisten waren bereits fort, als die ersten der üblichen Besucher erschienen. Einige der geriatrischen Fälle aßen noch an ihrem Stück Torte oder stellten damit die verschiedensten Dinge an.

Miss Valvona setzte die Brille auf und langte nach der Zeitung. Zum dritten Mal an diesem Tage las sie vor: »Einundzwanzigster September – für das heutige Geburtstagskind. Das vor Ihnen liegende Jahr: *Sie können ein ereignisreiches Jahr erwarten. Von Dezember bis März können Streitigkeiten vorherrschen. Leuten, die mit Musik, Transportwesen und Modeindustrie zu tun haben, wird das kommende Lebensjahr einen merklichen Fortschritt bringen.* Na bitte, hatten Sie nicht in der Modeindustrie gearbeitet, Oma Bean? Hier steht es schwarz auf weiß ...«

Aber Mrs. Bean war auf ihren Kissen eingeschlummert, nachdem die Schwester ihr etwas Warmes zu trinken gegeben hatte. Ihr Mund formte wieder ein kleines ›O‹, durch das schwach ihre Atemzüge pfiffen.

»Habt ihr hier eine Feier?« fragte Alec Warner, während er sich in dem festlich geschmückten Saal umsah.

»Ja, Mrs. Bean ist heute hundert Jahre alt geworden.«

Die tiefen Falten in Alecs Gesicht und Stirn hatten sich noch tiefer eingegraben. Es war jetzt vier Monate her, daß seine gesamten Aufzeichnungen und Berichte in Flammen aufgegangen waren.

Jean Taylor hatte gesagt: »Versuch doch, noch einmal von vorn anzufangen, Alec. Du wirst sehen, daß vieles dir wieder während der Arbeit einfallen wird.«

»Ich könnte meinem Gedächtnis nie so vertrauen«, hatte er geantwortet, »wie ich meinen Aufzeichnungen vertraut habe.«

»Aber du mußt wieder von neuem anfangen.«

»In meinem Alter habe ich nicht mehr die Kraft dazu«, sagte er. »Meine Aufzeichnungen waren das Ergebnis der Arbeit vieler Jahre. Sie hatten einen unschätzbaren Wert.«

Seitdem sprach er nur noch selten über seinen Verlust. Manchmal komme es ihm so vor, sagte er einmal, als sei er tatsächlich tot, seit seine Aufzeichnungen nicht mehr existierten.

»Das ist eine reichlich metaphysische Vorstellung, Alec«, erwiderte Miss Taylor. »Denn in Wirklichkeit bist du noch sehr lebendig.«

Er erzählte ihr, es sei wahr, daß er in Gedanken häufig in seinen umfangreichen Notizbüchern und Karteikästen blättere. »Aber niemals wieder«, sagte er, »werde ich eine neue Aufzeichnung machen. Ich lese statt dessen. In mancher Beziehung ist das besser.«

Sie ertappte ihn dabei, wie er mit einer fast kannibalischen Gier die hundertjährige Oma Bean anstarrte. Er seufzte und blickte weg.

»Im hohen Alter kommen wir uns alle nutzlos und enttäuscht vor, Alec, weil wir uns so an das Vergangene klammern. Aber in Wirklichkeit erfüllen wir weiterhin unser Leben.«

»Ein Freund von mir hat gestern sein Leben erfüllt.«

»Oh, wer war es?«

»Matt O'Brien in Folkestone. Er hielt sich für Gott. Er ist im Schlaf gestorben. Er hat ein Vermögen hinterlassen, von dem er nie etwas gewußt hat. Lisas Geld natürlich. Verwandte hat er keine.«

»Wird Guy Leet – – –?«

»Nein, Guy hat keinen Anspruch. Ich glaube, Lisas Nachlaß wird jetzt, entsprechend ihrem Testament, an Mrs. Pettigrew fallen.«

»In diesem Fall«, sagte Miss Taylor, »wird sie wohl endlich ihr Ziel erreicht haben.«

Mrs. Pettigrew hatte ihr Ziel erreicht. Lisas Testament

wurde zu ihren Gunsten anerkannt, und sie erbte das ganze Vermögen. Nach ihrem ersten Schlaganfall zog Mrs. Pettigrew in ein Hotel in South Kensington. Jeden Morgen um elf Uhr kann man sie in Harrods Bank sehen, wo sie sich regelmäßig mit einigen anderen ältlichen Dauergästen trifft, um die Mängel der Hotelverwaltung durchzusprechen und verschiedene Unternehmungen gegen das Hotelpersonal zu planen. Jeden Abend kann man sie sehen, wie sie nach einem Platz in der Nähe der Tür des Speisesaales hastet, bevor der Gong zum Abendessen ruft.

Charmian starb an einem Morgen des folgenden Frühlings im Alter von siebenundachtzig Jahren.

Godfrey starb im selben Jahr an den Folgen eines Verkehrsunfalls; sein Wagen war mit einem anderen in einer Kurve der Kensington Church Street zusammengestoßen. Er wurde nicht sofort getötet, sondern starb ein paar Tage später an einer Lungenentzündung, die durch den Schock eingetreten war. Das Ehepaar in dem anderen Wagen war auf der Stelle tot.

Guy Leet starb im Alter von achtundsiebzig Jahren.

Percy Mannering befindet sich in einem Altersheim für Männer, wo er als der ›Professor‹ bekannt ist und mit besonderer Achtung behandelt wird. Sein Bett ist in einem Alkoven am Ende des Schlafsaales aufgestellt – ein Platz, der für Patienten reserviert ist, die bessere Tage gesehen haben. Seine Enkelin Olive besucht ihn manchmal. Sie nimmt seine Gedichte und die Briefe an die Redakteure mit, die sie zu Hause auf der Schreibmaschine tippt und nach Percys Anweisungen versendet.

Ronald Sidebottome darf an den Nachmittagen aufstehen, aber man glaubt nicht, daß er den nächsten Winter überstehen wird.

Janet Sidebottome starb im Alter von siebenundsiebzig Jahren an einem Schlaganfall, der auf eine Erhöhung ihres Blutdrucks folgte.

Mrs. Anthony, inzwischen verwitwet, hat ein Legat von Charmian erhalten und lebt jetzt in einer Küstenstadt in der Nähe ihres verheirateten Sohnes. Wenn sie manchmal von alten Leuten hört, die anonyme Telefonanrufe erhalten, erklärt sie es für eine gute Sache – nach allem, was sie erlebt und gesehen habe –, daß sie so schwerhörig sei.

Chefinspektor Mortimer starb an einem plötzlichen Herzschlag im Alter von dreiundsiebzig Jahren, als er seine Jacht, die ›Libelle‹, besteigen wollte. Mrs. Mortimer verbringt die meiste Zeit damit, ihre zahlreichen Enkelkinder zu betreuen.

Eric bringt das Geld der Colstons durch, das ihm nach dem Tode seines Vaters zugefallen ist.

Alec Warner bekam nach einer Gehirnblutung einen paralytischen Schlaganfall. Eine Zeitlang blieb er auf einer Seite gelähmt und sprach nur unzusammenhängend. Mit der Zeit erlangte er den Gebrauch seiner Gliedmaßen wieder, und seine Sprache besserte sich. Er siedelte für dauernd in ein Pflegeheim über und durchforscht häufig seinen Geist wie einen Karteikasten nach den Aufzeichnungen über die Fälle seiner Freunde, der toten und der sterbenden.

Welche Krankheiten hatten sie, woran sind sie gestorben?

Lettie Colston – erinnerte er sich –, mehrfache Schädelfraktur; Godfrey Colston, hypostatische Pneumonie; Charmian Colston, Urämie; Jean Taylor, Endokarditis; Tempest Sidebottome, Cervixkarzinom; Ronald Sidebottome, Bronchialkarzinom; Guy Leet, Arteriosklerose; Henry Mortimer, Koronarthrombose ...

Miss Valvona entschlief. Viele der Omas folgten ihr. Jean Taylor hielt sich noch einige Zeit und pries unter Schmerzen den Herrn. Manchmal grübelte sie vertrauensvoll über den Tod nach, das erste der vier letzten Dinge, an die man sich je erinnert.

25 Jahre Diogenes Taschenbuch

***25 Bücher aus 25 Jahren
in einmaligen Auflagen zum einmaligen Preis***

»Eines der künstlerisch erlesen gestalteten Diogenes Taschenbücher in der Hand zu halten bereitet nachgerade sinnlichen Kitzel. Bei Diogenes widerfährt dem Käufer und Leser etwas Ungewöhnliches: Vertrauen. Er kann sicher sein, daß ihm ausnahmslos hochkarätige Literatur offeriert wird.«
taschenbuch magazin

● **Eric Ambler**
Die Maske des Dimitrios
Roman. Aus dem Englischen von Mary Brand und Walter Hertenstein

● **Alfred Andersch**
Die Rote
Roman

● **Ray Bradbury**
Fahrenheit 451
Roman. Aus dem Amerikanischen von Fritz Güttinger

● **Anton Čechov**
Die Dame mit dem Hündchen
und andere Erzählungen. Ausgewählt von Franz Sutter. Aus dem Russischen von Ada Knipper, Herta von Schulz und Gerhard Dick

● **Andrea De Carlo**
Vögel in Käfigen und Volieren
Roman. Aus dem Italienischen von Burkhart Kroeber

● **Philippe Dijan**
Betty Blue
37,2° am Morgen. Roman. Aus dem Französischen von Michael Mosblech

● **Doris Dörrie**
»Was wollen Sie von mir?«
Erzählungen

● **Friedrich Dürrenmatt**
Die Panne
und andere Erzählungen

● **William Faulkner**
Griff in den Staub
Roman. Aus dem Amerikanischen von Harry Kahn

● **F. Scott Fitzgerald**
Der große Gatsby
Roman. Aus dem Amerikanischen von Walter Schürenberg

● **Erich Hackl**
Auroras Anlaß
Erzählung

● **Patricia Highsmith**
Der süße Wahn
Roman. Aus dem Amerikanischen von Christian Spiel

● **John Irving**
Das Hotel New Hampshire
Roman. Aus dem Amerikanischen von Hans Hermann

● **D.H. Lawrence**
Ein moderner Liebhaber
und andere Erzählungen. Ausgewählt, aus dem Englischen und mit einem Nachwort von Elisabeth Schnack

● **W. Somerset Maugham**
Der Menschen Hörigkeit
Roman. Aus dem Englischen von Mimi Zoff und Susanne Feigl

● **Carson McCullers**
Das Herz ist ein einsamer Jäger
Roman. Aus dem Amerikanischen von Susanna Rademacher

● **Ian McEwan**
Der Zementgarten
Roman.

● **Brian Moore**
Die Frau des Arztes
Roman. Aus dem Englischen von Jürgen Abel

● **Frank O'Connor**
Und freitags Fisch
Erzählungen. Aus dem Englischen von Elisabeth Schnack

● **George Orwell**
Mein Katalonien
Bericht aus dem Spanischen Bürgerkrieg. Aus dem Englischen von Wolfgang Rieger

● **Georges Simenon**
Die Fantome des Hutmachers
Roman. Aus dem Französischen von Eugen Helmlé

● **Muriel Spark**
Memento Mori
Roman. Aus dem Englischen von Peter Naujack

● **Patrick Süskind**
Der Kontrabaß

● **Andrzej Szczypiorski**
Die schöne Frau Seidenman
Roman. Aus dem Polnischen von Klaus Staemmler

● **Urs Widmer**
Liebesnacht
Erzählung

Muriel Spark im Diogenes Verlag

Memento Mori

Roman. Aus dem Englischen von Peter Naujack

»Dieses ist ein Roman über die irdische Unbrauchbarkeit. Die Helden und Heldinnen stehen hoch in den Siebzigern, viele sind achtzig und darüber. Ihre letzte und wesentliche Aufgabe ist, ›der nächsten Generation das Sterben vorzuleben‹. Ein Buch, das unzeitgemäß ist, ein Buch, das bleiben wird.« *Die Zeit, Hamburg*

Die Ballade von Peckham Rye

Roman. Deutsch von Elisabeth Schnack

Der Roman beleuchtet das vielgesichtige Leben unter Londoner Fabrikarbeitern und -arbeiterinnen, Stenotypistinnen und Fabrikanten, in das Dougal Douglas, der junge, zynische Held, Unruhe und Verwirrung bringt.

»Wir müssen alle dankbar sein, daß eine so brillante Schriftstellerin wie Mrs. Spark über ›ärgerliche‹ Dinge in einem so köstlichen Kontrast zu der üblichen garstigen Ernsthaftigkeit schreiben kann.«
Edna O'Brien

Junggesellen

Roman. Deutsch von Elisabeth Schnack

»*Junggesellen* ist eine durch und durch englische Tragikomödie, wo üppiger geistreicher Witz seine Purzelbäume schlägt, wo tiefer, fast bitterer Ernst den Bodensatz bildet, wo beißende Ironie wie harmlosliebenswürdiger Humor duftet und derbe Realistik höchste Stilisierung ist.«
Paul Ludwig Walser/Landbote, Winterthur

Robinson

Roman. Deutsch von Elizabeth Gilbert

Es gab drei Überlebende bei der Flugzeugkatastrophe. Die Lissabon-Maschine war über Robinsons kleiner vulkanischer Insel abgestürzt, tausend Meilen fern von jeder Zivilisation.

Die Tröster

Roman. Deutsch von Peter Naujack

Caroline Rose, eine junge Schriftstellerin und frische Konvertitin, hört Stimmen, die sie und ihr Schicksal in ein imaginäres ›Buch im Buche‹ einweben.

»Die Anfänge einer so ungewöhnlichen Begabung verfolgen zu können, gewährt großes Vergnügen. Jede Seite der *Tröster* beweist es.«
Martha Nowak/Tages-Anzeiger, Zürich

Vorsätzlich Herumlungern

Roman. Deutsch von Hanna Neves

»In ihrem seit Jahren witzigsten, gewitztesten und unterhaltendsten Roman führt uns Muriel Spark durch die schäbigeren Zirkel der literarischen Welt von 1949. Hauptfigur ist Fleur Talbot, die überzeugt ist, einen außergewöhnlichen Roman zu schreiben.«
Publishers Weekly, New York

»*Vorsätzlich Herumlungern,* eine Art Zusammenfassung meines Lebens.« *Muriel Spark*

Portobello Road

Erzählungen. Deutsch von Peter Naujack
und Elisabeth Schnack

»Die Erzählung *Portobello Road* ist ein kleines, in sich geschlossenes Werkchen, das mit seinem geheimnisvollen, soll ich sagen ›metaphysischen‹ Ausklang in der Erinnerung haftet.« *Welt der Literatur*

Die Blütezeit der Miss Jean Brodie

Roman. Deutsch von Peter Naujack

Miss Brodie, eine Lehrerin in den besten Jahren, benutzt fünf junge Mädchen dazu, ihre eigenen politischen, ästhetischen und auch erotischen Wünsche zu erfüllen.

»Muriel Sparks immer leicht karikierender Stil hat die Attraktion eines geistigen Amüsements, das keine intellektuelle Langeweile aufkommen läßt und seine vergnügliche Feuerwerkerei bis zum Ende durchhält.«
Karl Krolow / Süddeutsche Zeitung

Das einzige Problem

Roman. Deutsch von Otto Bayer

Es beginnt wie eine moderne Ehekomödie, es endet wie ein Kriminalroman: die tragische Geschichte eines reichen Mannes, der ein Buch über Hiob schreibt und im Leben das Prinzip des Bösen erforscht.

Mädchen mit begrenzten Möglichkeiten

Roman. Deutsch von Kyra Stromberg

»Mit der ihr zu Gebote stehenden Mischung von Zynismus und Trockenheit, von Frische und Bosheit, die je nach Bedarf ihre Krallen zeigt oder versteckt, erzählt Muriel Spark die Geschichte eines Clubs für Mädchen, die während des ersten Nachkriegsjahres in London Unterkunft gefunden haben.«
Neue Zürcher Zeitung

Das Mandelbaumtor

Roman. Deutsch von Hans Wollschläger

Muriel Spark erzählt das Abenteuer der englischen Lehrerin Barbara Vaughan, die nach Jerusalem fährt, um sich über sich selbst klarzuwerden.

»Das ist Muriel Spark: eine Meisterin in der Kunst, das Phantastische erst plausibel zu machen, es dann

aufzuheben und die Unsicherheit des Lesers auszunutzen zu einer zweiten Ebene der Ironie dem Leben gegenüber, das sie in diesem Roman schildert.«
Die Zeit, Hamburg

Päng päng, du bist tot

Erzählungen. Deutsch von Matthias Fienbork

Im vorliegenden Band finden sich Erzählungen aus über dreißig Jahren, soweit sie nicht bereits in *Portobello Road* veröffentlicht wurden.

Hoheitsrechte

Roman. Deutsch von Mechtild Sandberg

In Venedig, der Stadt der Kanäle, tummeln sich zwischen Gondeln und Palästen allerlei seltsame Gestalten.

»Muriel Spark in Hochform. Dieser Roman erinnert an die besten Werke von Evelyn Waugh.«
Daily Express, London

»Ich bin Mrs. Hawkins«

Roman. Deutsch von Otto Bayer

»Muriel Spark spinnt ihre Fäden und Intrigen wie außer ihr höchstens noch Agatha Christie. Sie stellt den Leser vor ein Rätsel, hier in Form eines anonymen Briefes, den Wanda, die kleine polnische Schneiderin, erhält... Am Ende sind wir baff, und es ist, als erführen wir endlich, wer der Mörder ist... Das wunderbarste Buch seit Jahren.« *The New York Times*

Bitte nicht stören

Roman. Deutsch von Otto Bayer

In den Dienstbotenräumen der Villa Klopstock wird ein merkwürdiger Auftritt geprobt und Possen des Schreckens und der Anstößigkeit ausprobiert... In der Dachstube heult der Geistesgestörte, der über seine Pflegerin in Wut gerät, lauter als der Sturm vor dem

Haus… In der Bibliothek unterhalten sich in aller Ruhe der Baron und die Baronin mit ihrem hübschen Sekretär und wollen nicht gestört werden – alles ist vorbereitet für die ›große Tragödie‹, das höchst einträgliche Verbrechen aus Leidenschaft.

»Eine brillante schwarze Komödie, ein Hexengebräu, das prickelt wie erlesener Champagner mit ein paar Tropfen Arsen und einer Prise Aphrodisiakum.«
Publishers Weekly, New York

»Töte mich!«

Roman. Deutsch von Matthias Fienbork

Eine Frau kauft sich ein paar knallbunte Sommersachen und fliegt in den Süden. Schon auf dem Flug beginnt sie zielstrebig nach einem ganz bestimmten Typ Mann zu suchen, ihrem Mörder. Das Drehbuch für den Mord ist geschrieben, die Tatwaffe besorgt. Fehlt nur noch die Hauptfigur…

»Eine Frau sucht nach ihrem Mörder. Mit viel schwarzem Humor und makabrer Komik beschreibt Muriel Spark diese Suche.« *ORF, Wien*

Das Treibhaus am East River

Roman. Deutsch von Otto Bayer

Gräfin Elsa Hazlett ist so unberechenbar wie ihr Schatten: dieser nämlich fällt, wohin er will, und sie fällt auf, wo sie nur kann – sie liebt den öffentlichen Skandal. Mit ihrem Ehemann Paul lebt sie in latentem Kriegszustand.

»Eine Geschichte, die – bis auf wiederholte Rückblenden – auf der Stelle dieser absurden, an Woody Allen erinnernden New Yorker Existenzen zu treten scheint. Dieses behende Hin und Her zwischen dem Wahrscheinlichen und Unwahrscheinlichen, zwischen gekonnter Persiflage des *modern life style* und Elementen des Gothic-Romans geht Muriel Spark auch hier wieder gut von der Hand.« *Süddeutsche Zeitung, München*

Übernahme

Roman. Deutsch von Mechthild Sandberg

Spark-Fans finden in der Burleske der amerikanischen Multimillionärin vieles wieder: den Sinn für abstruse Situationen, den trockenen Witz, die Freude an verrückten Charakteren, die Muriel Spark mit wenigen Federstrichen zeichnet. Heldin oder besser gesagt Anti-Heldin ist Maggie, die drei prachtvolle Villen in den Albaner Bergen am Nemisee besitzt, dort wo einst das Heiligtum der Göttin Diana stand. Maggie möchte eine zweite Jagdgöttin sein, aber sie ist eher das Wild: Umgeben von Glücksrittern, Schmarotzern und Kriminellen, strebt sie nach Glück, das sie aber erst findet, als sie alles andere verloren hat.

»Wo Götter selbst versagen und der Mensch in seinen Tollheiten wie in einem Netz strampelt, da hilft nur noch Humor. Und Humor in allen Schattierungen bewahrt Muriel Sparks großartiges Sittengemälde bis in die letzte Zeile.« *Die Welt, Bonn*

Symposion

Roman. Deutsch von Otto Bayer

»Eine zehnköpfige Londoner Abendgesellschaft tafelt im Stadtteil Islington, einer Gegend mit Flair. Der Diener kommt von der Butlerschule ›Top-One‹. Und ›top‹ ist die Gesellschaft, der er serviert. Vollendet langweilt man sich bei gepflegtem Small talk. Mit Scharfblick beobachtete und gezeichnete Figuren – von hoher Künstlichkeit und dabei dem Leben doch genau abgeschaut – scheinen Madame Tussauds Wachsfigurenkabinett, Abteilung Moderne Ehe und Beziehungen, entstiegen zu sein.« *Die Zeit, Hamburg*

»Ein Muß für die Freunde von Muriel Spark. Sie finden darin die Quintessenz all dessen, was sie die Jahre hindurch an dieser unerbittlichen und komischen Autorin betört hat.« *Le Monde, Paris*

Die Äbtissin von Crewe

Roman. Deutsch von Gisela Petersen

Eine Abhöraffäre im Nonnenkloster, wo die Priorin mit Mikrophonen im Kreuzgang und TV-Kameras im Nähzimmer verbissen, aber stets würdevoll um ihre Wahl zur Äbtissin kämpft. Die überwachte Abtei ist unschwer als Zerrbild des Weißen Hauses zu erkennen, die Äbtissin als eine Karikatur Nixons und ihre durch die Welt reisende Beraterin Gertrude als Kissinger.

»Ein schlaues Buch, das Spaß macht. Muriel Spark ist die erste Autorin, die beweist, daß Watergate und die dazugehörigen Affären nicht Stoff für eine Tragödie bieten, sondern für eine Farce.«
New York Times Book Review

»Jede Seite ist ein Genuß.« *The Times, London*

In den Augen der Öffentlichkeit

Roman. Deutsch von Christian Ferber

Einen ›moralischen Schocker‹ nennt Muriel Spark ihren Roman, das Drama einer modernen Ehe. Die nur mäßig begabte englische Schauspielerin Annabel Christopher wird in Rom von Filmleuten entdeckt und als ›die englische Tiger-Lady‹ aufgebaut. Das manipulierte Image, das Annabels Persönlichkeit widerspricht, beginnt dennoch, von ihr Besitz zu ergreifen und ihr Privatleben zu zerstören.

»Angelsächsische Erzähler wie Muriel Spark gehören immer noch zu den besten der Welt.«
Die Furche, Wien

Curriculum Vitae

Selbstportrait der Künstlerin als junge Frau
Deutsch von Otto Bayer

Muriel Spark, geboren 1918, zeichnet in *Curriculum Vitae* ihren Werdegang als Künstlerin nach. Die Kindheit im Edinburgh der zwanziger Jahre, ihr Aufenthalt in Afrika als junge Frau, Kriegs- und Nachkriegsjahre in London – all dies liefert Muriel Sparks Autobiographie ebenso wie ihrem Werk den Stoff für originelle Beobachtungen und faszinierende Schilderungen. Doch *Curriculum Vitae* ist mehr als ein künstlerisches Selbstportrait: Es schildert ein exemplarisches Leben in unruhigen Zeiten.

»Witzig, elegant, zum Weiterlesen zwingend.«
San Francisco Chronicle

Meistererzählungen

Deutsch von Peter Naujack und Elisabeth Schnack

»Für jeden, der die ausgetretenen Pfade erzählender zeitgenössischer Literatur lieber meiden möchte, ist Muriel Spark ein wahrer Segen. Sie hat ihren Platz in der kleinen Gruppe wirklich origineller, echt schöpferischer Talente, die seit dem Krieg entdeckt wurden.«
Francis Hope / Observer, London

»Diese Mischung von spannender Unterhaltung und ernsteren Erörterungen, die an Graham Greene erinnert, gelingt nur wenigen Autoren.«
Matthias Wegner / Frankfurter Allgemeine Zeitung

Evelyn Waugh im Diogenes Verlag

»Ein Schriftsteller von Evelyns Rang hinterläßt uns Besitztümer, die uns zu Entdeckungen einladen: hier zeigt sich uns plötzlich ein Ausblick, den wir übersehen hatten, da warten Pfade, daß wir sie im rechten Augenblick betreten, denn der Leser wie der Autor ändert sich.« *Graham Greene*

Evelyn Waugh (1903–1966) lebte, wenn er nicht gerade auf einer seiner vielen Reisen war, als freier Schriftsteller in London. 1930 konvertierte er zum Katholizismus.

Auf der schiefen Ebene
Roman. Aus dem Englischen von Ulrike Simon

Lust und Laster
Roman. Deutsch von Ulrike Simon

Tod in Hollywood
Eine anglo-amerikanische Tragödie
Deutsch von Peter Gan

Der Knüller
Roman. Deutsch von Elisabeth Schnack

Charles Ryders Tage vor Brideshead
Erzählungen. Deutsch von Otto Bayer

Wer zuerst kommt, mahlt zuerst
Erzählungen. Deutsch von Otto Bayer

Eine Handvoll Staub
Roman. Deutsch von Matthias Fienbork

Schwarzes Unheil
Roman. Deutsch von Irmgard Andrae

Gilbert Pinfolds Höllenfahrt
Ein Genrebild. Deutsch von Irmgard Andrae

Mit Glanz und Gloria
Roman. Deutsch von Matthias Fienbork

Helena
Roman. Deutsch von Peter Gan

Viktorija Tokarjewa im Diogenes Verlag

Viktorija Tokarjewa, 1937 in Leningrad geboren, studierte nach kurzer Zeit als Musikpädagogin an der Moskauer Filmhochschule das Drehbuchfach. 15 Filme sind nach ihren Drehbüchern entstanden. 1964 veröffentlichte sie ihre erste Erzählung und widmete sich ab da ganz der Literatur. Sie lebt heute in Moskau.

»Ihre Geschichten sind seit jeher von großer Anmut, allesamt Kunst-Stückchen, die einem die Vorstellung von Leichthändigkeit suggerieren. Nicht jedoch von Leichtgewichtigkeit. Wenn sie uns ein Schmunzeln entlocken, dann liegt das daran, daß Viktorija Tokarjewa über einen ausgeprägten Humor verfügt und diese Gabe durchweg einsetzt. Es ist kein Humor der satirischen Art, eher eine sanfte Ironie, gewürzt mit einer Prise Traurigkeit und einem vollen Maß an mitmenschlichem Erbarmen.«
Frankfurter Allgemeine Zeitung

»Viktorija Tokarjewa erzählt ihre Liebesgeschichten mit einem solchen Witz und einer solchen Lebendigkeit, daß ich ganz entzückt davon bin.«
Elke Heidenreich

Zickzack der Liebe
Erzählungen. Aus dem Russischen von Monika Tantzscher

Mara
Erzählung
Deutsch von Angelika Schneider

Happy-End
Erzählung
Deutsch von Angelika Schneider

Lebenskünstler
und andere Erzählungen. Deutsch von Ingrid Gloede

Sag ich's oder sag ich's nicht?
Erzählungen. Deutsch von Angelika Schneider, Monika Tantzscher und Elsbeth Wolffheim

Sentimentale Reise
Erzählungen. Deutsch von Angelika Schneider

Die Diva
Zehn Geschichten über die Liebe. Deutsch von Angelika Schneider, Monika Tantzscher und Susanne Veselov

Banana Yoshimoto
im Diogenes Verlag

»Eine Romanautorin als Jugendidol – bei uns unvorstellbar. In Japan jedoch hat Banana Yoshimoto genau das geschafft.« *Petra, Hamburg*

»Was für ein Talent! Banana Yoshimoto schreibt wunderbar subtile, wundersam verstörende Bücher, in denen Japans Jugend endlich Stimme bekommt.«
stern, Hamburg

»Yoshimoto schildert nicht die äußere, sondern die innere Wirklichkeit ihrer Personen. Die Farbe des Himmels und die Form des Mondes sind sichtbar gemachte Gefühle.« *Der Tagesspiegel, Berlin*

Kitchen
Aus dem Japanischen von Wolfgang
E. Schlecht. Mit einem Essay von
Giorgio Amitrano

N·P
Roman. Deutsch von
Annelie Ortmanns-Suzuki

Tsugumi
Roman. Deutsch von
Annelie Ortmanns